COMME DES DIEUX

DU MÊME AUTEUR

DÉCHÉANCE DE RATIONALITÉ, Grasset, 2019.

CABINET DE CURIOSITÉS SOCIALES, Paris, PUF, 2018.

LE DANGER SOCIOLOGIQUE (avec Étienne Géhin), Paris, PUF, 2017.

CRÉDULITÉ ET RUMEURS (avec J.-P. Krassinsky), Bruxelles, Le Lombard, 2018.

BELIEF AND MISBELIEF ASYMMETRY ON THE INTERNET, Londres, ISTE, 2015.

LA PLANÈTE DES HOMMES. RÉENCHANTER LE RISQUE, Paris, PUF, 2014.

LA DÉMOCRATIE DES CRÉDULES, Paris, PUF, 2013.

THE FUTURE OF COLLECTIVE BELIEFS, Oxford, Bardwell Press, 2011.

L'INQUIÉTANT PRINCIPE DE PRÉCAUTION (avec Étienne Géhin), Paris, PUF (collection Quadrige), 2010 ; réédition 2014.

LA PENSÉE EXTRÊME, Paris, Denoël, 2009 ; PUF, 2016.

L'EMPIRE DE L'ERREUR. *Éléments de sociologie cognitive*, Paris, PUF (collection Sociologies), 2007.

COÏNCIDENCES. *Nos représentations du hasard*, Paris, Vuibert, 2007.

VIE ET MORT DES CROYANCES COLLECTIVES, Paris, Hermann, 2006.

MANUEL DE NOS FOLIES ORDINAIRES (avec Guillaume Erner), Paris, Mango, 2006.

L'EMPIRE DES CROYANCES, Paris, PUF (collection Sociologies), 2003 ; réédition en poche (PUF, Quadrige) 2018.

L'INCERTITUDE, Paris, PUF (collection Que sais-je ?), 1997.

GÉRALD BRONNER

COMME DES DIEUX

roman

BERNARD GRASSET
PARIS

Photo de la jaquette : Balazs Toth / EyeErn / Gettyimages

ISBN : 978-2-246-82311-7

À Samir Bouadi, lui qui comme moi…

Chapitre 1

Dans mon modeste bureau de la rue des Saints-Pères, qui avait la forme d'un couloir étroit, j'avais amassé des livres et des mémoires d'étudiants que je répugnais à jeter. Ce goulet se terminait par un espace exigu et privé de lumière dans lequel on avait fait entrer au forceps, bureau, fauteuil et une petite bouilloire pour servir du thé aux visiteurs. Là, j'étais avec le professeur Augustin Corbin, le seul vrai grand esprit que j'aie jamais rencontré. Nous discutions tous les deux dans mon bureau et il me proposait des chocolats qu'une étudiante lui avait offerts. Nous échangions des idées sur l'actualité et voilà qu'il me déclara de sa voix douce : « Mon cher Jeff – *Je m'appelle Jeff Jefferson, comme ça on se souviendra facilement de toi avaient décrété mes parents* –, on considère sans discuter que l'amour est un bien. Si l'on y réfléchit, toute notre civilisation occidentale tient sur cette ineptie. »

Je l'ai contemplé un instant du haut de ma grande carcasse en caressant ma barbe pour faire croire que je réfléchissais à ce qu'il venait de me dire. Lui était un homme petit, presque malingre. Corbin était un collègue exquis, seulement il n'avait que des idées de ce genre. Une sorte de misanthrope adorable. J'ai haussé les épaules en rigolant, tandis que je rangeais dans mon cartable quelques copies que je devais corriger. Il aimait beaucoup que je joue les gentils nigauds et je ne souhaitais pas lui déplaire. J'ai donc pouffé un peu, d'un air de dire : « Vous exagérez, vous voilà reparti dans vos tirades. » Je hochais la tête pour faire savoir au professeur Corbin que j'étais par avance d'accord avec tout ce qu'il pourrait me dire. J'avais hâte de rentrer chez moi car Valérie, ma femme, m'avait laissé un message assez énigmatique : quelqu'un avait appelé des États-Unis pour moi. Elle n'avait rien ajouté de plus. À petits pas, j'ai tenté de conduire Corbin vers la porte. Il fut bref et ramassa son idée en quelques mots. Selon lui l'amour était la forme la plus aboutie du fanatisme si l'on se mettait à compter les morts. Je résume, mais c'était à peu près ça. Puis il a décampé de mon bureau en me tendant une coupure de presse.

Le professeur Corbin me conservait parfois des articles censés m'édifier. Je le remerciais toujours bien poliment et n'y jetais le plus souvent qu'un regard distrait. Là, c'était une page du *Figaro*, découpée à la hâte, qui annonçait le projet d'un programme télévisé aux États-Unis. Ce qui m'a frappé tout de suite, c'est que c'était une Église protestante assez folklorique qui en avait pris l'initiative. Cette Église avait sa propre chaîne sur le câble, c'est là que l'émission serait diffusée. Pressé, j'ai lu le papier en diagonale. Si Corbin me l'avait donné, c'est parce que j'avais écrit ma thèse sur certains membres de ce groupe. Je savais où Corbin voulait en venir : c'était une remontrance implicite sur la façon dont j'avais mené ma carrière, c'est-à-dire très mal. Pourquoi n'avais-je rien fait de cette thèse ? Pourquoi n'avais-je jamais tenté les concours pour devenir un authentique professeur alors que j'en avais toutes les obligations et aucun avantage ? On pourrait dire que certains se contentent de ce qu'ils ont mais la vérité est que, parmi eux, il s'en trouve qui ont peur de perdre le peu qu'ils possèdent.

Corbin venait d'apprendre qu'il était nommé au Collège de France à la chaire de neuropsychologie. Lorsque je l'ai vu s'éloigner dans le couloir du bâtiment E de Paris-Descartes, j'ai ressenti comme un poids sur le cœur. C'était la fin d'une après-midi d'hiver, les longs couloirs maculés des tourbillons de neige sale n'étaient éclairés que par les néons de secours du bâtiment. Comment pouvait-il avoir l'air si triste, le jour où l'on célébrait l'annonce officielle d'une nomination dont la plupart des universitaires n'osent pas même rêver ? Je m'en veux à présent de ne pas avoir discuté un peu plus avec lui. Mais, à cet instant précis, j'étais surtout soulagé qu'il ne me retienne pas avec ses théories métaphysiques et tordues sur le monde.

Alors que je m'apprêtais à partir, engouffrant l'article dans la poche de mon pantalon, j'entendis un aboiement venu du couloir. Je jetai un coup d'œil mais il n'y avait pas âme qui vive dans la galerie. Ce n'était pas vraiment le son qu'aurait fait un chien, plutôt celui d'un homme imitant une bête. En aucun cas Corbin n'aurait tenté ce genre de blague, vraiment pas. De nouveau une espèce de jappement se fit entendre, un peu plus loin et lorsque je jetai un coup d'œil à travers le hublot de la porte incendie séparant deux bâtiments, j'aperçus la silhouette d'un clébard qui traînait là. C'était le sosie du chien que mon père chérissait tant : Bobby-one. Le vieux prétendait que ce clébard n'était pas comme les autres. Malgré l'obscurité du couloir je l'ai quand même bien vu, un bâtard avec une tache très caractéristique autour de l'œil. Il prenait une pose, qui aurait pu signifier : alors il n'y a plus que toi et moi dans cette fac. Qu'est-ce qu'on fait ? Je n'avais jamais vu ce chien à l'université, peut-être était-il entré de son propre chef et que son propriétaire le cherchait. Je n'ai pas pu voir s'il avait un collier parce que j'ai détalé sans demander mon reste. Ce chien dans ce couloir désert, ça m'a effrayé, puis cet article que m'avait donné Corbin et qui devenait incandescent dans ma poche. J'ai repris mon souffle, je devais faire très attention à ne pas redevenir le cinglé de jadis. C'était aussi ce coup de fil des États-Unis qui m'agitait. Bref, tout cela concordait pour me faire revenir au plus vite à la maison.

Lorsque je rentrai après avoir traversé Paris et son interminable périphérie, je trouvai un grand salon vide. Au centre, notre table basse me parut pesante avec ses trois plateaux pivotants en wengé et en bois laqué rouge, Valérie l'adorait parce qu'elle faisait « à la fois design et ethnique ». Comme je le soupçonnais, je retrouvai ma femme dans notre chambre, à l'étage. À demi assommée par l'alcool, tenant son verre de rouge avec nonchalance, elle me fit un petit sourire pour me dire bonjour. Même dans cette posture peu gracieuse, elle était émouvante, les mèches brunes et rebelles commençaient à sortir de l'élégant chignon qu'elle avait composé. Elle avait quelques cheveux blancs qu'elle promettait de ne jamais teindre. Valérie était encore belle, son visage conservait une grâce juvénile malgré les ridules qui creusaient le coin de sa bouche et de ses yeux noisette. Je ne lui ai pas posé de question sur cette bouteille de vin, ma femme n'était pas alcoolique. Elle se tenait comme un chat sur notre lit *king size*, une pièce du mobilier qui assurait à nos corps la tranquillité nécessaire à une vie commune de plus de cinq ans. Notre chambre ressemblait à celle d'un hôtel bien géré, à l'élégance contemporaine, comme l'aurait affirmé un catalogue. Elle était envahie par une gigantesque armoire au milieu de laquelle un grand miroir avait été autrefois un élément d'érotisme dans notre vie de couple. Aujourd'hui, il était devenu un reflet immobile. Valérie se souvenait à peine de ce coup de fil en provenance des États-Unis. Elle ne savait pas si c'était à propos de mon père, elle n'avait pas demandé le nom de ce monsieur, pas plus qu'elle n'avait noté de numéro de téléphone. Je tentai de conserver mon calme alors qu'elle ne voyait pas pourquoi j'en faisais toute une histoire.

D'après l'historique de notre fixe, deux personnes avaient appelé aujourd'hui, un numéro masqué – sans doute l'appel transatlantique – et Roland Pomavol à 16 h 03. Pomavol était l'archétype de l'enseignant-chercheur super sympa, c'est ce que tout le monde disait de lui. Il avait des idées très progressistes sans être non plus le gauchiste attardé qui ne sait que susciter la terreur ou la pitié. Même Corbin l'appréciait, il disait que c'était le sosie, en plus jeune, de Michel Rocard, sans avoir d'autres arguments pour prétendre l'aimer bien. Un sosie habillé en perfecto et très copain avec les étudiants. Il n'avait jamais rien publié de notable mais il allait bientôt frapper très fort. Sûr. Les rares personnes qui ne le trouvaient pas sympathiques disaient de lui qu'il avait les yeux plus gros que le ventre et comme en tout lieu où la réussite d'autrui est une blessure, son échec n'aurait pas déplu. Quoi qu'il en soit, lui au moins était maître de conférences et moi la bonniche de cette institution universitaire, prêt à dispenser les travaux dirigés dont les autres ne voulaient pas.

À défaut de m'éclairer un peu sur le coup de fil venant des États-Unis, est-ce que Valérie pouvait au moins me dire ce que me voulait Pomavol ? Elle m'a regardé éberluée, puis a souri d'un air narquois. « Pomavol ? » est-elle partie en rigolant. Pourquoi diable trouvait-elle ça hilarant ?

En la voyant ricaner, j'ai commencé à sentir mon estomac se tordre et il m'a semblé que je ferais mieux de picoler moi aussi. Nous nous sommes enfoncés dans une de ces soirées où l'ivresse aveugle sur les conséquences des méchancetés que l'on profère. Tout y est passé, nos débuts, le sexe, pourquoi Roland Pomavol appelait dans la journée alors qu'il ne pouvait pas me croire à la maison, la légèreté avec laquelle elle prenait ce coup de fil américain sachant combien tout ce qui touchait à mon père me rendait dingue, ma carrière en berne – le mot carrière était déjà hors sujet. À un moment j'ai eu envie de m'abandonner à l'état minéral d'un sommeil assuré par l'alcool. Ma femme fit un autre choix pour moi :

— Je voudrais savoir pourquoi tu rampes devant ce Corbin.

— Je te jure, ça fait mille fois qu'on a cette conversation. Je préférerais encore que tu me demandes de te faire l'amour là maintenant, tout de suite, que de reprendre sur le thème de Jeff Jefferson petit toutou du grand professeur Corbin.

— Il s'en va, ton Corbin. Tu es vraiment obligé de lui lécher les pompes ? C'est le seul collègue que tu vouvoies.

Allez savoir pourquoi, Valérie m'est apparue désirable à ce moment-là. Des mois que nous n'avions pas fait l'amour. Je me suis approché, elle a souri, gênée. Sans doute allait-elle se forcer un peu, en pensant à quelqu'un d'autre. Valérie m'a gratifié de ce sourire coquin du temps où nous nous aimions charnellement. Ce moment sincère m'a rendu plus triste encore. Je l'avais beaucoup déçue. J'étais tout simplement inapte à lui donner la vie qu'elle méritait tout en lui ayant fait croire un temps que je le pouvais. Ce n'est pas que j'avais menti, je le croyais moi aussi.

Après, Valérie est allée se laver. L'hygiène était chez elle une forme de passion, et j'en avais fini de me dire que c'était parce que je la dégoûtais un peu. « J'ai toujours fait ça Jeff, ça n'a rien à voir avec toi. »

Elle s'est étendue en souriant : « Cette soirée ne s'est pas si mal terminée. »

Valérie avait un visage rêveur.

Je l'ai laissée s'endormir et comme j'étais perturbé, je suis retourné voir notre répondeur mais il n'y avait rien de plus à en tirer. Il y avait quelque chose dans la poche de mon pantalon. C'était l'article que m'avait donné Corbin dans l'après-midi. Je l'ai relu trois fois. C'était effectivement à propos de cette Église protestante sur laquelle j'avais réalisé ma thèse, l'Église du jour nouveau. J'avais souvent repensé à ces gens que j'avais interrogés dans le New Jersey à l'époque de mon doctorat. Ils étaient millénaristes et estimaient que leur mission était de découvrir qui était le nouveau Messie. Pour aborder mon sujet, j'avais dû m'initier à l'histoire de ces innombrables sectes qui, depuis l'aube des temps, avaient attendu la fin de l'histoire. Elle sonnera, la trompette ! Tous étaient d'accord mais chacun avait sa version des faits et ils étaient même capables de s'entretuer pour cela. Le sujet était peut-être trop vaste pour moi et j'ai croulé sous les milliers de pages de Delumeau, Desroche, les écrits de Max Weber sur la religion et même les trois volumes de Joseph Tixeront sur l'*Histoire des dogmes dans l'Antiquité chrétienne*. Avant d'en arriver à étudier cette secte en particulier, j'avais voulu dresser un tableau cohérent des folies apocalyptiques. Sans doute m'étais-je servi de cette thèse pour pratiquer une sorte d'auto-exorcisme. S'agissait-il pour moi de purger le mysticisme empoisonné que mon père avait fait couler dans mes veines ? Sans doute. Il n'y avait pas beaucoup d'écrits sur le millénarisme avec une approche spécifiquement psychologique si l'on excepte les incongruités psychanalytiques d'un Jung. Seul Leon Festinger m'avait paru aborder le sujet avec des outils adéquats. Avec son équipe, il s'était passionné pour la question de savoir ce qu'il se produisait lorsqu'un de ces groupes prophétisait la fin des temps et qu'à la date désignée, il ne se passait rien. J'avais été ému aux larmes en lisant les mésaventures de Marian Keech et du docteur Armstrong dans leur attente tragicomique de la fin des temps. Tout en prenant mes notes sur leur histoire pathétique, je ressentais leur effroi métaphysique devant le vide laissé par la déception prophétique.

Mais la secte que j'avais finalement choisie pour mon travail doctoral ne ressemblait à aucune de celles qui étaient décrites dans la littérature. Son nom, l'Église du jour nouveau, n'avait rien d'original, c'était sa doctrine qui méritait l'attention. Pour eux, Jésus était de retour – jusque-là rien de sidérant – mais il fallait le prendre au pied de la lettre : il était vraiment là, déjà, quelque part. Il suffisait de le retrouver. Car il ne savait sans doute pas qu'il était Jésus et c'est pourquoi il ne se manifestait pas aux hommes. L'un des grands trucs de cette Église était de parcourir le monde (surtout les États-Unis à vrai dire, quoiqu'ils aient eu quelques implantations au Mexique et en Colombie) à la recherche de l'enfant prodigue. Donc, dans l'ordre, ils voulaient trouver cette personne puis l'informer de son rôle messianique et l'apocalypse suivrait. Pour une fois, le grand gourou, le pasteur Kaythrone, ne prétendait pas être Jésus et c'est sans doute cela qui m'avait conduit à choisir ce mouvement. Il présentait déjà au niveau de sa structure hiérarchique, par la chaise vide qui était laissée, une situation intéressante pour le doctorant que j'étais. Mais cette doctrine du messie qui s'ignore et qu'il faut révéler au monde n'était que le terme théologique d'un parcours sinueux. Et c'était justement ce qui faisait l'objet de mon travail doctoral : « Le nomadisme théologique d'un groupe en construction : l'exemple de l'Église du jour nouveau ». Le problème que je cherchais à résoudre était celui de la détermination cognitive. Était-il écrit, sans que les leaders de la secte le sachent eux-mêmes, qu'ils en viendraient à défendre cette drôle de doctrine ? Ou bien n'était-elle qu'une branche possible dans une arborescence complexe ? Autant dire que je n'avais pas vraiment trouvé de réponse, mais un certain nombre des entretiens que j'avais menés portaient sur ce sujet et mon jury salua l'originalité de mon approche. Quand j'ai commencé à écrire sur eux, la doctrine était stabilisée. Ils avaient déjà testé deux-trois individus, dont un ex-proxénète. Dire que les choses se sont bien passées serait mentir, mais croire que le pasteur Kaythrone en serait resté là revenait à se mettre le doigt dans l'œil. Malgré tous leurs échecs, ils conservaient la foi. Ils avaient cette intuition ardente que seuls connaissent les fous de Dieu. A posteriori, tout indiquait qu'ils allaient aboutir à ça.

Et « ça », c'était *He is Alive !*

Voilà de quoi parlait cet article du *Figaro*. Ils voulaient donc caster Jésus pour une émission de téléréalité. La nouvelle était traitée sur le ton de la moquerie comme elle le serait un peu partout dans le monde. Dès cet instant pourtant, j'ai ressenti quelque chose de bizarre. *He is Alive !* était un projet de téléréalité où des candidats seraient assignés à résidence. Rien de très original. Mais là où ça devenait déconcertant c'était que parmi ces candidats, il y aurait le Messie. Enfin, c'est ce que prétendait l'Église du jour nouveau. L'émission ne démarrerait pas tout de suite, le casting serait long, expliquait le journaliste. La secte s'engageait à parcourir tous les endroits où elle avait un peu d'audience et à aller à la rencontre de milliers de personnes, parmi lesquelles, par son attitude, son parcours ou quelque signe extraordinaire, on découvrirait celui que l'humanité attendait depuis si longtemps.

La deuxième partie de l'article se focalisait sur la polémique féroce que l'émission suscitait outre-Atlantique. Je suis resté assis dans l'obscurité, le ventre en feu. J'avais souffert plus jeune d'une maladie de l'âme et je vivais dans la terreur qu'elle me revienne. Il ne fallait pas que Valérie me voie dans cet état, heureusement, elle était déjà endormie, sa respiration était profonde. Je suis resté assis à côté d'elle, les yeux grands ouverts, regrettant d'avoir renoncé au sommeil facile offert par l'ivresse une heure plus tôt.

Chapitre 2

On pourrait dire que, pour moi, tout ça a commencé avec cette conversation étrange et cet article. En fait, on pourrait raconter les choses à partir du premier jour de *He is Alive !* Le premier jour de diffusion s'entend. Mais pour bien comprendre, il faut remonter plus avant. *He is Alive !* n'est qu'une pièce du puzzle. Et la première pièce, il se pourrait bien que ce soit le jeu *Big Brother*, cette émission de téléréalité diffusée aux Pays-Bas à la fin des années 90. La référence à Orwell était évidente, des jeunes filmés vingt-quatre heures sur vingt-quatre. On s'était indigné à l'époque. Beaucoup disaient : « Ah ! On vous avait dit qu'on en viendrait là ! » Et ils voulaient parler de l'avènement d'une société totalitaire, un truc qui n'est jamais arrivé en fin de compte.

Par contre, la déferlante a bien eu lieu partout dans le monde, même en France où je vivais à ce moment-là. Nous avons tous assisté à demi incrédules, à demi fascinés à l'apparition sur la scène de jeunes gens sans qualités à propos desquels pourtant nous voulions tout savoir.

La preuve était faite qu'il suffisait d'exposer assez longtemps n'importe quel individu au regard des autres pour qu'il soit transmué en autre chose. Ils étaient l'objet de quolibets et de moqueries, d'accord, mais avaient une inexplicable capacité à capter notre temps de cerveau disponible, comme on disait à cette époque. Les gens finirent par se lasser du concept, mais les sociétés de production n'étaient pas prêtes à tuer la poule aux œufs d'or pour autant. Un coup porté à la bête ne pouvait que la rendre plus dangereuse, c'était une invitation à la surenchère. Je me rappelle, par exemple, de *The Littlest Groom*, qui fut diffusé aux États-Unis : un célibataire de petite taille était convoité par douze naines. Ou de cet autre programme qui proposait de suivre le quotidien de handicapés mentaux chargés de gérer une piscine publique. Tout cela, expliquait la société de production, au nom de « la compréhension des différences ».

J'avais supplié Valérie pour qu'on ait le câble, soi-disant pour me tenir mieux au courant de la politique américaine. C'était plutôt pour passer des heures pas même douché, en cachette de la marche normale du monde, à regarder des âneries comme *I Want a Famous Face* où les candidats, d'une laideur souvent singulière, avaient l'ambition de ressembler à quelque vedette de cinéma. Qu'à cela ne tienne, on charcutait ces jeunes gens, pratiquait le relooking extrême pour obtenir une ressemblance approximative avec la star adulée. Après cela, je me scrutais dans la glace en me demandant à quelle vedette je pourrais bien ressembler.

Et ils ont continué à aller toujours plus loin. La puissance du concept était telle que même les gosses y ont été entraînés. C'est CBS qui en a pris l'initiative. Il y avait un alibi culturel, *Sa Majesté des mouches* de William Golding. On mettait en scène quarante gamins livrés à eux-mêmes, avec pour mission de construire leur propre société, sans aucune autorité tutélaire…

La bête télévisuelle s'est mise à éructer, à laisser s'échapper d'elle des propositions dérangeantes. Comme *La Ferme des animaux* – décidément Orwell était mis à toutes les sauces. Il s'agissait d'enfermer et de filmer des animaux VIP. Mais oui. Il y avait Rintintin VIII, descendant, disait-on, du célèbre acteur canin et aussi un autre chien, celui de Michel Drucker, et encore un cheval ayant incarné le célèbre Black Beauty dans une énième séquelle. Je crois me souvenir d'un lointain cousin de Saturnin le canard. Dans la piscine, un copain de Flipper le dauphin et aussi le sosie, nous assurait-on, de Cheetah, la célèbre guenon de Tarzan. Ce dont tout le monde se souvient, et cela fit le succès de l'émission, c'est que Rintintin VIII était un vrai obsédé et essayait d'enfiler tout le monde. Mademoiselle Drucker, quant à elle, égorgea d'un coup de dents le cousin de Saturnin et fut éliminée du jeu. Pour qu'il y ait tout de même une histoire, un imitateur faisait parler les bêtes. Il leur donnait des voix rigolotes, y compris à ce détraqué sexuel de Rintintin VIII. Ça a très bien marché au final. Les promoteurs de l'émission expliquaient : « Au moins on ne pourra pas dire que nos candidats manquent de naturel. »

Bref, la bête fouillait les poubelles, trouvait des trésors. Elle avait presque tout essayé, le sexe, la mort, la violence, la bassesse, la moquerie, l'amour, le non-sens. Il était donc fatal qu'ils en arrivent là.

Il ne leur restait que Dieu.

C'est le jour où Corbin m'a donné cet article que la téléréalité m'a rattrapé. Peut-être trois ou quatre jours après l'annonce officielle de la nomination du professeur Corbin au Collège de France, ma femme avait de nouveau cherché à me joindre à mon bureau alors que j'étais en cours. J'enseignais les quatre principaux stades du développement de l'enfant chez Piaget. Une thèse que tout le monde savait un peu dépassée mais qu'il nous aurait paru fou de ne pas mettre au programme. La plupart des étudiants prenaient à présent leur cours sur ordinateur portable. J'évitais de monter les marches de l'amphithéâtre en débitant mon enseignement comme je le faisais jadis sous peine de m'apercevoir que beaucoup étaient sur Facebook. Je le savais, mais préférais ne pas le voir. Lorsque je suis sorti de cours, j'ai écouté le message que Valérie avait laissé sur le répondeur de mon bureau, elle baragouinait qu'on avait encore appelé des États-Unis. On avait demandé à me parler, à moi, ce n'était pas une erreur. Dès lors, impossible de me concentrer sur les quelques copies qu'il me restait à corriger – sept –, c'était trop. Je suis rentré en me demandant si c'était à propos de mon père. Ce dingue devait être encore aux États-Unis. La dernière fois que je lui avais parlé, pleurant au téléphone pour qu'il revienne me chercher, c'était là qu'il était. Je n'étais qu'un môme. À seize ans on est encore un môme, non ? Il n'avait répondu à aucune de mes questions. Il n'avait qu'une seule obsession : notre chien, Bobby-one. Lui avait eu le droit de faire le voyage. À l'autre bout du fil, mon père ne m'avait même pas dit qu'il allait revenir, que ma situation serait provisoire. Il n'avait rien fait pour me rassurer. Je ne l'ai jamais revu. Il ne me parlait que du chien et de son comportement étrange depuis qu'ils étaient à New York. Et lorsqu'il me raconta que Bobby-one avait de mauvaises fréquentations et qu'il redevenait sauvage, je n'ai même pas cherché à comprendre. Il me revenait alors ces fois où je le voyais chuchoter des choses à la poubelle de notre cuisine, ouvrir le couvercle, lui dire un secret, puis le refermer. L'ouvrir derechef et ainsi de suite des dizaines de fois. J'attendais un peu alors pour qu'il sente ma présence et je l'interpellais en faisant comme si je n'avais rien vu. Le plus souvent il arrivait à s'extirper de son rituel, son beau regard bleu figé et sa bouche entrouverte. Il ne savait quoi me répondre d'autre que me demander si j'avais faim, quelle que soit l'heure de la journée. Depuis la mort de ma mère, me nourrir était le dernier fil qui le retenait à ses obligations de père.

Aussitôt rentré, j'ai appelé directement le numéro que Valérie avait noté cette fois. Je m'attendais à ce que quelqu'un m'annonce la mort de mon père. C'en serait fini et je ne lèverais jamais le voile sur le mystère qu'avait été la fin de sa vie. Mon statut d'orphelin serait enfin officiel. À l'autre bout du combiné, un type à la voix grave m'a dit qu'il était vraiment heureux que je le rappelle, qu'ils avaient eu du mal à trouver mon numéro. C'était un certain Clubber Grey mais je n'avais qu'à l'appeler Clubber. Au début, il me donnait du professeur. J'étais tellement abasourdi que j'ai laissé faire. Non, il n'avait aucune nouvelle de mon père et il ne savait même pas qui était mon père à vrai dire. Très poli, trop même. Il m'a cependant fait comprendre qu'il fallait que je le laisse parler parce qu'il n'avait pas beaucoup de temps devant lui. Il s'est présenté comme le porte-parole du pasteur Kaythrone.

Kaythrone, le leader de l'Église du jour nouveau ? Ouais, celui-là. Clubber lui aussi voulait s'assurer que c'était bien le Jeff Jefferson auteur de la seule thèse jamais écrite sur ce groupe religieux. Clubber n'était pas lui-même membre du mouvement, il tenait à me le signaler. Qu'il était soulagé de m'avoir enfin trouvé ! Je lui avais donné du fil à retordre, présent sur aucun site Internet d'aucune université, j'aurais aussi bien pu être mort. Oui, mais non. Tant mieux. Et Clubber de me dérouler son affaire. Il me parle de leur projet de téléréalité, du casting qui est déjà bien engagé. Seulement, comme ils veulent faire les choses « proprement », on leur a suggéré d'avoir une sorte de conseil scientifique. Bon, faut rien exagérer Jeff, tenta de me rassurer monsieur Grey, il n'était pas question de travailler dans un laboratoire ou un truc de ce genre. L'idée le fit rire. Bien sûr, ils prendraient en charge tous mes frais. Absolument tout. Et je serais payé. Est-ce que je pouvais envisager la chose ? J'avais l'impression que la main de Corbin se posait sur mon épaule, m'incitant à dire « oui ». J'ai répondu « non ». Je décevrais mon vieux maître une fois encore. Je ne pouvais pas partir aux États-Unis comme ça, laisser Valérie qui avait son propre travail, abandonner mes cours, perdre mon emploi précaire. Et lorsque j'ai refusé, j'ai eu le sentiment d'un formidable gâchis. Ça aurait été l'occasion de rencontrer enfin Kaythrone que je n'avais pas pu interviewer pour ma thèse, d'observer ces jeunes apprentis Messie, de participer tout simplement à une aventure. Hélas, ma nature profonde m'éloignait autant que possible de l'imprévu. Lorsque j'ai raccroché, je n'étais pas fier. Après une telle décision on devrait se sentir soulagé, mais là ? Rien du tout. Le contraire même. Ces maux de ventre qui ne me lâchaient plus. Mon cinglé de père y aurait vu un signe. Moi je ne devais pas, je m'interdisais ça. J'ai quand même fait quelques recherches sur Internet et suis tombé sur cette interview :

CINQ MINUTES EN ATTENDANT NOTRE SEIGNEUR
(Retranscription Chaîne Praise the Lord – 2013)

Aujourd'hui, nous recevons dans Cinq minutes en attendant notre Seigneur *une forte personnalité, le pasteur Kaythrone. D'abord, merci d'avoir accepté notre invitation. Un mot sur vous pour nos téléspectateurs qui ne vous connaissent sans doute pas. Vous êtes le leader d'une communauté religieuse, l'Église du jour nouveau, dont on parle beaucoup en ce moment. Mais avant tout, en quoi le jour que vous annoncez est-il « nouveau » ?*

Bon… en premier lieu, le nom de notre communauté, je n'en ai pas décidé tout seul. Ce nom-là, je crois bien qu'on l'a choisi dans les années 70. Une période où on cherchait tous à vivre ensemble. Je me suis jamais senti hippie, mais quand je regarde les photos de l'époque, quelle rigolade ! Ah, quelle dégaine on avait, et moi y compris ! Alors à cette époque, il n'était pas question que je décide seul de quoi que ce soit. On se mettait autour d'un feu et d'une bonne bouteille et on finissait par être d'accord. Pour « L'Église du jour nouveau », ça a été ça. N'allez pas chercher trop loin. Comme tous les croyants du monde, on espère que notre Sauveur va revenir sur cette terre et changer la vie, complètement. Que ce sera « un jour nouveau », quoi !

Oui, le retour de Jésus, c'est un espoir partagé par toutes les communautés chrétiennes sans aucun doute, mais l'Église du jour nouveau a pris une initiative récente, c'est pour ça que je vous ai invité, une initiative qui ne fait pas l'unanimité…

On parle de ça tout de suite ?

Oui, s'il vous plaît.

Écoutez, notre but n'est pas de choquer. Nous croyons que Jésus est déjà là, monsieur. Il est parmi nous. Et nous ne sommes pas les seuls à avoir cette idée.

D'accord. Tout de même, vous avez une conception un peu particulière de…

Il paraît que le Vatican a condamné notre initiative et tout le bazar. Y a pas de quoi fouetter un chat pourtant. Et puis les catholiques n'ont qu'à s'occuper de leur business. Beaucoup de croyants nous vouent aux gémonies, mais il y en a aussi beaucoup qui sont à fond derrière nous. Notre idée c'est juste que Jésus est là, il arrive à maturité. Mais il ne sait pas encore s'il est vraiment Jésus. Ça le protège, en un sens. La dernière fois, il s'est pas dévoilé dans de bonnes conditions.

Mais vous, vous savez qui est Jésus, c'est ça ?

Non ! Pas plus que vous, mon vieux. Je sais juste qu'on est là pour qu'il revienne dans un contexte… disons favorable.

Et c'est comme ça que vous est venue cette idée de téléréalité ?

Pas d'un coup. On a beaucoup tâtonné. J'ai pris mon bâton de pèlerin, croyez-moi. C'était pas la bonne méthode. Vous appelez ça de la téléréalité, moi je dis que c'est juste une façon de faire savoir à Jésus qu'on le cherche. On a casté large, des milliers de personnes. Une aiguille dans une botte de foin. Vous savez, Jésus était plus qu'en avance sur son temps. Y a pas plus moderne que lui. Je vois pas pourquoi il se priverait de faire de la téléréalité s'il le fallait.

Reconnaissez que c'est un peu étrange…

Je suis sûr que vous l'imaginez se trimballer dans les rues de New York ou San Francisco en toge ou je sais pas quoi, comme sur les tableaux de l'ancien temps. Vous croyez pas qu'il porterait plutôt un jeans ? Moi je dis que si. Et j'ajoute que personne ne peut savoir à quoi ressemble Jésus à l'heure où je vous parle.

Vous pensez l'avoir trouvé ?

Oui, je ne sais pas lequel d'entre nos candidats ce sera. Mais il est là. Le casting arrive à son terme. Dans quelque temps on saura. Enfin.

Comment saura-t-on ? Qui décidera ?

La parole reviendra au peuple.

Vox populi, vox Dei ?

Exactement.

Je ne me souvenais plus que le pasteur Kaythrone avait ce ton. Je ne l'avais jamais rencontré mais j'avais lu bien d'autres interviews de lui. J'ai voulu en parler à Valérie. Bizarrement, elle ne m'a même pas interrogé sur ce coup de fil. Lorsque j'ai raccroché, elle était en train de débarrasser le lave-vaisselle, l'échine résignée. Elle était déjà loin et même ce peu d'incroyable qui avait surgi dans ma vie ne l'intéressait pas.

Chapitre 3

Finalement, j'ai dit oui. C'était presque un an plus tard. Le temps de vivre un désastre. On vit la peur au ventre que quelque chose vous tombe dessus et le plus souvent, il ne se passe rien. Mais parfois si. Mille fois j'ai repassé tout ça dans ma tête, avec un tamis de plus en plus étroit. Rien trouvé. Pas l'once du moindre sens. Ça m'aurait aidé de voir cet accablement comme un signe du destin. Le destin, le sens de la vie et ce genre d'âneries, je ne voulais pas y remordre parce que j'avais déjà donné. Et beaucoup. J'avais traversé une crise mystique du temps de mon adolescence et ça m'avait dévalisé le peu que j'avais d'estime de moi. Alors la prédestination, un grand barbu vivant sur les nuages, tout ça, il fallait que j'y aille doucement. J'ai résisté. Enfin, un temps. J'ai tenu comme j'ai pu mais j'ai fini par interpréter ces maux de ventre qui me tenaillaient comme des prémonitions. Jeff le toqué était sur le point de faire son grand retour sur scène. Je me suis mis à repenser à mon père, à tous ses grigris, à ses petits rituels. Le genre de type qui pense passer entre les mailles du filet s'il touche du bois, croise les doigts et fait mille autres choses dingues qui demeurent inaperçues lorsqu'on ne le connaît pas. Moi qui ai vécu tout seul avec lui, j'ai su décrypter les mots que composait cet alphabet secret. Et j'ai appris avec lui à parler le langage de l'angoisse. Lorsque nous devions nous rendre quelque part, nous faisions des détours impossibles pour éviter le nom d'une rue ou une simple tache d'humidité qui paraissait menaçante à mon paternel. Est-ce que j'avais ça dans le sang ou me suis-je mis à l'imiter ? En tout cas, je suis devenu moi-même un sacré trouillard. Je m'excusais auprès de tous les objets que je heurtais, par exemple. Je bousculais une chaise ? Je la caressais immédiatement pour me couvrir. J'avais peur que le réel n'use contre moi de ses moyens de rétorsion. Ça ne sert à rien d'être sur ses gardes, l'attaque vient toujours de biais. On bâtit des lignes Maginot, le mal les contourne. Je n'aurais pas cru qu'un jour, par exemple, Valérie viendrait me voir à l'université, ce qu'elle ne faisait jamais, avec une pressante envie de tout me dire et en particulier qu'elle me quittait. Les semaines qui ont suivi ce premier coup de fil de Clubber Grey, je pressentais sans y croire ce qui allait advenir. Dans ma vie je n'avais pas grand-chose de plus que notre couple. Pourquoi voulait-elle me quitter ? Bien sûr qu'elle avait rencontré un homme et trouvé avec lui un épanouissement sexuel qui lui avait donné le courage de tout m'avouer. Nous avons discuté des heures, à pleurer l'un contre l'autre. À se raconter encore notre histoire alors que Valérie ne souhaitait d'autre issue que celle de la fin de notre couple. L'épisode m'a fait atrocement souffrir, mais ne fut qu'une étape dans une série d'événements qui me conduisirent à décider de retourner vivre à New York et à finalement accepter la proposition de Clubber Grey.

New York, en lointaine banlieue de laquelle j'avais passé mon enfance. Entre mon divorce et mon arrivée ici, le temps m'a semblé très court. Il y a parfois une sorte d'étincelle qui fait que nous n'entrons pas en décomposition. La mienne est venue de ces messages que je recevais de l'Église du jour nouveau. Je me suis dit : Jeff, depuis que tu as reçu ce premier coup de fil, tout s'est cassé la gueule, et tu t'es obstiné à faire le sourd. Le téléphone continuait à sonner et toi tu étais trop occupé à pleurnicher. Et il a bien fallu que tu le décroches et que tu la voies la flèche lumineuse de ton destin. Quand j'ai compris qu'elle me conduisait direct à New York, comme un chemin de feu au-dessus de l'Atlantique, une partie de ma souffrance s'est évaporée. Je me suis redressé. J'avais donc tenté de résister à la pente congénitale des Jefferson, mais cette résolution n'a pas tenu devant l'adversité. J'étais à présent un homme en mission. Et, oui, je recommençais à être possédé.

L'Église du jour nouveau avait payé mon billet d'avion et la location de Bleecker Street. Je traînais dans l'appartement, sans trop savoir quoi faire parce que Clubber Grey ne m'avait toujours pas rappelé. Ce n'était pas un endroit où l'on avait envie de rester. Un cinquante mètres carrés au rez-de-chaussée, sans lumière et dont les fenêtres étaient protégées de barreaux de prison. Tout en une pièce ramassée, salon et cuisine, et la chambre en mezzanine, vous aviez très vite l'impression de tourner comme un rat dans sa cage. Malgré cela, je n'arrivais pas à me décider à sortir.

J'étais assis sur le matelas de la mezzanine, il faisait une chaleur à claquer. Le radiateur était incontrôlable. Il fallait que je descende encore une fois pour voir s'il y avait quelque chose à faire. Desserrer une molette ? Resserrer un écrou ? Dans ce cube dans lequel je vivrais aussi longtemps que je resterais à New York, mon sort était de devenir un crapaud tropical. Qu'y avait-il dans cette saloperie de radiateur ? Un cœur nucléaire ? Je vivais en slip et en tee-shirt en feuilletant ma vie comme un magazine, les derniers mois surtout. Les mois du divorce avec Valérie. Je ne sais pas comment j'aurais voulu qu'elle me quitte, en tout cas pas pour un type qui n'avait que la qualité de n'être pas moi. Pas comme ça, mon amour – voilà le genre de choses que je lui avais dit pour la retenir. Ça et beaucoup d'autres conneries. La peur vous fait parfois devancer le risque, pour contrôler votre chute. Dans la foulée, j'ai cogné Pomavol. Ça ne se fait pas, c'est entendu. Et pourquoi ? Bien, je dirais : plusieurs raisons. La plus convaincante est qu'il s'était introduit entre les cuisses de ma femme. Alors un beau jour, j'ai débarqué dans son bureau et lui ai foutu un téléphone sur la gueule. C'est pour lui qu'elle me quittait. C'était Pomavol, sa « révélation sexuelle ».

Je me marrerais bien, moi, quand elle s'apercevrait de la médiocrité du bonhomme. Mais merde, ça prendrait des années. Alors ce coup de téléphone, franchement ? Il l'avait bien mérité. Bien méritée aussi fut mon éviction de l'université Paris-Descartes, affirma à l'unanimité la commission de discipline qui eut à se prononcer sur cette affaire. Il faut ajouter à cela que mon ventre me faisait souffrir au-delà du supportable et que je croyais mourir comme ma mère d'un cancer de l'estomac. J'ai dû revoir mes ambitions à la baisse, il ne s'agissait de rien d'autre que d'un syndrome de l'intestin irritable, m'avait dit le médecin. Pas la moindre tumeur : « Habituellement ces troubles se manifestent plutôt chez mes patientes, avait-il précisé, c'est très banal. Pas de souci, monsieur Jefferson. » Comme c'était psychosomatique, ça prenait chez moi des proportions dantesques. C'est comme si mes angoisses existentielles avaient élu résidence dans mon tube digestif. Le fait de savoir que ces crampes avaient quelque chose d'une frayeur métaphysique ne me permit pas de guérir pour autant.

J'ai traîné dans mon box tropical jusqu'à 14 heures. Ma boîte mail m'informait que vingt et une personnes m'avaient envoyé un message et j'en avais un de Suzanne qui avait appris que j'étais revenu à New York. Un drôle de prénom désuet mais Suzanne était bien réelle. Une fille que j'avais connue lorsque je faisais mes études. Un personnage, déjà physiquement. Une toute petite femme, très mignonne en un sens et affublée de la voix la plus fluette du monde.

Nous nous étions rencontrés dans un club littéraire à NYU. Elle était française. En fait, je l'avais un peu repérée à son drôle de minois, et je m'étais inscrit à ce club sachant qu'elle le fréquentait. On y buvait du whisky et chacun y était autorisé à déclamer ce qu'il avait écrit hâtivement la veille. Moi, je n'écrivais jamais trop rien, je m'en sortais avec quelques critiques de bouquins. Ce club accueillait parfois de vrais écrivains qui venaient nous honorer de leur prose. Paul Auster, par exemple, était venu du temps qu'il n'était pas encore une star. Un jour, c'était à moi de présenter quelque chose, j'avais traduit un texte qui m'avait paru intéressant, tiré des *Cahiers du cinéma*, seulement voilà, j'avais fait croire que c'était moi qui l'avais écrit. Suzanne, que je connaissais à peine, s'était approchée à la fin de la séance et avait sifflé à mon oreille : « Tu es vraiment minable. » Le soir nous avions baisé dans son appartement de l'East Village. Le plus incroyable est qu'elle me parlait en anglais pendant l'amour. Ça et son petit corps gracile... Je me sentais prêt à l'épouser. Le problème était que Suzanne était fiancée avec un certain George Horton. Ce George lui avait toujours paru être un connard prétentieux mais c'est à lui qu'elle s'était abandonnée. Même lorsqu'elle avait eu le choix et qu'elle aurait pu m'élire moi après notre premier « plan fesse », comme disait Suzanne. George avait réussi à faire passer sa désinvolture pour de la profondeur. Et, reconnaissons-le, il était beau garçon, ce qui n'a jamais été mon cas. Ça a peut-être pesé dans le choix de Suzanne. Il y avait beaucoup de choses que

George faisait par-dessus la jambe. Il lisait beaucoup, jamais ce qu'on lui demandait. Il avait le talent de faire passer le rien pour quelque chose. Et c'était assez.

Pendant un temps, George eut sa période « barbe ». Il était alors assez préoccupé par la question de la pilosité des visages. Quelques mois plus tôt, l'idée d'avoir une barbe, il aurait trouvé ça écœurant. Mais à présent... Suzanne me raconta la scène dix fois pour m'expliquer pourquoi ce fut George et non pas moi. Et George la racontait volontiers aussi. Je sais, par exemple, qu'il faisait chaud ce jour-là dans cette chambre et que George déroula son écharpe de son cou pour se sentir plus à l'aise. On était en pleine période « barbe » donc. Il la posa en évidence sur une étagère en aluminium pour ne pas l'oublier. Sa chambre d'étudiant était pauvre et moche. George ferma les yeux, puis commença sa lecture. Il avait choisi un texte de Merleau-Ponty, ce qui lui permettait de réviser un peu. George lut lentement en essayant de s'imprégner du sens des phrases. La porte de sa chambrette était entrouverte car, oui, George déclamait des textes porte entrouverte. Et lorsqu'il prononça ces mots : « Ce ne sont pas les découvertes scientifiques qui ont provoqué le changement de l'idée de nature. C'est le changement de l'idée de nature qui a rendu possible ces découvertes », il ouvrit les yeux comme le ferait quelqu'un qui reviendrait du monde des morts. Il fit claquer sur son palais une langue déshydratée. Regarda, éberlué, autour de lui. Il aperçut Suzanne qui était entrée, intriguée d'entendre déclamer de cette façon. La porte entrouverte et cette déclamation intrigante avaient été irrésistibles pour elle. George la saisit par les épaules et l'embrassa à pleine bouche. Ils ne se connaissaient pas une minute avant. Elle sentit bien que quelque chose s'était passé, d'extraordinaire, quelque chose de si extraordinaire qu'on ne pouvait repousser un baiser. C'eût été mesquin. Alors elle s'est offerte à lui et pour toujours, et sans en avoir réellement envie, me jura-t-elle. Comment pouvais-je lutter contre ce George Horton ? Moi et mon pathétique détournement d'une critique des *Cahiers du cinéma* ? Si bien que ce jour-là, après avoir couché avec cette fille qui se piquait de devenir écrivain et qui avait un ventre si doux et chaud, j'ai dû quitter le lit dans la précipitation car George n'allait pas tarder à revenir.

Ce ne fut que le premier chapitre d'une histoire tumultueuse. Une histoire absurde qui me conduisit un jour de mai à me battre à coups de rames avec George sur l'un des petits lacs artificiels de Central Park, lui dans une barque avec Suzanne, moi dans une autre, les poursuivant. Puis j'avais rencontré Valérie et cet enfer prit fin. Suzanne et moi nous nous étions mariés chacun de notre côté et n'avions plus échangé que vaguement, de temps en temps. Comme elle le disait elle-même : « Je ne suis pas très forte avec le mail. » Puis je vivais en France et elle était restée aux États-Unis.

Suzanne avait appris ma présence à New York par un ami commun et déclarait adorer l'idée que ce soit plus que provisoire. Elle me proposait de la voir.

On s'est donné rendez-vous au *Caffe Reggio*. Un tout petit espace sombre derrière Washington Square avec une façade peinte d'un de ces verts qui annoncent une atmosphère bohème, encombré de tableaux gras et réalistes, de babioles de brocante, d'un percolateur datant d'un autre âge. Suzanne est arrivée avec un peu de retard. Elle n'avait pas changé. Elle s'habillait toujours comme une gamine, se coiffait comme une gamine et parlait énormément. Mais elle savait écouter aussi, elle m'a beaucoup interrogé. Je lui ai donc raconté comment Valérie m'avait quitté pour un autre, sans drame, proprement. Je n'avais pas envie d'étaler cette histoire de tromperie, de banale minéralisation des corps, et ce coup de téléphone dans la gueule de Pomavol, pas à Suzanne. Je n'ai su que chuchoter : « J'aurais préféré qu'on s'entretue » et elle me rétorqua de sa voix fluette : « Ce n'est tellement pas toi de toute façon. S'entretuer ? Oh non, pas du tout toi. » Et c'était étonnant qu'elle dise ça car, très vite, nous nous sommes rappelé de bon cœur nos algarades à nous, beaucoup plus folkloriques d'après elle. C'était étrange cette façon de me dépeindre comme un être incapable de passion alors qu'elle m'avait rendu fou.

Contrairement à la première impression que j'avais eue d'elle en la voyant pénétrer dans le *Caffe Reggio*, Suzanne avait vieilli, de façon imperceptible. Voilà dix ans que je ne l'avais pas vue. Ses chairs s'étaient relâchées, à peine, assez pour lui confisquer cet air d'innocence qui la rendait si attractive. Une jeune fille un peu excentrique c'est très séduisant, une femme entre deux âges qui a ce genre-là, moins. Ça me faisait du bien de revoir Suzanne malgré tout. Notre conversation fut agréable, plus que ça même. Nous avons évoqué mille sujets, elle était vibrionnante. Je ne tenais pas vraiment à ce qu'elle me parle de George, mais elle ne manqua pas de le faire. Elle allait le quitter. Tout bien réfléchi, George n'était qu'un imbécile incapable de s'engager vraiment. Il l'avait tout de même épousée, oui, mais refusait de lui faire un enfant. Ils en parlaient depuis des mois : il ne s'en sentait pas capable. Elle savait bien à présent qu'elle avait fait une erreur de le choisir lui. La conversation prenait un tour gênant. Suzanne avait un grain de folie et en même temps avait toujours été l'entrepreneuse rationnelle de sa vie. Si elle devait faire un enfant, c'était maintenant. Comment la contredire quand les lois de la biologie sont connues de tous ? À 17 heures il fallait qu'elle me laisse, elle devait tout de même aller travailler. Étrange Suzanne. Elle est partie en me donnant rendez-vous le soir même au *KGB* où elle lirait des extraits du roman qu'elle espérait finir bientôt. Son premier roman en fait. Quand elle est partie, je suis resté au *Caffe Reggio*, un peu. J'ai rêvassé, de toute façon il n'y avait rien d'intéressant qui m'attendait à Bleecker Street.

À 21 heures, je me suis donc rendu au *KGB*, c'était dans le Lower East Side, je pourrais marcher jusque-là en longeant Houston Street, ça me ferait du bien, l'air glacé de l'hiver soulagerait la fièvre tropicale chopée dans mon appartement. C'est un bar assez prisé des *arties* new-yorkais, surtout ceux qui sont versés dans la littérature. On y accédait par un petit escalier qui donnait sur la rue et vous conduisait au premier étage, vers une salle haute de plafond et rougeoyante. Il y avait une vingtaine de personnes attablées qui attendaient la lecture. C'étaient plutôt des quadras à l'exception d'une bande de jeunes gens attifés pour devenir des écrivains, prêts à l'être, n'ayant peut-être pas écrit autre chose encore que quelques poèmes, et probablement pas même cela. L'un deux, un garçon, portait une veste à gros carreaux comme celle d'un clown, une fripe. Est-ce qu'il y avait de vieux complices de NYU dans la salle ? En tout cas, je n'ai reconnu personne. Et personne ne m'a reconnu de toute façon. Je n'ai pas vu Suzanne non plus. Est-ce qu'il y avait quelque chose comme des loges ? L'image d'une Suzanne se poudrant le nez devant un miroir encadré d'ampoules me fit sourire. J'avais trouvé un tabouret au comptoir et commandai une vodka puisque ça paraissait être la spécialité de la maison. En sirotant mon verre, j'avais pour voisin de comptoir Joseph Staline. Un buste. Inutile de demander si c'était un hommage aux dictatures communistes, il n'y avait aucun nostalgique de ces régimes ici. C'était juste que Joseph et quelques autres étaient devenus des figures pop. Ce n'était pas seulement que le réalisme soviétique ou l'iconographie du régime Mao étaient naïves, et belles dans leur naïveté, c'était plus que ça, exhiber toutes ces images, ça montrait la finesse de votre esprit ironique et la force de votre caractère. Une mythologie qui tenait le ricanement pour une prière et la vacuité lucide pour un rituel. On pouvait se demander très sérieusement, par exemple, qui l'emporterait si Chuck Norris affrontait Mister T et en parler si possible pendant des heures.

Suzanne est arrivée avant que j'aie fini ma deuxième vodka. Elle ne s'était pas particulièrement apprêtée pour l'occasion. Lorsqu'elle est entrée, une quinzaine de personnes l'ont suivie, qui devaient attendre sur le trottoir, si bien qu'au moment où elle prononça les quelques mots du premier chapitre de son roman *in progress*, la salle du *KGB* était bien remplie, l'inverse m'aurait fait mal au cœur.

J'avais un peu la tête ailleurs à cause de mes maux de ventre si bien qu'aujourd'hui je ne me souviens plus exactement de quoi son roman parlait. Un fils d'émigrant qui avait réussi, je crois. Un Arménien. Je me rappelle que son héros était subjugué par les gens qui parlaient fort dans le métro, qui ouvraient bien grand la bouche, on leur voyait la couleur de l'intérieur de la bouche. La plupart du temps il s'agissait d'un rose vermillon mais quelquefois, et c'était écœurant, la langue était violette. C'était un texte étrange et bien écrit.

Juste avant qu'elle ne commence à lire, comme s'il avait voulu ménager son effet, George a fait son entrée dans le *KGB*, un bouquet cyclopéen de roses rouges comme jaillissant de son torse, de son cœur. Suzanne, en un instant, l'a regardé, m'a regardé. Non, je n'allais pas me saisir d'une rame et me battre cette fois. Je n'en avais pas envie, pas du tout. Je préférais me concentrer sur l'étrange configuration des lieux. Ce bar avait été une manufacture autrefois, très haute de plafond, j'imaginais des machines en fonte, lourdes, pesant sur le parquet. Des étagères avaient été aménagées par dizaines et sur chacune d'elles : des bouteilles de vodka. Un trésor. Comment faisaient-ils pour aller chercher celles du haut ? C'est là que j'ai aperçu cette affiche qui devait dater de quelques mois. Défraîchie et gondolée par l'humidité. Elle figurait un corps vêtu d'une tunique blanche dont la tête avait été remplacée par un point d'interrogation. Ce corps céleste qui écartait les bras était surmonté d'un message imprimé en noir qui demandait : « Et si c'était toi Jésus ? » Il s'agissait d'une affiche pour le casting de l'émission *He is Alive !* Avec ma barbe et mon corps cadavérique, j'aurais pu postuler. Jésus, si on évite les crucifixions, ça paye peut-être comme job. Je consultai mon portable, je laisserais un autre message demain à Clubber. Lorsque j'écrivais ma thèse, je n'aurais jamais soupçonné que cette secte aurait cette idée extravagante. Sans le vouloir, ils avaient en quelque sorte capté l'air du temps. Beaucoup de gens adhéraient à l'idée qu'ils proposaient, même s'ils le faisaient en toute ironie. Ce mouvement était en train de devenir très populaire non sur un malentendu car chacun savait bien ce qu'il faisait, mais sous une fausse apparence. Il s'agissait de rire sous la cape de la bigoterie. Cette forme d'insincérité était devenue la façon la moins risquée de paraître intelligent. Alors chacun applaudissait au retour prochain du

Christ, mais que feraient tous ces gens s'il revenait vraiment ? Le miraculeux avait-il la moindre chance face à l'ironie contemporaine ? C'était aussi cette question qui me passionnait dans cette aventure. Si j'avais poursuivi mes recherches universitaires, sans doute aurais-je écrit quelques papiers à ce propos. Le miraculeux dans la religion est une preuve qui exige une adhésion inconditionnelle, c'est l'essence même de la foi qui ne calcule plus. Se jeter dans le gouffre, tout abandonner sans garde-fou. L'ironie, au contraire, ne travaille jamais sans filet, elle est le fait de celui qui ne veut pas prendre le risque de croire. C'est l'autre face de la terreur métaphysique, celle qui admet qu'il n'y a aucun sens à tout cela et que seul le rire peut nous protéger du vide. Que cet alpha et cet oméga s'entremêlent dans cette expérience unique que proposait *He is Alive !* me paraissait remarquable. Et moi, est-ce que je saurais choisir mon camp si la situation l'exigeait ?

Suzanne fut copieusement applaudie. Son roman était presque terminé, on parlait d'une publication possible. En attendant, elle continuerait à vivre de sa plume comme *rewriter* pour la publicité. Le fait qu'elle fût française, et si étrange, avait beaucoup joué en sa faveur. Le bon profil. Après la lecture, j'ai échangé avec des amis de Suzanne, tous futurs écrivains, tous publicitaires pour le moment.

Je ne savais pas ce que je devais faire à présent que George était là avec son bouquet de fleurs. Rester, c'était un peu gênant. George n'avait pas jeté un seul coup d'œil vers moi. Peut-être ne m'avait-il pas reconnu ? Plus sûrement, il ne tenait pas à me saluer. Suzanne n'osait pas trop s'approcher de moi non plus, elle me fit un petit signe de la main. Puis, elle dessina de ses lèvres les mots « *thank you* ». J'ai cru un moment qu'elle disait « *I love you* » mais non, juste « merci » en fait.

Je suis descendu à l'étage inférieur où, au bout d'un couloir suintant, il y avait les toilettes, j'avais besoin de m'éponger le front. Les latrines n'avaient pas été décorées façon Union soviétique. Juste un minuscule cagibi avec un évier, une pissotière et une petite cabine privée. J'ai aspergé mon visage d'eau. Le miroir était vérolé de rouille, j'avais mauvaise mine. J'ai cherché à m'essuyer mais le dérouleur de serviettes était vide. Du papier toilette ferait l'affaire. J'ai alors tenté de pénétrer dans l'unique cabine mais elle était occupée. J'ai dit machinalement « pardon » en français, personne ne m'a répondu, la lumière cependant était allumée à l'intérieur. J'ai donc attendu, espérant que les toilettes se libéreraient bientôt. Ou alors mon visage et mes mains finiraient bien par sécher. Puis quelqu'un a descendu les escaliers, des pas très lourds. J'avais le pressentiment qu'il s'agissait de George et que ce n'était pas une coïncidence. Il m'avait vu descendre et avait fini par décider de me rejoindre pour m'assommer une bonne fois pour toutes. C'était un type obtus. Il n'entendrait rien si je lui disais que je me contrefichais de Suzanne, que je me contrefichais de tout à vrai dire… sauf de devoir me battre dans un espace de quatre mètres carrés.

Ce n'était pas George. C'était ce jeune avec son costume de clown. Il me regarda en souriant et me dit :

— Dis, ça va mec ? T'as une drôle d'allure.

Une drôle d'allure, venant de ce type au costume de clown ?

— Ça va, merci.

— T'as pas l'air en forme, vraiment. Tu veux que je t'aide à remonter ?

— Non, ça va. En fait, j'attends que la personne qui occupe les toilettes veuille bien les libérer pour essuyer mon visage. Il n'y a plus de serviettes.

— Ah, ouais, plus de serviettes. Pour ce qui est des chiottes par contre, tu peux attendre longtemps. Elles sont condamnées depuis un bail, depuis que je viens ici d'ailleurs. Je l'ai jamais vue ouverte, cette saloperie de porte.

Je me retournai vers la cabine close. Il n'y avait plus de lumière. Je tentai de tourner la poignée. Quelqu'un avait éteint de l'intérieur.

— Elle est toujours fermée, mec, je te dis. Une fois j'ai dû vomir dans l'évier même. Elle était fermée. Le proprio est un sacré radin, il les a jamais fait réparer, ces chiottes.

Après que le clown fut remonté avec les autres, je suis resté un moment figé à regarder cette porte close. Mon visage avait fini par sécher. Je me suis mis à avoir peur en regardant cette porte. Dieu merci la lumière ne s'est pas rallumée tandis que, remontant l'escalier, je jetais un œil inquiet par-dessus mon épaule.

En haut, Suzanne m'attendait, elle paraissait mal à l'aise, pressée. George n'était plus là. Elle voulait me dire quelque chose avant de partir. Elle était désolée, voilà ce qu'elle m'a répété plusieurs fois. Mais désolée de quoi ? Ce qui se passait, les choses telles qu'elles étaient en train de se passer, ce n'est pas du tout ce qu'elle avait voulu. Elle aurait souhaité autre chose. Elle ne pouvait pas abandonner George comme cela, il fallait qu'elle lui parle. Mais ce serait la dernière fois. Est-ce que je comprenais ?

Je comprenais, mais cela ne me regardait pas vraiment. Alors j'ai établi une priorité dans ce que je voulais lui dire.

D'abord, je l'ai félicitée pour cette lecture, vraiment. Elle avait du talent, il fallait qu'elle persévère. Ensuite, parlant du plus vite que je le pouvais, car George l'attendait, j'ai soufflé :

— Il y avait là une quarantaine des personnes qui t'ont écoutée. C'est bien. Mais… où sont nos anciens amis ? Les anciens du club, de NYU. Où sont-ils ? Où vont les gens, nom de Dieu ?

Chapitre 4

C'est mon téléphone qui m'a réveillé, j'avais oublié de le mettre en mode avion hier soir en rentrant. Sept appels en absence. La matinée était bien entamée déjà. Le ciel était crayeux, d'un blanc infini et effrayant. J'avais l'intuition que Clubber Grey avait tenté de m'appeler de façon obsessionnelle. Voulait-il m'avertir pour la lumière dans les toilettes du *KGB* ? En fait, ces appels venaient tous de Suzanne. Déjà. Dès le matin. Le téléphone vibrait derechef, cette fois je décrochais enfin ! Cette exclamation, c'était sa petite voix qui me l'adressait comme un reproche. Mes draps étaient trempés de sueur, trempés vraiment. J'essayais de me concentrer sur ce que Suzanne me disait.

— Tu m'entends ? Ça ne va pas, Jeff ?

— Je me réveille… Je t'entends.

— Il y a une fête à Brooklyn dans le Red Hook, c'est devenu le *hot spot* là-bas, mon chéri. Je veux que tu viennes. George ne sera pas là. George ne sera plus là tu sais, je lui ai parlé hier soir. On va y aller en *water taxi*, ce sera si drôle. On vient te chercher en voiture.

— Je ne sais…

— À tout de suite, *darling*.

Dans la salle de bain, j'ai douché mon corps qui était de plus en plus maigre. Mon côlon dépressif était un obstacle à la réalisation d'un objectif raisonnable : avoir une vie saine et équilibrée. La barre était peut-être un peu haut, disons que j'allais essayer de m'alimenter régulièrement, ce serait déjà pas mal.

À peine avais-je fini de me sécher que Suzanne et un type sympa nommé Harry Barzinger étaient devant ma porte. Je me suis engouffré dans la grosse Ford d'Harry, Suzanne m'attendait sur la banquette arrière. Elle paraissait déjà ivre, Harry aussi d'ailleurs. Il y avait une bouteille de vodka qui tanguait sur le sol de la Ford au gré des embardées rigolardes de la voiture. Suzanne avait mis une jolie robe, ses lèvres étaient alourdies d'un rouge sang. Elle s'était apprêtée. J'ai tendu la main vers l'avant sans rien demander et Harry, qui se révélait décidément être un type épatant, me tendit la bouteille de vodka tout en conduisant. C'était un artiste, il faisait des romans-photos. Son agent l'incitait à « poursuivre son travail ». Il « croyait en lui ». Il répétait *in extenso* ce que lui avait dit cet agent et ça le faisait bien rigoler :

— Il croit en moi ! Eh mais j'aurais dû me présenter à Coney Island moi aussi ! Puisqu'on croit en moi, hein, pas vrai ?

Je ne comprenais pas ce qu'il voulait dire. Coney Island se trouvait à la pointe de Brooklyn, la fête foraine au bord de la plage, à part ça... Il tournait hystérique et il se mit en tête de se photographier lui-même pour son roman-photo, tout en conduisant. La voiture allait finir par terminer cul par-dessus tête à ce rythme. Il expliqua la case qu'il avait en tête en s'exclamant :

— La légende ce sera : « Harry, avant de se rendre à Coney Island ! » Harry le nouveau Messie ! il ajouta en gueulant.

Cela fit rire Suzanne aux éclats et moi qui ne comprenais rien à ce qu'il se disait, je ricanais aussi. J'avais bu un tiers de la bouteille de vodka en quelques minutes. Ma joue était collée contre la vitre arrière de la Ford, je regardais défiler comme des feux follets les lumières des hauts immeubles du sud de Manhattan. Nous approchions de l'embarcadère du *water taxi*. Il était 21 heures, il faisait un froid glacial.

Suzanne débarrassa l'un de ses pieds de son escarpin noir. Malgré le froid, elle n'avait pas mis de collants ni de bas. Ses jambes blanches étaient nues et me parurent indécentes et désirables. Ses ongles étaient vernis avec beaucoup de soin, un rouge rappelant celui qu'elle avait choisi pour ses lèvres. Elle approcha le pied de mon entrejambe. Elle chuchota en anglais : « Oui, ça, ça me plaît beaucoup », puis passa la plante de ses pieds sur mon sexe. Je savais que George ne serait pas à cette fête. Il ne serait plus là à ce qu'elle m'avait dit. On ne pouvait pas tellement se fier à ce que disait Suzanne. Elle me masturba de son pied avec application mais ne réussit pas à obtenir grand-chose de moi. Harry nous regardait dans le rétroviseur intérieur de la Ford, il voulait se marrer ce soir.

Lorsque nous avons garé la voiture vers le Pier 11 le long de FDR Drive le vent avait sorti ses grands couteaux. Sur le quai, quelques juifs orthodoxes attendaient frigorifiés. Ils se serraient les uns contre les autres comme des pingouins sur la banquise. Ils voulaient prendre le *water taxi* eux aussi. Il y avait une grosse communauté de juifs loubavitch à Brooklyn. Ils ne nous regardèrent pas, ne se sentirent pas menacés par notre ébriété, nos rires gras, les jambes nues de Suzanne, mon regard creux et noir. Ils s'en foutaient à vrai dire. Une fois sur le bateau, malgré le froid, j'ai tenu à rester sur le pont pour contempler le sud de Manhattan, titanesque, amputé de ses tours jumelles. Nous nous rapprochions du Red Hook. Le premier *water taxi* qui pourrait nous ramener sur l'île était prévu à 6 heures du matin. Il était 21 h 20, j'étais donc embarqué pour la nuit. Harry prit quelques clichés des loubavitch qui rentraient chez eux. Il rigolait moins, était pensif en regardant le sud de l'île et pointa son objectif vers elle puis renonça, trop photogénique pour lui sans doute.

Les abords du Red Hook, une zone un peu désertique et inquiétante. Avant, il y avait eu des grues, des chantiers, des plateformes et des bateaux de livraison ici. Il restait un peu de tout ça éventré et rouillé. Le quartier était en réfection, on avait commencé à construire des zones de jeux pour enfants, on envisageait de laisser un immeuble à des artistes et puis il y avait Ikea. Le *water taxi*, c'était un cadeau d'Ikea pour permettre aux clients de venir acheter des meubles et manger des boulettes de viande à 4 dollars. Les clients venaient un peu mais c'étaient surtout les loubavitch qui empruntaient le *water taxi*. J'ai regardé le ciel et j'ai vu que les étoiles étaient cachées par une couche épaisse de nuages qui annonçaient la neige. Mieux valait presser le pas, il peut tomber un mètre de cette saloperie à New York en un rien de temps.

Harry ouvrait le passage, la bouteille de vodka aux trois quarts vide dans la main. Les flocons commençaient à tomber. C'était bon de redevenir un adolescent. N'avoir jamais quitté cet état devait peser à ceux qui, par mégarde ou nonchalance, s'y étaient laissé enfermer, mais pour un type comme moi y revenir était jubilatoire. Je n'avais plus rien à perdre. Je me sentais la liberté des meurtriers et la tranquillité d'un homme de bien. J'avais envie de prendre Suzanne et Harry dans mes bras, je me savais au-dessus de tout ça. J'étais ivre.

Nous avons fini par y arriver. Une maison haute de trois étages, une façade de brique rouge qui ne se distinguait des dizaines d'autres si typiques de Brooklyn que par un ensemble de crucifix de toutes les couleurs, plus d'une centaine peut-être, qui y avaient été disposés sans ordre apparent. Je devais regarder ça d'un air bizarre parce qu'Harry le romancier-photographe me glissa à l'oreille :

— Suzanne ne t'a pas averti ? C'est le thème de la soirée.

— Jésus ?

— Le Christ, ouais, disons son retour. L'émission *He is Alive !*

J'aurais pu beugler : « Ils m'ont convoqué pour ce bazar ! J'en suis vraiment ! » mais je n'ai rien dit du tout, ne serait-ce que parce que ce Clubber ne m'avait toujours pas rappelé.

— Un truc de dingue, Jeff ! C'est l'idée la plus spectaculaire depuis… eh bien, je dirais depuis cette œuvre magistrale que nous autres on a intitulée ici : *Bill Clinton et son cigare*, me dit Harry d'un air sentencieux. Un truc qui était pas censé être une œuvre d'art et qui le devient. Un truc à la Duchamp tu vois, mais en mille fois plus cool, m'expliqua Harry en poussant enfin la porte de ce petit immeuble.

— Plus cool que Duchamp – j'ânonnais sonné par l'alcool –, mille fois ?

— C'est une approximation, Jeff. Du coup, nous avons fait une soirée hommage à *He is Alive !*

À ces mots, Harry retira son blouson en pénétrant dans la maison christique qui grouillait de monde. Il portait un tee-shirt aux armes du suaire de Turin. À la place des yeux clos de la dépouille, on avait dessiné des spirales cartoonesques. Une bulle faisait dire à Jésus : « Moi aussi, je fais des miracles ! » Suzanne s'approcha de moi en caressant mes fesses, elle chuchota à mes oreilles : « Et moi je me suis grimée en Marie-Madeleine : une vraie petite putain. » Autour du point fixe de ses yeux pétillants, le reste tournait.

Personne n'avait moins de trente ans et personne plus de cinquante. C'était une époque où il y avait encore des hipsters. Et là, il y en avait beaucoup mais dans l'état où j'étais, impossible de les distinguer. Globalement, j'ai fait la rencontre d'un barbu avec des lunettes épaisses et carrées, une veste cintrée et un jeans savamment délavé. Il arborait des badges « pop culture décalée ». Simplement, ce type ne portait jamais le même prénom. Je devais me raser sinon ils allaient croire bientôt que j'étais des leurs, tous ces écrivains échoués sur le rivage rémunérateur des agences de publicité. À peine passé le vestibule, une musique électronique assourdissante vous collait au sol tandis qu'une odeur persistante de transpiration et d'eau de toilette vous soulevait le cœur.

J'entendis Harry crier dans ma direction :

— Hey Jeff, je fais mon prochain roman-photo là-dessus. *He is Alive !*

Et il prit une photo de la soirée, de moi, des costumes que chacun s'était fabriqués pour l'occasion. Puis la foule a fini par nous séparer, je ne sais trop comment. Je l'ai perdu de vue pour un temps. Je ne savais plus non plus où était Suzanne. Devant moi, un type déguisé en bourrique me disait :

— Ben quoi frère, y a toujours un âne dans l'histoire de Jésus, non ? Est-ce que c'est dans l'étable, est-ce qu'il grimpe sur un âne à un moment de son délire… ça j'en sais rien mais y a un âne, c'est sûr. Et je sais même pas pourquoi tu la ramènes vu que toi t'as pas fait l'effort de te déguiser en quoi que ce soit.

J'avais bu deux verres de plus depuis que j'étais arrivé dans cette drôle de soirée, une mixture que les autochtones nommaient le *Brooklyn's graal.* Un truc rouge, il y avait du vin mais pas que cela. L'âne avait disparu, ou bien était-ce moi qui m'étais éclipsé. Je me suis retrouvé à parler avec quelqu'un d'autre portant une barbe taillée comme le personnage d'un bas-relief assyrien, puis un autre encore, pas toujours dans la même pièce. Ma conscience devenait épisodique. À un autre moment, mon sexe était dans la bouche de Suzanne. Nous étions sous les combles de la maison. Je bandais, ce qui était une sorte d'exploit étant donné mon état. Nous étions seuls, il y avait d'autres voix qui s'élevaient dans la pièce, elles venaient d'une télé qui était restée allumée. Le sol, un parquet à l'ancienne, grêlé par les termites, était couvert de tapis persans élimés. J'étais vautré dans un fauteuil en velours, le pantalon tombé sur mes chevilles, et le visage de Suzanne entre mes cuisses, comme si elle tentait de rattraper toutes les années perdues. Quant à moi, je m'intéressais plus à ce qu'il se passait à la télévision. Quelque chose qui me paraissait important, mais pour y accéder il fallait que j'arrive à me soustraire à Suzanne.

Chapitre 5

C'est la première fois que j'entendais la voix des protagonistes de *He is Alive !* Ce n'était pas très clair au début, mon souffle et celui de Suzanne couvraient un peu tout le reste. L'émission passait en continu sur cette chaîne câblée. L'organisateur de la fête – mais qui était-ce au juste ? – avait placé une télévision à écran plat sur un piédestal avec une petite sculpture en papier mâché représentant un oiseau blanc. Le Saint-Esprit qui balançait mollement le long d'un fil de fer. Étant donné la thématique de la soirée, c'était bien normal qu'on ait prévu cette opportunité de suivre l'émission. De toute évidence, à cette heure-ci, ça n'intéressait que moi de regarder *He is Alive !* J'ai été immédiatement happé. Tandis que Suzanne ne lâchait pas l'affaire, il y avait quelque part des jeunes à la fois ordinaires et pourtant dotés d'une certaine grâce qui espéraient être le nouveau Messie. On voyait bien qu'ils avaient conscience de leur responsabilité. Ils portaient en eux quelque chose qui les faisait se tenir droits. On pouvait oublier les caméras, pas le poids de Jésus. Il fallait que j'augmente le son, je voulais comprendre ce qu'ils se disaient. Deux types étaient en conversation, l'un asiatique, l'autre assis à côté de lui sur un grand canapé blanc tenait un bloc-notes. Est-ce qu'il notait les impressions du premier ? Il avait l'air un peu docile ou inspiré par je ne sais quoi. Les cheveux frisés et rares, il était difficile de lui donner un âge, il était un peu ridé et pourtant on voyait bien qu'il ne pouvait avoir plus de trente ans. Je n'arrivais pas à voir où était la télécommande. J'essayais de me libérer de la bouche de Suzanne qui était bien saoule. Je me suis excusé. Ce n'était pas pour la contrarier, mais je voulais savoir ce que ces deux candidats de *He is Alive !* pouvaient bien se dire de cet air si calme. Elle me fixa de ses petites perles noires derrière les épais carreaux de ses lunettes.

— Je suis désolée, Jeff. Je pensais que ça te faisait plaisir. J'ai quitté George, tu sais.

Sa bouche se tordit un peu comme celle d'un nourrisson qui s'apprête à sangloter.

— Tu me détestes c'est ça ?

— Quoi ? Mais non enfin, lui dis-je rassurant en caressant son bras. Je ne suis pas super en forme ce soir, c'est tout, allez ne fais pas cette tête ma petite Marie-Madeleine.

— Appelle-moi encore une fois Marie-Madeleine, connard, et je te fracasse la tête contre cette télévision.

Je retrouvai tout à coup cette violence infime et vengeresse qui me faisait peur déjà à l'époque. Elle est sortie, furieuse. Une colère d'orgueil, pas de l'amour. Dès que la porte fut close, pas troublé un instant par ce qu'il venait de se passer, j'ai augmenté le son pour couvrir la musique, une sorte de rock progressif qui venait de l'étage d'en dessous. J'y étais enfin.

Le frisé et l'Asiatique continuaient à échanger. La salle dans laquelle ils se trouvaient paraissait immense. Tout avait été composé pour faire penser à un sorte de paradis : mobilier blanc, tapis cotonneux de la même couleur et enfin un filtre lumière qui donnait une ambiance vaporeuse au tout.

— Je peux te parler franchement ? demandait l'Asiatique d'un air pénétré. Quelles sont… Je veux dire, d'après toi, quelles sont tes chances d'être celui que toute l'humanité attend ? Au fond de toi.

Celui qui se prénommait Lei fit un geste des poings pour insister sur cette idée d'intériorité.

— En vérité, je dirais que je me sens appelé pour quelque chose. J'entends ces voix parfois mais elles ne m'ont jamais dit que j'étais Jésus.

Il parlait lentement et détachait chacune de ses syllabes, se donnant à bon compte des allures de type calme et sûr de lui. Celui qui s'appelait Lei était beaucoup plus excité, et encore, on voyait bien qu'il faisait des efforts pour se contenir.

— Ce qu'elles me disent ces voix le plus souvent c'est : « montre-leur », ou « montre le chemin ». Est-ce que ça signifie que c'est moi le Messie ?

— Et pourquoi tu ne serais pas seulement un apôtre, John ?

John voulait bien reprendre du thé glacé qui était posé sur une table basse en bois clair devant le canapé. Lei lui en resservit une rasade.

— Un apôtre, tu as peut-être raison. J'essaye d'être le plus honnête possible avec moi-même, avec le public. Oui, peut-être.

— Alors voilà ce que je te demande. Dans ton for intérieur, d'après toi, tu dirais que t'as quel pourcentage de chances d'être Jésus ?

— C'est dur à chiffrer…

Lei commençait à s'agacer.

— Bon, je dirais une chance sur cent. Voilà. On n'en sait rien quoi. Une chance sur cent, c'est plus que pour le reste de la population, non ?

— C'est bien certain. Oui, John. La production ne s'est pas trompée, c'est sûr, tu mérites d'être là.

— Pourquoi tu me demandes ça ? Combien tu dirais que t'as de chances, toi ?

— Vingt pour cent.

— Vingt… quoi ? Donc vingt fois plus que moi.

Lei se leva, frotta son menton comme s'il allait faire une révélation décisive tandis qu'il faisait quelques pas, le visage fermé.

— Entendons-nous. Si Jésus revient, ce n'est pas pour se faire crucifier encore une fois et attendre plus de deux mille ans pour retenter sa chance.

— On est tous d'accord Lei, c'est la bonne cette fois-ci.

— Donc il reviendra et son message sera universel, ce sera pour tout le monde. Il n'y aura pas une île perdue où les habitants ne seraient pas au courant.

Je scrutai la salle pour voir si je pourrais trouver quelque chose à boire. Personne n'avait songé qu'un gars dans mon genre resterait – mais vraiment – pour voir cette émission et serait ravi de s'en remettre une petite dose.

— Ben ça sera la fin des temps, le jugement dernier, la Jérusalem céleste et tout le reste.

— Je suis content de t'entendre dire ça, John. Donc nous sommes d'accord. Et puisque son message est pour tout le monde, il pourrait aussi venir de n'importe où dans le monde.

— Oui, je suis d'accord.

— Ce pourrait être un noir aussi bien qu'un Chinois.

— Oui, et même une femme, regarde il y a bien Dorothy avec nous.

Lei faisait des efforts considérables pour ne pas s'énerver face à un John un peu apathique.

— Je te dis juste que Jésus, ce pourrait être n'importe qui, comme tiré au hasard.

— Ouais…

— Ouais ? Supposons qu'on le tire comme au hasard. Dans la maison, si Jésus est bien l'un d'entre nous, ce qu'on croit tous sinon on ne serait pas là, eh bien je dis que j'ai vingt pour cent de chances de l'être, moi. C'est juste que nous les Chinois on est presque un milliard quatre cents millions. Et la population mondiale est aux alentours de sept milliards. Il y a donc vingt pour cent de chances que Jésus soit un Chinois. Et je suis le seul Chinois ici, non ? »

Retour sur terre, Brooklyn, Red Hook. À l'étage en dessous on fêtait l'apocalypse prochaine, les murs vibraient. La porte s'est ouverte et j'ai cru que c'était Suzanne qui revenait à l'attaque. Si je n'avais pas été imbibé d'alcool, l'idée ne me serait pas venue. Suzanne est si orgueilleuse qu'il lui était impossible de s'abaisser à tenter sa chance de nouveau, même si toute sa vie était en jeu, même si son grand amour devait s'évanouir sur un coup de dé. C'était Harry. Avec son appareil photo.

— Mec, je crois que j'ai plus d'alcool que d'eau dans mon corps. C'est toi qui as mis Suzanne dans cet état ?

— Elle est fâchée ?

— Elle a préféré quitter la soirée, m'a dit Harry en indiquant un point dans l'espace que j'imaginai être la porte de l'immeuble, plus loin la rue, et plus loin encore, chez elle dans l'East Village.

— Mais c'est la nuit, on est à Brooklyn…

— T'en fais pas, elle a pris un taxi. Ça me fait chier, on devait partir ensemble, reprendre le *water taxi* et tout. Tu me lâches pas, toi !

— Sûr, dans mon état, je compte sur toi.

— Tiens, je t'ai ramené un mojito, enfin, ils n'avaient plus de menthe et de glace alors… Si ça te dérange pas, je vais te prendre en photo.

— Encore ?

— Tu sais c'est pour mon roman-photo. Tiens regarde la télé, comme ça, c'est excellent. Ouais, tranquille : « Jeff regardant *He is Alive !* »

En disant cela il dessina un cadre fictif avec ses mains.

— Tu viendras à mon vernissage mec, j'espère.

— …

— Si tu es encore à New York à ce moment-là.

— Si je suis encore vivant.

— Sûr. Ouais, si on est tous encore vivants. Si les trompettes de l'apocalypse n'ont pas sonné. Hey ! Tu sais que c'est une rediffusion que tu regardes là ?

Une rediffusion ? J'étais un peu déçu d'avoir jubilé pour des images rassies.

— J'y vais après la soirée, le hangar où l'émission est tournée se trouve là-bas, à Coney Island. J'y vais demain matin pour continuer le roman-photo. Enfin demain matin… je veux dire tout à l'heure. Tu veux venir avec moi ? Les candidats passent une nouvelle épreuve avec le public. On pourra les voir. C'est spécial.

— Spécial ? Ben le tout est assez spécial, non ?

— Non mais là c'est vraiment spécial.

Chapitre 6

Harry est venu me secouer alors que je m'étais enfoncé entre deux poufs de velours noir, penché comme un con, à ce qu'il m'a dit. Je lui ai demandé pourquoi il me secouait comme ça, d'après lui c'était parce que je dormais, et salement. Je lui ai répondu que je ne dormais pas du tout. C'était une conversation qui ne nous mènerait à rien. J'avais mal à la tête et l'envie de m'allonger. Je suppliai qu'on me laisse dormir encore. Ça ne me dérangeait pas qu'on me trouve demain vers midi, sur le sol, sans qu'on sache qui je suis. Je ne sais pas pourquoi, Harry ne voulait pas en entendre parler. Il m'a tiré par la manche et a fait une moue dégoûtée, ce qui me donna une idée du genre d'odeur que j'exhalais. Autour de nous, il n'y avait plus personne. Dans la grande cuisine jaune, oui, il restait cinq types debout, qui se faisaient face sans rien se dire. Harry m'a fait un signe comme quoi ils étaient cinglés. J'ai réussi quand même à hisser ma grande carcasse à hauteur d'homme.

— Nous, il faut qu'on se barre de là, Jeff. C'est plus notre heure. On doit récupérer ma caisse, et avant ça, le premier *water taxi*.

Le sol était jonché de gobelets en plastique, les cocktails au curaçao, au jus de cerise, de tomate ou de kiwi en avaient coloré les bords. Des morceaux de papier essuie-tout imbibés d'une sorte de liqueur faisaient des confettis grossiers sur le carrelage de l'entrée. Je n'ai jamais pu quitter une fête de ma vie sans songer au mal que se donnerait le propriétaire pour débarrasser et laver tout ça. Je n'avais pourtant *pas une seule fois* de ma vie donné un coup de main.

— Jeff, et on va se tirer vite fait avant d'être recrutés si tu vois ce que je veux dire.

C'est exactement ce qu'on a fait. Le froid de la rue était insupportable, les briques rouges des petits immeubles de Brooklyn ressemblaient à des fours éteints, brisés par le givre. J'ai réussi à traîner mon corps jusqu'à l'embarcadère du *water taxi*, non loin, le magasin Ikea, grand hangar aux couleurs de la Suède, s'éveillait de petites lueurs intérieures. Au niveau de l'embarcadère, il y avait encore sept juifs loubavitch, on aurait dit qu'ils nous avaient attendus toute la nuit. Ils voulaient eux aussi se rendre à Manhattan. Ils se tenaient les uns contre les autres, encore, une solidarité qui ne s'accompagne ni de mots ni de remerciements. Un élan qui va de soi, comme un rituel ancestral et très secret. Ce n'étaient pas les mêmes qu'à l'aller, c'en étaient d'autres. Malgré l'étrangeté de leurs croyances, j'aurais eu envie d'être des leurs, m'enfouir le visage dans leur fourrure noire. Imaginer qu'un Jéhovah allait m'accueillir bientôt et que, pourvu que je le craigne, on s'en paierait une bonne tranche tous les deux, quand la douleur aurait cessé, quand mon corps aurait été purifié d'une vie presque inutile. La craindre, cette grande carcasse divine, que je ne voyais pour l'heure qu'à la ressemblance d'un loubavitch géant ? C'était quelque chose qui était dans mes cordes. Un flash lumineux me tira de mes pensées.

C'était Harry qui me prenait en photo. Il ne cessait de répéter : « T'es vert mec, je te jure : vert », et il déclara que c'était encore pire quand je souriais.

— Tu me fous presque les jetons. T'as raison, il faut que tu dormes.

— Et toi ? Tu vas toujours à Coney Island ?

— Plus que jamais mon gars.

Il me montra son appareil photo pour toute explication. Il voulait dire par là, je suppose, que son œuvre photographique primait sur sa fatigue, sur mon teint olivâtre, sur tout le reste. Il me redemanda si je viendrais au vernissage de son roman-photo. J'ai dit oui, parce que parler commençait vraiment à devenir pénible. Les oscillations, pourtant légères, du bateau aggravaient ma nausée. Nous approchions du Financial District, les effets de l'alcool s'étaient dissipés et j'ai commencé à avoir peur. C'est étrange mais, à cet instant, les loubavitch m'ont regardé. J'avais l'impression qu'ils psalmodiaient comme s'ils tentaient quelque chose à mon intention, alors qu'ils nous avaient pris d'abord pour quelques dépravés cuvant notre alcool, ce que nous étions aussi. Peut-être étais-je en train de rêver à moitié, de douleur et de dégoût. Ou peut-être non. Ils avaient, ces barbus, intercepté les fréquences très basses de la souffrance qu'exsudait mon âme et ils priaient pour Jeff Jefferson.

Non, il n'y a pas un mot pour tout dans ce monde. Au contraire, l'extrême mélancolie et la terreur métaphysique qui s'est présentée devant moi ce matin-là m'ont fait sentir l'étroitesse du territoire du langage. Il y avait là-bas, à quelques instants de moi, un tel noyau d'anxiété… Les mots se précipitaient et se repliaient presque aussitôt, ne songeant pas même à affleurer. Une force y résidait mais rien d'autre qui pût se dire. Un pur reflux du langage.

Parvenir jusqu'à la terre ferme devint une obsession. Il me fallait la terre. Puis cette autre idée : je n'avais laissé aucune trace. Si je mourais maintenant, il ne resterait rien de moi. Je n'avais pas fait d'enfants à Valérie. L'idée de n'être qu'une trace cérébrale évanescente m'est devenue tout à coup insupportable.

Ma mère était morte lorsque j'étais enfant et mon père avait disparu de ma vie d'une autre façon. Je ne trouvais pas assez d'émotions dans ces circonstances pour espérer qu'il pensât à moi de temps en temps. À part ça, quelques collègues, un grand ami aussi que je voyais une fois l'an alors que nous habitions dans la même ville. Le professeur Corbin qui ne m'avait pas écrit un mot pour mon divorce ou mon éviction de l'université. Personne, en fait. Personne dans les bras duquel je pourrais tout à coup redevenir un petit enfant. À part peut-être ce corps immense qui nous aimerait tous et nous serrerait contre lui jusqu'à la fin des temps.

J'ai ruminé dans ce bateau qui roulait sur le dos noir de l'océan. J'essayais de passer le Styx, qui sait, il y a peut-être quelque chose à la fin, derrière la grande montagne. Je reverrais maman, elle était morte lorsque j'avais sept ans, le ventre rongé par le cancer. Son décès, c'est surtout une histoire reconstruite. Ce que mon père m'en a dit, ce que j'ai pu glaner par une enquête perdue d'avance menée dans les lambeaux d'une famille avare de parole, d'émotion, de tout. De la mort de ma mère, l'année où j'avais cessé de croire au Père Noël, m'est venue peut-être cette terreur de Dieu et de son action aveugle. À moins que ce ne soit par l'influence de mon père. Il ne parlait pas tellement de cela mais si la conversation en arrivait à Dieu d'une façon ou d'une autre, vous pouviez tout aussi bien le voir se dresser plein de colère ou au contraire se courber silencieux et dévot. Je ne savais pas pourquoi il était venu en France, un pays qu'il détestait, le pays où il avait rencontré ma mère. Je n'avais pas bien compris non plus les raisons pour lesquelles j'étais né aux États-Unis. Lorsque ma mère est morte, mon père s'est retrouvé piégé avec moi. Il s'est occupé de moi comme il a pu. Il n'était pas fait pour ça.

Il enseignait le latin dans un lycée privé, c'était un très bel homme. Lorsqu'on les voyait, ma mère et lui, l'un à côté de l'autre, on ne pouvait que les trouver dépareillés. Ma mère était éperdument amoureuse de lui. Était-ce simplement parce qu'il était plus beau qu'elle et que, sur le marché de l'amour, la loi de l'offre et la demande lui était défavorable ? Je ne crois pas. Mon père était un homme plutôt silencieux mais très charismatique. Il avait quelque chose de spécial. Je crois que c'est de ce quelque chose que ma mère était tombée amoureuse et n'avait su se défaire. Il était plutôt froid avec moi, glacial même. Je me suis demandé si j'étais bien son fils pendant un temps. Je n'ai pas eu la chance d'hériter de sa beauté. J'avais ses yeux, quand même.

Et puis un jour, il a déguerpi de ma vie lui aussi, je sortais de l'adolescence. Il m'a laissé un confortable paquet d'argent sur un compte, a signé quelques lettres pour m'émanciper et il s'est barré en me serrant une bonne fois pour toutes contre son torse. Je l'ai supplié. Ça n'a servi à rien. La seule chose qu'il m'a laissée, c'était une représentation de saint Sébastien, une image que j'ai observée pendant des heures, croyant qu'il y avait laissé des indices. Rien, juste ce connard de martyr percé de flèches. Il est parti avec quelques affaires et notre chien Bobby-one. Un soir, il a appelé de New York, rien qu'une fois. Il disait des choses bizarres, notamment que le chien était redevenu sauvage. Il ne m'a pas posé de questions pour savoir comment je m'en sortais. Même lorsqu'il me prenait sur ses genoux, qu'il singeait les gestes du papa, il me manquait déjà. Alors retrouver ce type dans un purgatoire quelconque ? Je m'en foutais pas mal. Sur ce *water taxi* qui nous conduisait à Manhattan, les histoires minuscules de ma vie m'apparaissaient comme des blocs d'obscurité.

Le bateau a fini par accoster par le Pier 11 le long de FDR Drive. Je n'étais pas mort en mer mais je n'arrivais presque plus à marcher. Harry a cru que j'étais encore saoul, il est allé chercher la voiture et m'a ramassé comme un sac, pressé de me déposer à Bleecker Street et d'en finir avec moi.

Ensuite les choses se sont passées par sauts quantiques.

Harry et moi, prêts à rentrer dans sa voiture et son visage très inquiet en me regardant. Lui criant. Pourquoi criait-il ? Moi râlant. La voiture qui démarre, des crissements de pneus. Je crois que j'ai commencé à vomir à ce moment-là. Le son, l'image, les odeurs, le goût acide de ma bile, ma gorge, des couinements inhumains qui s'agloméraient à la grande terreur que je ressentais. On ne peut bien se souvenir de moments pareils. Harry criait que c'était dingue, qu'il ne savait pas ce qu'il devait faire. Il croyait que je faisais une overdose. Il avait peur de m'emmener à l'hôpital, de devoir rendre des comptes à la police.

Harry tapait sur son volant, « Nom de Dieu, j'ai pas de cul ! Nom de Dieu », criait-il. Je crois qu'il a pensé un temps à m'abandonner dans le sud de Manhattan mais quelque chose entre une sincère humanité et la peur de représailles judiciaires l'en a empêché. Il a failli se résoudre, tout de même, pour l'hôpital. J'ai réussi à souffler que ce n'était pas la peine. Je ne pouvais pas lui expliquer au pauvre Harry que je souffrais d'un mal métaphysique. Comment lui dire qu'une bête se terrait au fond de mon ventre et que je ne pouvais lui ouvrir la porte de peur de découvrir le vide insondable. C'était une bête mythologique faite du cuir de ces hommes qui depuis le néolithique avaient tenté de cerner les couleurs du monde. Je n'aurais pas pu même épeler le nom de cette bête alors j'ai soufflé à Harry : « J'ai un problème de côlon dépressif camarade, c'est juste ça. »

Chapitre 7

Sur le coup, pas moyen de me souvenir ce que je faisais là. J'ai ouvert les yeux et me suis découvert couché sur un lit, une couverture de survie posée sur moi dans une salle qui ressemblait plus à un débarras qu'à une chambre d'hôpital. Je me réveillais avec un terrible mal de tête mais le ventre comme nettoyé. Cela faisait des mois que je n'avais pas ressenti une telle légèreté. Se pouvait-il qu'en vomissant j'aie réussi à désenserrer le serpent d'angoisse qui me nouait le ventre ? Certains ont dit ça, moi je dis que c'est un miracle qui s'est produit.

C'est quand j'ai trouvé assez de force pour me mettre assis et me débarrasser de la couverture que je me suis rendu compte que je n'avais plus du tout mal au ventre. J'aurais juré que la bête qui parasitait mes entrailles était partie. La porte s'est d'abord entrouverte timidement, un regard sombre balaya la salle qui me servait de refuge, pour s'ouvrir sur un gaillard noir d'une cinquantaine d'années, flottant un peu dans son costume satiné avec, posée sur son bras gauche, une tablette sur laquelle il tapotait. Derrière lui : un couloir plutôt sale. Ses cheveux crépus étaient rasés court et ses tempes paraissaient blanchies au sucre glace. Le type s'avança vers moi d'une façon franche, levant sa main un peu trop tôt pour que je la lui serre, on aurait dit qu'il portait un plat.

— Bonjour, me dit-il, je me présente : Clubber Grey, je suis le producteur de l'émission.

Harry m'avait donc conduit à Coney Island, vers ce type que j'avais eu au téléphone lorsque j'étais à Paris. Il me regardait d'un air un peu bizarre. Ça lui paraissait une coïncidence extraordinaire que je me retrouve là. Il était désolé de n'avoir pas donné de nouvelles, avec tous les événements ils avaient été sous l'eau. Ce n'était pas grave, je me sentais tout à fait d'attaque, il fallait juste que je me débarbouille, après je serais à leur disposition. On allait pouvoir se mettre au travail. Clubber, qui paraissait toujours un peu décontenancé, me dit qu'ils allaient faire appel à moi bien entendu. Ils ne m'avaient pas fait venir pour rien : « Nous archivons un certain nombre de dossiers. Il faudrait que vous mettiez de l'ordre dans tout cela. Vous serez un peu notre mémoire car par ici les choses vont si vite… »

Sans attendre ma réponse, il s'enquit de mon état en me disant que, si je le souhaitais, il pouvait faire venir un taxi. J'allais mieux, bien mieux, je n'allais pas le répéter dix fois. Je m'étonnais de ce qu'ils aient tout fait pour me faire venir et qu'ils se montrent si peu empressés à présent que j'étais bien là.

— Jeff, je peux vous appeler Jeff ? Ne croyez pas que l'Église du jour nouveau n'apprécie pas l'intérêt que vous lui portez, juste : c'est super tendu pour nous en ce moment…

Je n'ai rien rétorqué parce que la porte s'est ouverte de nouveau et je l'ai tout de suite reconnu. Il a frappé, trois fois, puis il est entré. Un costume anthracite et une chemise noire, les cheveux blancs, gominés et ses yeux bleus veinés de rouge. Près de quatre-vingt-dix ans, il se tenait comme une montagne, tout en force. C'était le pasteur Kaythrone.

J'avais écrit cent fois son nom en travaillant à ma thèse mais je n'avais jamais réussi à le rencontrer et voici qu'échoué dans ce débarras il venait à moi. Il s'est assis sur le bord du lit. Ce n'est pas que j'avais de l'admiration pour lui, disons, c'était un peu comme rencontrer un personnage de fiction. Peter Kaythrone était né en 1924 à Tucson. En août 1940, alors qu'il n'avait que seize ans, il décida de quitter sa famille et l'Arizona pour se rendre au Mexique. Est-ce qu'il fuyait les siens ? Je n'en sais rien. La raison qu'invoqua son biographe était qu'il voulait retrouver la personne qu'il admirait le plus au monde : Lev Davidovitch Bronstein, plus connu sous le nom de Léon Trotsky. Le jeune Peter avait une passion, peu commune dans l'Arizona, pour la révolution bolchevique et s'était mis en tête de rejoindre le maître qui, à ce moment-là, vivait en Amérique du Sud. Je ne sais pas comment ce gamin de seize ans s'en tira, mais il se donna beaucoup de mal pour rien. Il voyagea clandestinement dans deux trains et il fit le reste du chemin à pied pour rejoindre Mexico et le quartier de Coyoacán. Ses parents, si on veut en croire le pasteur, ne se seraient pas inquiétés de son absence car il était, déjà à cet âge-là, « une sacrée armoire à glace ». Quand il arriva à Mexico, c'était le milieu de la journée, il faisait doux, une vingtaine de degrés et l'air était très poussiéreux. Il y avait 300 000 personnes qui défilaient, le visage triste. C'est peut-être bien ces gens qui avaient soulevé toute cette poussière. C'était une procession funèbre : l'enterrement de Léon Trotsky. Kaythrone raconte souvent cet épisode comme un moment clé de sa vie, son premier traumatisme existentiel, car c'est bien autre chose que la révolution que le jeune homme était venu chercher, bien autre chose qu'un bolchévique. Après un temps, il voulut y voir un signe. Un sacré courage qu'il avait fallu à un gamin de seize ans pour parvenir jusque-là. Imaginez cela : ce jeune dort dans des gares, manque de se faire arrêter, évite les pièges, arrive enfin, et Trotsky, à l'instant propice, se fait enfoncer un pic à glace dans l'occiput. Ce qu'il avait fini par en penser, bien plus tard, c'était que Dieu avait voulu lui faire gagner du temps. À bien y réfléchir, ça voulait dire que Dieu avait flingué Trotsky, disons que Kaythrone n'allait pas jusque-là, mais c'est bien ce que ça voulait dire.

« Donc notre Seigneur m'a indiqué la direction, je n'y ai d'abord rien compris. Et on peut dire que les années 40, avec la guerre en plus, je les ai traversées tout déboussolé. »

Cette phrase, je la tenais de l'interview qu'il avait accordée à un fanzine de jeunes chrétiens. Le reste de son parcours, j'avais pu le reconstruire par morceaux. Et ce type-là, qui avait traversé le XXe siècle, se tenait aussi droit qu'il pouvait malgré son grand âge. Il a posé son mètre quatre-vingt-quinze sur le bord du lit, a mis sans rien me demander sa main sur la mienne et m'a souri avec ses grands yeux bleus, comme on sourit lorsque toute angoisse vous a quitté. Et allez savoir pourquoi, on a commencé à rigoler tous les deux. Un fou rire qui venait de loin. Est-ce qu'on s'esclaffait pour la même raison ? Un peu sans doute. Je ne savais pas exactement ce qu'il s'était passé près de ce hangar de Coney Island mais c'était grâce à ce vieux bonhomme.

Là-dessus, Clubber a voulu s'isoler avec le pasteur. Il lui paraissait qu'il y avait plus urgent que de faire la causette avec celui qui pourrait devenir une sorte d'archiviste des événements. Le pasteur n'eut pas besoin d'argumenter, pour une fois le producteur et lui allaient tomber d'accord sans se chamailler lorsqu'il assena : « Plus de deux millions en quatre heures » et Clubber s'est mis à me considérer autrement.

« Tu te rappelles ce qu'il s'est passé ce matin, fiston ? » me demanda Kaythrone en se rapprochant de mon lit. Et comme je ne me rappelais pas du tout, il demanda la tablette de Clubber. Il s'agissait d'un lien sur YouTube. La vidéo dont il était question avait été visionnée deux millions de fois. On voyait un aigle royal tournoyant dans la région des Rocheuses, l'aigle parlait et prétendait veiller sur ses concitoyens. Comme il voyait que je ne comprenais rien, le vieux m'avertit en chuchotant comme si nous étions au cinéma : « C'est de la pub, ça commence après. »

C'était un film tourné par une des milliers de personnes présentes le matin même sur le lieu de tournage. Les images montraient une foule massée devant un hangar gigantesque, clos par des portes métalliques imposantes, chacune d'elles ornée du logo de l'émission. Ça se situait près de la plage et de la fête foraine. Tout le monde était encapuchonné à cause du froid, certains faisaient des signes à la caméra qui filmait, portaient des écriteaux à la gloire de Jésus, d'autres étaient plus hostiles… on ne comprenait pas bien. Ces gens étaient en train d'attendre quelque chose, des interruptions dans l'image montraient que le film avait été monté. La lumière était plus vive et le soleil sans doute plus haut dans le ciel lorsque tout à coup on entendait une clameur. La caméra zooma sur l'entrepôt dont les portes s'entrouvraient.

En voyant ses images, je sentis mon corps pris de tremblements, je me remémorai les choses. Mes doigts se croisèrent malgré moi, je tentai de me calmer, Kaythrone me demanda si je souhaitais qu'il arrête. Je répondis : « Pour rien au monde. » En voyant ces images, ça revenait, j'y étais, j'étais parmi cette foule. Harry de désespoir m'avait donc traîné là. Je me souvenais de lui dans la voiture, il gueulait je ne sais quoi, puis il me prenait en photo. Les portes de l'entrepôt étaient tout à fait ouvertes et dévoilaient sur une sorte de scène les jeunes silhouettes d'individus acclamés comme des dieux. Il s'agissait des candidats de *He is Alive !* Dans la foule, je le remarquais à présent, il y avait un nombre anormal de handicapés, en chaise roulante, couchés sur des civières, des proches les accompagnaient. La file d'attente était interminable, il fallait organiser la détresse de tous ces malheureux qui espéraient être touchés par la grâce de ces apprentis Messie.

À côté des jeunes prodiges qui s'avançaient avec prudence vers la foule, il y avait le vieux pasteur et quelques autres membres de la secte, les chargés de production de l'émission, puis une dizaine de molosses assurant la sécurité. Les choses ensuite étaient confuses et la vidéo plutôt courte. Les candidats de l'émission tentaient des impositions des mains à ceux qui se présentaient devant eux. Puis on entendait des cris, la foule s'écartait, celui qui portait la caméra, au contraire, se précipitait pour filmer ce qu'il se passait. Quelqu'un transportait un corps, on fit place. Je reconnus d'abord Harry, et ce corps, c'était moi. Là encore, j'ai eu l'impression d'être frappé par la foudre, la scène me revenait en mémoire brusquement. Je me souvenais de son souffle lourd d'alcool et des efforts cyclopéens qu'il avait consentis pour me porter. Les gens s'écartaient un peu par pitié, beaucoup par dégoût. Harry fut héroïque, sa folie lui fit bousculer des tétraplégiques, rudoyer des aveugles : « Cet homme est malade », il gueulait en larmoyant, ce qui ne l'empêchait pas de vérifier que son appareil photo était bien arrimé. Les apprentis Messie firent une drôle de grimace lorsqu'ils me virent arriver, certains eurent même un mouvement de recul.

Parmi eux, il n'y eut qu'elle qui eut ce geste naturel de s'approcher de moi en me regardant intensément. Le spectacle de mon corps était répugnant. Elle portait, comme les images de la vidéo le montraient, un petit short en fourrure et des collants épais. Je me souviens de ses cuisses sur lesquelles Harry a déposé ma tête. J'ai senti son souffle à elle. Harry geignait : « Il n'est vraiment pas bien, mademoiselle. » Toute ironie avait disparu de son regard lorsqu'il photographia cette fille d'une beauté si délicate me prendre dans ses bras et déposer sur mon front un baiser. Ce n'est qu'alors que je l'ai vue véritablement. Une jeune femme rousse, le raffinement de ses traits la rendait irréelle, son regard vert et rieur, ses pommettes, et sa bouche, tout m'a paru dessiné avec une application surnaturelle. Elle était si menue et pourtant d'un souffle elle apaisa ma fièvre. Ses lèvres se posèrent avec lenteur sur mon front. Ça je m'en souviens et je m'en souviendrai à jamais. Elle a introduit dans ma vie ce jour-là une forme d'éternité qui m'avait toujours manqué. Je tremblais dans mon lit en revoyant la scène, en revivant tout ça. Ensuite, les images de la vidéo me montraient me levant subitement, les yeux grands ouverts. J'avais cessé de geindre et j'avais l'air de voir quelque chose en dehors du monde. La foule était médusée. Les images me montraient glapissant dans un langage incompréhensible, de l'état de gisant j'étais passé à celui de possédé. Des millions de personnes avaient vu cette répugnante danse de Saint-Guy. La vidéo s'arrêtaient alors que quelques-uns parmi les spectateurs s'étaient mis à genoux comme s'ils avaient été témoins de quelque miracle. Le pasteur souriait.

— Tu risques de devenir une célébrité, Jeff, fit-il d'un air espiègle. Je peux te poser une question ?

— …

— Qu'est-ce que tu as ressenti ? Je veux dire, là quand tu t'es mis à gueuler et à danser, c'était quand même quelque chose.

— Je ne me rappelle pas.

— Tu t'es réveillé dans ce local et c'est tout ?

— À peu près.

— Tu ne t'es pas senti rempli de quelque chose ?

— Si… oui.

Nous nous sommes regardés tous les deux un long moment sans rien dire.

— Et comment tu te sens maintenant, fiston ?

— Bien, vraiment bien. Je veux dire, j'ai un sacré mal de tête mais je me sens totalement purifié. Reconnaissant. Voilà ce que je ressens : une immense reconnaissance.

— Tu crois que tu leur dois quelque chose ?

— *Leur* dois ? *Lui* dois plutôt. C'est cette fille…

— Dorothy ? Oui.

À l'évocation de son prénom, le pasteur se tourna vers Clubber qui faisait une sorte de moue.

— Ah ah ah… Clubber n'apprécie pas trop notre Dorothy. Son genre, quoi. Mais si c'est le Messie, c'est le Messie. Pas vrai, Clubber ?

Cela avait plus l'air d'un ordre que d'une question et le producteur opina du chef.

— Il faut surtout pas que tu croies, Jeff, que notre histoire est truquée comme toutes les autre saloperies qu'on voit à la télé. De toute façon Dorothy est loin d'être en tête des votes du public alors faut pas s'emballer. Tu te sens mieux mais tous les candidats étaient là pour cette rencontre thaumaturgique, il n'y avait pas que la petite. Toi tu t'es retrouvé en face d'elle.

— Un peu plus que ça quand même.

— C'est vrai. Mais on ne peut pas savoir d'où venait la lumière…

Kaythrone me fit un sourire.

— Tu sais, c'est normal que tu te sentes un peu chamboulé. Si tu as envie d'en parler, c'est quand tu veux. Tiens, Jeff. C'est mon numéro de téléphone cellulaire. Quoi ?

— Rien. Merci.

— Ça t'épate que j'aie un téléphone cellulaire, c'est ça ?

— Mais non, non, ok vous avez un portable, pasteur, et vous me donnez le numéro. Très bien.

— Sers-t'en, ça me fera plaisir. Je crois que tu veux te rendre utile, non ? On pourrait avoir besoin de toi, fils. Appelle et le vieux Kaythrone sera là. Tarde pas trop quand même… je serai bientôt centenaire, dit-il en rigolant encore une fois. Et voici aussi un bon petit bouquin qui pourrait t'intéresser.

Il me tendit une bible. Un petit livre relié en cuir, un cuir sensuel, craquelé, ridé des milliers de fois là où Kaythrone l'avait ouvert pour y chercher on ne sait quoi. Une réponse.

— Merci, j'ai déjà une bible.

Kaythrone ne se laissa pas démonter.

— Ouais, dit-il, mais celle-là, c'est la mienne.

Chapitre 8

L'appartement était une étuve, un point incandescent au cœur du bloc de glace qu'était en train de devenir New York. J'avais allumé la télé dès le matin, j'ai fait semblant de zapper un peu entre les pages de publicité tapageuses et les *telenovelas*. Mais ce que je voulais vraiment voir, c'était *He is Alive !* « Canal 71 », m'avait dit fièrement Kaythrone. J'y étais et de nouveau j'avais l'impression que quelque chose m'appelait là-bas. Il y avait un jeune homme en gros plan, à peine sorti de l'adolescence, qui faisait les cent pas en parlant tout seul dans la « salle de recueillement », un espace qui avait été aménagé comme un jardin intérieur. Un bassin turquoise aidait à méditer si vous vous asseyiez sur le banc qu'on avait posé devant. Le tout était éclairé par la lumière crépusculaire qui filtrait à travers un vitrail imitant une peinture de Kandinsky. Tous les candidats devaient s'y rendre chaque jour pour donner leur sentiment sur la façon dont les choses se déroulaient. Un bandeau indiquait en bas de l'écran : « Martin Schnapper a le vague à l'âme ». Le jeune et beau Martin se présentait à l'écran. À la façon qu'il avait de décliner son prénom puis son nom, on aurait dit qu'il passait un casting. Sans doute pensait-il à l'après-*He is Alive !* en se disant qu'à défaut d'être le Messie, il pourrait au moins jouer dans le prochain Spielberg. Il portait un piercing au sourcil et sur son torse était tatoué : « Le royaume des cieux est proche ». Il prétendait que certains de ces tatouages étaient apparus miraculeusement. Notamment celui d'une couronne sur son cœur qui saignait de temps à autre sans qu'il y puisse rien. Des stigmates qui démontraient qu'il était l'élu. Malgré ces marques magiques qui auraient dû lui donner plus d'assurance, Martin n'était pas bien dans sa peau. Les autres candidats ne l'appréciaient pas, affirmait-il à la caméra. En particulier Steve MacCorny qui optait pour une foi assez virile et radicale. Il voulait prêcher et convertir les armes à la main, « à l'ancienne », comme il aimait à le rappeler lorsque les caméras daignaient faire attention à lui. Autant dire que la bisexualité de Martin n'était pas sa tasse de thé. Pourtant, affirmait Martin, comment concevoir le commandement « Tu aimeras ton prochain comme toi-même » autrement ? Vous voulez bien me dire ce qui permet de dépasser notre égoïsme si ce n'est l'amour ? Que je sois ou non Jésus, soupirait-il, j'y crois dur comme fer à cet amour ! Et voilà qu'il se mettait à pleurnicher. Il souffrait beaucoup de ces clans qui se formaient. Il détestait voir ces excellentes âmes s'abîmer dans de vaines rivalités. D'ailleurs, il avait l'impression que son cœur tatoué se remettait à saigner. Il ouvrit sa chemise… en fait non, pas cette fois-là.

On tambourina à la porte. J'étais en slip. Pas moyen d'être tranquille. J'ai éteint la télévision dare-dare. C'était Harry. Mon bon samaritain passait tous les jours depuis cette nuit à Brooklyn. Donc j'ai ouvert en slip, ça aurait pu être gênant, mais c'était Harry. Quoiqu'il fût avant tout un ami de Suzanne, notre camaraderie allait bon train. D'ailleurs je lui avais même demandé s'il avait couché avec Suzanne. Non. Lui en avait eu un peu envie un temps parce que, comme il me l'a dit : « Tout le monde a envie de savoir comment c'est avec une petite femme comme elle. » Harry faisait ce genre de réponse étonnante qui exprimait une idée dont il avait la naïveté de croire qu'elle était partagée par tous. Personne ne partageait ce genre d'idée. On pouvait à la limite aboutir aux mêmes conclusions que lui mais par des chemins si différents, que c'était comme un malentendu. Impossible de dire d'Harry qu'il était bête ni qu'il était intelligent dans le sens courant du terme. Parce qu'il jetait un regard penché sur le monde, certains le trouvaient nigaud quand d'autres le considéraient comme un poète.

D'ailleurs, après cette affaire Harry est devenu un artiste en vue du continent nord-américain. Il a travaillé et retravaillé des années son roman-photo, tant que c'en est devenu une œuvre abstraite à la fin. Et moi, dégueulant dans sa voiture, un moment clé de sa production.

Harry a eu deux vies. Il fréquentait les milieux *arty* de New York et plus précisément de Brooklyn et de l'East Village mais il n'était pas comme les autres. Il ne venait pas du New Jersey avec l'urgence de faire disparaître ses origines insignifiantes par une posture excentrique. Il ne venait pas non plus d'Europe avec l'un de ces accents qui vous ouvraient les portes de la crédibilité culturelle et ne portait pas en lui cette rage d'avoir raté tant d'années à vivre loin de New York. Une rage qui vous faisait dire que la ville était une patrie de cœur, qu'elle était à la fois partout et nulle part. Harry, lui, était né à New York, Alphabet City, il n'avait jamais trimballé son cul osseux ailleurs qu'à New York. En ce temps-là, c'était une ville sauvage qui, par une contorsion périlleuse, faisait sentir à la civilisation triomphante son odeur poisseuse. Le début de sa vie, Harry l'avait passé à avoir peur. Pas peur de tout, de son ombre, du temps qui passe, non, juste peur des autres. Il se faisait tabasser régulièrement à l'école, au lycée, à Tompkins Square Park lorsqu'il y passait. Et son corps maigre ne lui permettait pas de se défendre, et sa nature craintive moins encore. Peut-être que sa nature venait de toutes ces violences qu'il avait subies. En même temps, cette nature l'avait préservé des accidents les plus graves, il se faisait cogner, oui, mais juste un peu, de temps en temps. Pour cette raison sans doute il a préféré quitter le collège, c'est surtout là-bas qu'il était en danger. Il s'était d'abord fait tabasser lorsqu'il s'était agi d'établir une hiérarchie inaugurale entre les garçons du quartier. Harry aurait volontiers pris tout de suite le ticket de bon dernier, hélas personne ne l'entendait comme ça.

Non, pour que les autres en soient certains, il avait fallu qu'il en passe par quelques raclées. Il ne se défendait pas. C'était bref et peu violent. Pourtant, une fois la pyramide établie, il suffisait que cette hiérarchie soit bousculée d'un rien pour que ceux qui avaient chuté veuillent se rasséréner concernant leur virilité. Et cogner le pauvre Harry était une stratégie peu glorieuse, mais sans risque. Ce n'était donc jamais fini. Les vrais durs ne s'en prenaient pas à Harry, c'étaient les malingres des derniers cercles qui le faisaient et ceux-là ont moins de grandeur et plus de méchanceté que n'importe qui.

Harry fit une mauvaise entrée dans la vie, je pense que c'est de là qu'il a développé son étrange regard sur le monde. Non comme une philosophie du désespoir, un luxe qu'un type comme lui ne pouvait pas se permettre. Je pense plus à une stratégie de défense, pas quelque chose qu'il aurait choisi, disons une injonction de son corps même, pour survivre. Il avait fait un pas de côté, voyait tout presque pareil que vous, mais pas tout à fait. De là, on avait commencé à le prendre pour un demeuré et on lui avait foutu la paix. Ça l'avait protégé, son corps en avait eu l'intuition et sa drôle de cervelle s'était exécutée.

Comme il avait quitté le collège, il était devenu carreleur et gagnait modestement sa vie. Il vivait toujours à Alphabet City mais depuis le nettoyage en règle des années 90 de l'East Village, Alphabet City n'était plus Alphabet City. Les gens avaient changé, les junkies disparu, puis des petits bars et des jardins communautaires étaient apparus. Harry ? Ça lui avait plu, ce n'était pas le genre à regretter la gentrification. Il fréquentait les mêmes bars après le boulot et commençait à connaître les nouveaux arrivants. Tous ces types avec leur petite barbe, leur chemise rayée, ample, bonnet de laine et grosses lunettes carrées noires. Des types malins, ça se voyait rien qu'à les regarder. Ils se retrouvaient le matin au *Pick Me Up* à ce moment-là. Harry a commencé à y aller aussi, il retrouvait ces jeunes gens qui lui parlaient gentiment. Ils voulaient tous être écrivains ou cinéastes. Sans aucune exception, ils travaillaient dans la publicité. Ils avaient pas mal d'argent, payaient des verres. De temps en temps, Harry le carreleur travaillait pour eux, pour leur cuisine, leur salle de bain. Ces gens-là voulaient des trucs cool, ça le changeait des pizzerias ou des grandes salles d'eau des hôpitaux. Peut-être était-ce chez l'un de ces barbus super relax qu'il s'y était mis. Harry disait qu'il ne se souvenait plus. Un jour, puisqu'il a bien fallu que ça commence quelque part, il a fait une mosaïque, en cassant du carrelage. Et ça a plu. Il a continué. Il a aisément fasciné ces jeunes gens, cet autochtone qui savait faire quelque chose de ses mains. C'est à cette période qu'il a rencontré Suzanne la Française. Il a dû très tôt vouloir visiter son corps, mais elle a dit « non » et ils sont devenus bons amis sans faire plus d'histoires.

Bref, Harry a cessé de faire du carrelage et, comme la moitié des gens dans le monde occidental, il est devenu artiste. Il a bien fait sans doute, car il est riche à présent mais avant cela, il a quand même vécu chichement et quand les vaches étaient vraiment trop maigres, Harry se faisait une petite cuisine carrelée, sans trop s'en vanter au *Pick Me Up*.

Il m'imposa une grande accolade chaleureuse.

— Ah ça fait du bien de te voir bon sang !

— On s'est vu hier et encore le jour d'avant, Harry.

Puis il planta ses yeux bien dans les miens en ayant l'air gêné.

— Y a Suzanne qui est là. Elle attend dehors et se demande si tu es ok pour la laisser rentrer.

— Ne la laisse pas dehors. Il fait un froid de canard. Bien sûr qu'elle peut entrer !

Suzanne se tenait sur le trottoir comme un petit meuble abandonné. Elle aussi se jeta dans mes bras. Ce qui donna à Harry l'envie de recommencer et nous avons formé une sorte de méduse de tendresse à laquelle je me suis abandonné sans retenue. Suzanne avait fabriqué pour moi un bouquet de fleurs en papier qui était « charmant », prétendit-elle. Harry affichait un sourire radieux, je ne le savais pas encore mais c'était le début de sa gloire artistique. Il me prit en photo sans me demander l'autorisation puis nous nous regardâmes tous les trois, un peu gauches dans notre affection mais sincères.

Suzanne, après notre *hug* collectif, est restée près de moi. Je la sentais fébrile, elle frôlait ma main de la sienne dès qu'elle le pouvait. Sans tenir compte du fait que je ne m'étais pas encore douché, mes visiteurs affirmèrent avoir « un million de choses » à me dire. Ils avaient apporté des journaux où l'on parlait de mon cas, même en France, *Le Monde*, *Libération*, *Le Point*... Les réseaux bruissaient de l'histoire selon laquelle j'étais atteint d'une maladie très grave et que j'en avais été guéri par une déesse rousse. La vidéo avait tourné partout. Valérie et tous ceux que je connaissais en France avaient dû voir ça, et mon père peut-être aussi, où qu'il se trouve.

— Quoi ? Il faut démentir ces conneries.

Harry caressait son appareil en souriant comme un diable tentateur. Tout cela n'aurait pas la même valeur d'après lui si j'expliquais que, d'après mon médecin, je souffrais d'un syndrome du côlon dépressif. Je n'étais pas obligé de mentir, juste ne rien dire. Ne pas répondre aux interviews. Je n'avais pas allumé mon portable depuis trois jours et à présent cette perspective m'angoissait terriblement. Combien de messages ? Combien d'appels en absence ? J'avais passé tout mon temps à regarder sans répit la chaîne du câble qui diffusait en continu *He is Alive !* J'avais entraperçu Dorothy mais elle paraissait presque toujours dormir. La caméra ne s'intéressait pas beaucoup à elle malgré sa beauté, parce qu'elle ne se mêlait pas des affaires des autres, les rivalités, les alliances... Elle regardait ça d'un air pensif, de loin.

Je pense qu'elle n'était pas du tout au courant de l'intérêt qu'avait suscité cette vidéo gênante où je dansais comme un possédé. Elle ne savait pas que les rubriques « insolites » de certains médias spéculaient sur l'identité du mystérieux mourant ressuscité. Il y avait beaucoup de rumeurs qui circulaient sur Internet concernant mon affaire. On croyait reconnaître tel Texan qui avait disparu deux ans plus tôt ou un SDF bien connu de l'État de New York. Par le miracle de l'intelligence collective, il arriva que quelques sites parviennent à m'identifier et certains, ayant poussé très loin l'enquête, découvrirent que j'avais écrit une thèse sur la secte de l'Église du jour nouveau. Ils devenaient alors enragés. On me soupçonnait d'être de mèche avec la production. S'ensuivaient quelques considérations sur les médias, le peuple qu'on trompait, le capitalisme international... Le temps que l'enquête aboutisse à ces indices, l'actualité était déjà passée à autre chose. Et mon cas n'intéressait plus que les marges des millions d'enquêteurs indignés que compte la planète mais il avait distrait, avec un ricanement ironique en Europe et d'une façon plus respectueuse aux États-Unis.

Il fallait que je rallume mon portable et que j'appelle le pasteur Kaythrone, en prenant le risque de laisser entrer l'agitation du monde extérieur. Suzanne et Harry avaient pris des notes sur toute mon affaire et se chamaillaient l'un l'autre pour m'apprendre que tel éditorialiste avait dit cela, que tel comique y faisait référence dans tel show télévisé... À un moment, Harry est allé aux toilettes et Suzanne en profita pour glisser sa main sur la mienne en inspirant très fort et en plongeant son regard de myope dans le mien. Elle parla à voix basse pour me dire qu'elle trouvait que c'était une coïncidence extraordinaire. Elle retira son bonnet bleu électrique, donnant à ce qu'elle allait dire une certaine solennité.

Elle sourit une fois encore, confessant qu'elle était intimidée par ce qu'elle concevait comme les signes d'un destin amoureux. Quant à moi, ma nouvelle vitalité me réconciliait avec des appétits qui pouvaient me faire perdre le bon sens. J'oscillais entre, d'une part, l'idée que c'était une pure folie que de donner crédit une fois de plus à une histoire avec Suzanne et, d'autre part, l'envie de coucher avec elle immédiatement. Harry ressortit des toilettes d'un air rigolard. Je devais me méfier car faire l'amour une fois de plus avec Suzanne, ce soir, demain, n'importe quand, c'était mettre le doigt dans un engrenage qui me happerait, le cœur compris. Oui, j'étais tout à fait le genre de type à me mettre à aimer une fille parce que cela me semblait juste. Je ne savais jamais quand je commençais à gravir les marches de l'escalier, et Dieu sait que les premières étaient imperceptibles et voilà que j'étais bientôt tout en haut, perché et nigaud, pas du tout satisfait d'être là mais n'y pouvant plus rien. Et cette première marche était la pénétration. Si je pénétrais Suzanne, je lui devrais quelque chose. Un enfant par exemple. Donc fuir en courant. Notre amour serait pour moi une simple réminiscence que je pourrais mettre une vie à jauger, sans savoir s'il s'agissait de l'ombre ou de la proie. C'est avec cette idée obsédante que je me suis endormi lorsque enfin Harry et Suzanne ont résolu de me laisser en paix. Je ne téléphonerais à Kaythrone que le lendemain après avoir passé une nuit à cauchemarder que je mangeais des feuilles de papier.

Chapitre 9

Nous étions en hélicoptère. Ouais, en hélico. Clubber avait décidé d'embarquer une équipe de CNN qui tournait un reportage sur le phénomène *He is Alive !* C'était dur d'entendre sa voix à cause du vrombissement des pales de l'appareil. Il gueulait qu'il n'y avait pas d'autre moyen pour accéder aux studios de l'émission. Une marée humaine enserrait les bâtiments.

— Y a plus de cinquante mille personnes là-dessous à ce qu'il paraît, hurlait Kaythrone, je peux te dire que ça dépasse largement les fidèles de l'Église du jour nouveau. Une vraie cour des miracles. Au début les forains se frottaient les mains, ils ont rouvert leurs attractions mais ça finit par faire de la casse et personne ne peut circuler. On ne peut plus y aller en voiture, même nous.

Nous survolions une foule impressionnante. Les cheveux blancs de Kaythrone fouettaient les airs et lui faisaient comme une auréole, ses grands yeux bleus s'écarquillaient. Il devait être éberlué lui aussi par ce succès, lui qui avait connu les maigres débuts d'une communauté presque familiale. La sociologie des gens qui suivaient l'Église s'était sans doute beaucoup modifiée ces derniers temps. Lorsque je rédigeais ma thèse, j'avais dénombré neuf mille adeptes quand la secte en revendiquait le double. L'immense majorité étaient des chrétiens qui avaient abandonné leur pratique et n'étaient revenus dans le giron religieux qu'en découvrant la doctrine du vieux pasteur. Les cadres du mouvement étaient souvent des gens à l'aise financièrement et d'un bon niveau d'étude. D'une façon générale, j'avais pu montrer que le niveau d'éducation y était supérieur à la moyenne nationale. C'était un résultat assez contre-intuitif parce que la plupart des gens pensent qu'il faut être taré ou désespéré pour rejoindre ce genre de mouvement. Les plus compassionnels supposent que c'est la misère intellectuelle et la pauvreté qui peuvent conduire des gens à se réfugier à l'abri de doctrines démentes. Mon jury avait souligné cet apport de mon travail, mais ce n'était pas vraiment original. En réalité, la plupart des études portant sur les mouvements sectaires, extrémistes ou même terroristes sont parvenues au même genre de conclusion : l'éducation n'immunise pas contre l'adhésion aux croyances les plus folles. Dans certains cas, c'est même le contraire. C'est une mauvaise nouvelle pour les sociétés progressistes qui ont imaginé que l'élévation scolaire de la population ferait disparaître toutes les croyances irrationnelles. Et ce n'est pas qu'une mauvaise nouvelle, c'est assez désagréable aussi d'imaginer que les cinglés qui attendent l'apocalypse ne sont pas si différents de nous tous. Lorsque l'on observe le parcours des membres de ces sectes, on en vient facilement à se dire : moi aussi j'aurais pu me faire avoir. Je n'avais pas procédé différemment avec l'Église du jour nouveau. J'avais étudié moi aussi le cheminement de nombre d'individus qui avaient fait d'assez hautes études mais qui, justement, pensaient que la vie ne les avait pas assez récompensés. C'était parce qu'on retrouvait dans ce genre de population diplômée plus de frustrés que partout ailleurs qu'ils étaient si nombreux dans les groupes sectaires. Toutes ces doctrines disaient à peu près ça : « Ce n'est pas normal que tu aies un jeu aussi mauvais avec les capacités que tu as… Je te propose de reprendre de nouvelles cartes et l'ordre du monde sera rétabli. » Et c'est ainsi que des gens tout à fait normaux pouvaient se retrouver aimantés par des discours exotiques qu'en d'autres circonstances ils auraient trouvés risibles.

J'avais bien entendu enquêté un peu sur la structure économique du mouvement en espérant découvrir matière à scandale mais la vérité était que ni moi ni aucun journaliste n'avions trouvé de choses croustillantes à dénoncer. Le vieux pasteur ne vivait pas comme saint François d'Assise, mais il ne s'était jamais vautré dans le luxe qui paraissait plaire aux autres gourous. Kaythrone croyait en sa mission. Elle lui était nécessaire pour continuer à trouver un sens à la vie. Si bien que lorsqu'il prétendit, face caméra, ne pas s'habituer au spectacle de ces personnes qui étaient venues en pèlerinage autour de l'immense hangar qui servait de décor à *He is Alive !*, moi je l'ai cru. J'ai vu qu'il disait vrai. À côté de lui, celui que je connus plus tard comme étant Walter Grimm se tenait les bras croisés, visage fermé. Il avait le physique d'un vieux boxeur polonais, les oreilles en chou-fleur et les arcades sourcilières s'affaissant sur un regard sombre. Il était petit et râblé et possédait des mains larges et rugueuses comme un tronc d'arbre. C'était une sorte de garde du corps. L'émission n'avait pas que des fans, alors étant donné la nature de certaines lettres de menace, il valait mieux pouvoir compter sur un Walter en cas de coup dur. Walter possédait un colt .38. Kaythrone ne dit rien de tout ça à l'équipe de CNN, il préféra insister sur la foule idolâtre autour des studios.

— Y a de quoi être fier. Un succès énorme. On va se poser sur le toit, on a dû l'aménager, c'est pas croyable hein ?

Kaythrone avait raison, une vraie cour des miracles. La caméra s'est attardée sur le cortège qui campait en bas dans le froid et les plaques de glace tournées en boue. Ça chantait. Certains se réunissaient en composant des farandoles improvisées. Parmi eux, quelques-uns avait sans doute attendu ça toute leur vie, pour se lancer, se lancer vraiment. Il y en avait un paquet qui venaient de l'Église du jour nouveau, mais pas que, loin de là. Par exemple ce derviche qui de ses mains délicates mimait la chorégraphie de l'extase en tournant sur lui-même. On l'apercevait comme au ralenti. D'autres encore déambulaient les yeux grands ouverts. Beaucoup levaient leur regard vers le ciel pour observer l'hélicoptère passer et l'acclamaient. Et on jouait de la musique un peu partout. Il y avait de la couleur, des ponchos, des turbans et des saris, des plaids… Cela se mêlait à la boue et à un enthousiasme permanent. Voilà à quoi ressemblait une foule exténuée de bonheur. Et des pseudo-flagellants, et des types prétendant être des Jedi, et d'autres, à côté d'un groupe d'adeptes de Krishna, brandissaient des pancartes à la gloire de la déesse Gaïa. Jamais l'espoir raisonnable et la douce dinguerie ne s'étaient enlacés de cette façon.

Lorsqu'il a été diffusé, le reportage s'arrêtait sur le visage de Kaythrone faisant un clin d'œil à la caméra et disant qu'il avait rendez-vous en bas dans les bureaux de la production avec le gouverneur. Le vieux géant expliquait qu'il allait sans doute se faire tirer l'oreille pour cause de « trouble à l'ordre public ». Ces cinq mots, il les mettait entre guillemets de ses index. Après ça, il rigolait un bon coup et c'en était bien terminé.

Après nous être posés sur le toit du bâtiment de la production, nous descendîmes dans les bureaux de Kaythrone pour qu'il m'explique un peu en quoi consisterait ma tâche. Je n'arrivais pas à croire que sous nos pieds, des dieux en devenir étaient en train de nouer des intrigues devant des dizaines de caméras. Certains clans s'étaient formés. Le premier s'organisait autour de la personnalité de Mahoan Shatwalia, un ancien sikh, beau et charismatique. Plusieurs candidats s'étaient rangés derrière sa bannière, abandonnant leur prétention au messianisme, acceptant une place d'apôtre de premier rang. Un second groupe avait placé à sa tête Joe Fisher, un type épatant d'après tout le monde, et un troisième enfin, aux contours plus incertains, avait élu Dorothy Olsen, la seule femme concurrente, cette jeune fille rousse que j'avais entraperçue pendant ma crise. Dorothy, j'avais retenu son prénom depuis que Kaythrone l'avait prononcé. Lorsque j'avais interrogé Kaythrone à son propos, parce que je trouvais qu'on ne la voyait pas souvent à l'écran, il me répondit que c'était parce qu'elle dormait tout le temps. Puis :

— Ben, Dieu est amour, pouffa-t-il, elle a une conception disons assez large de la chose. Très « amour charnel » si tu vois ce que je veux dire. La pauvre, elle a mal choisi sa boutique ! Parce que c'est un concours de vertu là-dedans. Du coup, elle s'enferme toujours sous une petite tente qu'elle a fabriquée comme elle a pu, avec des draps posés sur une table. Enfin, elle dort beaucoup, quoi.

Il n'y avait aucune désapprobation dans son ton, je n'aurais pas dit la même chose de Clubber. Quant à Walter Grimm, il demeurait impénétrable et ne paraissait avoir d'autre ambition que de retourner à une forme de vie minérale. Kaythrone était bienveillant et patient avec les autres. Oh oui, s'il y avait bien une qualité dont le vieux pasteur ne manquait pas, c'était la patience. Il avait dû lui en falloir depuis le temps qu'il attendait la venue du Messie. Après la mort de Trotsky, il était resté en Amérique du Sud. Ainsi, il avait échappé à la Seconde Guerre mondiale. Son pays était entré en guerre alors qu'il n'avait que dix-sept ans. Réapparu aux États-Unis à la fin des années 40, on dit que sa carrure lui aurait permis de s'imposer dans une petite équipe de football américain. Je n'en avais pas trouvé beaucoup de traces lorsque j'avais rédigé ma thèse. Il aurait vivoté une dizaine d'années comme ça, rien de glorieux. Je passe les éléments insignifiants que j'ai pu réunir sur cette période. Disons que, selon le vieux pasteur, le bon Dieu l'avait remis une fois de plus sur le droit chemin. Donc je résume, Trotsky : non ; le football : non plus.

Je n'ai pas eu plus de succès pour reconstruire son parcours les vingt années suivantes. Je veux dire : d'un point de vue cohérent. Tout ce dont je suis certain, c'est qu'il ne fut pas concerné par la *Red Scare* et le maccarthysme. On le retrouve dans les années 60 à la tête d'une communauté de marginaux dans le New Jersey, des hippies chrétiens. Kaythrone explique que sa conversion n'était pas encore totale à ce moment-là. Il trouvait juste Jésus cool. Était-ce exactement le fils de Dieu ? En un sens pour lui, tout le monde l'était, alors Jésus pouvait bien l'être aussi. C'est de cette époque que datent les premiers textes religieux de Kaythrone. Il y défend déjà une sorte de doctrine mâtinée de Nouveau Testament et de l'idée que Dieu est partout, et Jésus avec lui. Dans les petits bonheurs de la vie de tous les jours, creusez bien, vous trouverez Jésus. Par compulsion démocratique sans doute : chacun avait droit à une part égale d'élection divine. « *You're a star, everybody is a fucking star* », comme dirait l'autre. C'était tout à fait en phase avec l'esprit de l'époque et, par un curieux hasard, son look se trouvait être raccord avec celui de la jeunesse émergente des années 60. Kaythrone avait les cheveux longs à cette époque. Un grand Viking d'une quarantaine d'années, les yeux un peu globuleux et le sourire franc. Ainsi sur cette photo, on le voit, entouré de plusieurs des membres de sa communauté, « tous morts », me dira-t-il plus tard du seul ton que peut emprunter celui qui a eu la chance de vivre quatre-vingt-dix ans et la tristesse de voir tomber tous ses amis. Ils sont six sur la photo et paraissent dire ensemble : « Avant, tout ne s'est pas passé pour le mieux mais à partir de maintenant la vraie vie commence et ce sera très bien. » Ce que l'on sait de cette communauté qui portait le nom de la petite colline sur laquelle ils s'étaient installés, c'est qu'elle s'est délitée au cours des années 70. La raison principale est que Kaythrone s'opposait à l'utilisation de stupéfiants. D'autres prétendent qu'il partageait sa vie à ce moment-là avec une certaine Kory Fishlang, et que la jeune femme avait la cuisse plus légère qu'il l'aurait souhaité. Le bon pasteur ne goûtait plus autant que cela les passions de son temps. Était-ce par jalousie ? En tout cas, il se serait recroquevillé sur une version plus orthodoxe du christianisme, condamnant les errances de son époque. La petite communauté de la jolie colline du New Jersey s'est vidée de ses fidèles. Du temps de sa splendeur, le groupe avait atteint près de deux cents adeptes. En 1979, il n'en restait plus qu'une dizaine et même Kory Fishlang s'était carapatée. De là,

Kaythrone a dû se dire : « Bon, d'accord, Jésus n'est pas partout. » Progressivement, la doctrine s'est transformée en : « Jésus *pourrait* être n'importe où », ce qui du point de vue du langage peut paraître proche, mais théologiquement, il y a un gouffre. Puis le pasteur a beaucoup dit, par la suite, à qui voulait l'entendre : « Jésus peut être n'importe où, ça peut donc être n'importe qui. Bon sang ! Il est peut-être déjà là parmi nous ! » Il avait mis pas loin de cinquante ans pour en arriver là. Il n'était pas le genre de type à supporter l'idée qu'il pourrait vivre sa vie sans croiser Jésus. Le croiser *vraiment*, pas son souffle ou je ne sais quelle lumière évanescente, non, un Jésus en chair et en os avec ses organes et tout. Pas un corps moribond et verdâtre cloué sur un morceau de bois mais un gaillard bien costaud, rigolard et plein de vie, et plein d'amour. Ce type qui vous prend contre son torse et vous dit : « Allez mon gars, c'est fini, je suis là. Tout est ok à présent. » Il avait raté Trotsky, il ne raterait pas Jésus.

C'est pour ça que Kaythrone n'a jamais pu imaginer que ce pouvait être lui le Messie. Pour cette raison impérieuse qu'il ne l'aurait voulu pour rien au monde.

« Ce fut une drôle d'expérience spirituelle que de m'astreindre à cette discipline : imaginer Jésus sous les traits de n'importe qui, déclara-t-il au journal *Parade*. Je ne me suis jamais senti raciste mais je dois avouer que, dans un premier temps, ça m'était difficile d'imaginer qu'il puisse être noir. Puis j'ai travaillé là-dessus. Je me suis dit : "Jésus est amour, nom de Dieu." Ce que j'ai découvert, c'est que mon amour de Dieu était enseveli sous des centaines d'années d'iconographie. Y a même un paquet de peintures qui lui donnent les traits d'un grand blond bien propre ! Il fallait que je fasse le ménage là-dedans (*il désigne son crâne*). Et un beau jour, je l'ai vu en imagination, un Christ noir, magnifique, les cheveux crépus et je me suis dit : "Ouais, ça y est. Ça je peux l'accepter, je me suis rapproché du Dieu d'amour. Un Christ d'ébène ? Ramène-toi et vite fait, que je te prenne dans mes bras !!" (*rires*) »

Personne ne s'est ramené et Kaythrone a commencé à prendre sérieusement de l'âge. Je suppose qu'il s'est dit que c'était sa dernière chance, qu'il fallait y aller. Le vétéran qui se tenait devant moi était encore cet enfant s'étant rendu au Mexique. Alors à bien y réfléchir, cette histoire de téléréalité ? C'était tout ce qu'il y avait de plus logique. C'était beau comme la foi d'un homme qui n'abdique pas. Beau comme une dernière chance.

Il portait un gilet aux motifs écossais et dessous un pull à col roulé rouge. Son visage souriant était couperosé par le vif froid du dehors et dans sa main gauche un sachet de papier Kraft recyclé exhalait une délicieuse odeur de gâteaux chauds. Il s'installa derrière son bureau de fortune et me tendit son trésor :

— Salut, fils, me lança-t-il, tu veux un scone ?

— Non, non, j'ai mangé déjà.

— Ouais bah si tu participes au concours de crève-la-faim de l'émission… Entre Mahoan qui jeûne et

Dorothy qui bouffe trois brins d'herbe, j'appelle pas ça manger.

— Oui, mais non, moi, je mange normalement.

Kaythrone engouffra son scone.

— Je vais au *Scone Corner* pour les acheter dans le Bronx, t'imagines, Jeff ? Bon, je me les garde pour demain ces deux-là, sauf si tu changes d'avis. Ils sont là. Dis-moi, fils, ça m'a foutu les jetons ton coup de téléphone d'hier. T'es pas en train de virer zinzin au moins ?

Le pasteur rigola un bon coup et en profita pour se rapprocher de moi. J'étais embarrassé non par cette proximité mais par ce que je voulais lui demander. Et après que je me fus tortillé un moment et que le vieux m'eut demandé si je n'avais pas envie d'aller aux toilettes, je lui ai lâché :

— Est-ce que vous pensez que… je pourrais rejoindre l'émission ? Je veux dire, entrer dans le hangar. Attention, je ne veux pas être candidat, juste être avec les autres, faire leur connaissance. Peut-être des interviews pour vos archives. Dites-moi si c'est trop dingue.

— C'est trop dingue, fils.

— …

— Non, n'insiste pas, tu me désobligerais.

Le pasteur avait un air si sévère que je me sentis ratatiné et que j'aurais payé cher pour effacer de sa mémoire cette demande farfelue. Je lui tendis un morceau de papier, quelques lignes que j'avais jetées dans la nuit, fiévreux. C'était une lettre pour Dorothy.

— C'est pour ça que tu veux entrer dans le hangar, pour la rencontrer ? Tu confondrais pas tout, fiston ? Je l'adore cette môme mais elle va pas te donner ce que tu attends. Mais pas du tout.

Kaythrone hésita entre finir son scone et me prendre dans ses bras. Il fit les choses dans cet ordre-là. Étrangement, je ne me sentais pas mal à l'aise quand il me serrait contre sa grande carcasse, moi qui avais tant de mal avec la simplicité du corps. Ça ne le dérangerait pas que ce soit Dorothy le nouveau Messie, dit-il, de toute façon il ne déciderait de rien. Le jugement dernier viendrait du public. Devant mon air interloqué, Kaythrone m'expliqua qu'il y aurait un vote à l'issue de l'émission, dans quelques jours, lorsque toutes les épreuves miraculeuses auraient été passées.

— Un vote ? La démocratie c'est pas vraiment le truc de Dieu, si on se fie à la Bible.

— Bof, j'aime pas trop ce bouquin, me répondit-il sans se démonter. Au début on s'est dit que ce serait bien que le Messie émerge par une sorte d'unanimité des candidats. Tu vois, une sorte d'évidence.

— Et qu'est-ce qui s'est passé ?

— Chacun essayait de convaincre les autres qu'il était le nouveau Jésus, et patati parce que je suis noir, et patata parce que je suis bisexuel et que c'est plus facile pour moi d'aimer vraiment tout le monde. Si on avait conservé ces règles, on y serait encore et personne ne serait d'accord avec personne.

À partir de là, la production de l'émission avait décidé d'interpeller le public. Cette décision avait été d'autant plus facile à prendre que l'audience croissait de jour en jour et que les téléspectateurs ne se trouvaient plus seulement en Amérique du Nord. Le recours à l'approbation publique a changé beaucoup les choses car de nombreux candidats ont compris qu'ils n'avaient aucune chance et ont préféré s'allier à ceux qui leur paraissaient plus légitimes.

— Pourquoi ne pas avoir fait voter les candidats en ce cas, disons, en interdisant de voter pour soi-même ?

— Clubber était farouchement contre. D'une part, parce qu'il espère palper sur les sms et toutes ces conneries et je lui donne pas tort parce que ça rapporte. D'autre part, parce que c'était pas bon pour le suspense. Si les candidats votaient, Mahoan l'aurait emporté haut la main.

— Ça a pas l'air de vous enthousiasmer…

— Dis pas de bêtises, je peux pas me permettre d'avoir des préférences. Puis c'est vrai que c'est plus marrant comme ça. Même Dorothy a ses supporters à l'extérieur.

Il me tendit des photos et des textes décorés de dessins assez naïfs d'oiseaux. Il y en avait d'autres aussi, franchement obscènes, représentant des couples en pleine action. Il les avait sortis d'une enveloppe au logo de l'émission.

— C'est une communauté qui vit près de San Jose en Californie, ils prétendent être chrétiens et s'inspirer des enseignements de Dorothy Olsen : tiens, regarde, j'invente rien. Les *enseignements* de Dorothy. Non mais on se marre bien quand même ! Ils sont près d'une centaine. Je sais pas comment on va les appeler : les dorothiens ou les olseniens peut-être.

— Ou les chrétiens, si c'est Dorothy qui gagne ce jeu.

Kaythrone opina puis me regarda d'un air attendri, des miettes de scone constellaient son pull à col roulé.

— Bon, allez, donne-la-moi cette lettre. Je la lui donnerai à la petite Dorothy. J'ai un petit service à te demander moi aussi. Rapport à ton métier de psychologue. Le gouverneur veut me voir là et je vais me prendre une sacrée semoule. Il prétend que l'émission représente un trouble à l'ordre public. Je reconnais que ces milliers de personnes qui ont débarqué pour squatter les environs du hangar c'est pas commode pour tout le monde. Mais franchement : « trouble à l'ordre public » ?

Personne ne faisait rien de mal, voilà quel était son point de vue. Il se demandait alors si moi, en tant que psychologue universitaire, avec toute ma science, je n'aurais pas une idée sur la façon de parler à ce monsieur pour qu'il les lâche un peu. J'ai dû expliquer à Kaythrone que ma spécialité était surtout l'histoire de la discipline. J'avais rédigé des monographies sur de grands psychologues : Piaget, Adler… Quelques articles de psychologie expérimentale sur la radicalité, des trucs issus de ma thèse…

— Ah, t'es pas plus avancé que moi alors ? Franchement, le retour de Jésus, un « trouble à l'ordre public » ?

Je ne dis pas que ça n'occasionne pas un peu de bazar toute notre histoire mais est-ce que tu crois pas que tout ce petit monde la fermera lorsque notre Messie sera là ?

Kaythrone regarda les scones qu'il avait promis de laisser tranquilles jusqu'au lendemain.

— Et concernant le vote du public, il aura lieu à la fin ?

— Les gens ont déjà commencé à voter par sms. On donne les résultats à personne. On ne donne que quelques indices et surtout on fait croire que les choses sont serrées. Ça c'est une filouterie de monsieur Clubber Grey, concéda, pataud, le vieux pasteur.

— Et les choses ne sont pas serrées ?

— Bah, pas tant que ça. Mais si les gens pensent que ça l'est, ils continuent à voter et ça rapporte. Quand le Messie va sortir de là-dedans, il faudra un sacré paquet de pognon pour lui faire faire la grande tournée.

D'après le pasteur, le Messie devait aller de par le monde prêcher la bonne parole, réaliser des miracles, l'émission ne suffirait pas. Bref, ce qu'avait déjà fait Jésus à l'époque, mais en plus moderne.

— Alors qui est en tête ?

— Ça je peux pas le dire. Tu t'en doutes, dit Kaythrone, en planquant ses scones derrière son dos alors qu'on frappait à la porte.

Clubber pénétra dans le petit bureau du pasteur, un épais paquet de documents à la main. C'était pour moi, j'allais devenir l'archiviste, la seule place qu'ils voulaient bien me faire dans cette aventure. Le producteur me le donna de mauvaise grâce. Avant de me congédier – car ils avaient encore un travail de dingue à abattre – Kaythrone m'a fait un petit geste amical en agitant ma lettre. Il allait la transmettre.

En rentrant chez moi à Manhattan, avec cet énorme paquet de feuilles sous le bras, j'ai immédiatement allumé la télévision sur le canal 71. Je revenais déjà vers Coney Island et le divin hangar.

L'image était fixe, montrant une tente de fortune montée dans quelque arrière-salle du studio de l'émission. Dorothy avait disposé des draps sur des chaises et une table basse comme les enfants lorsqu'ils rêvent de cabanes au fond du jardin. On aurait pu croire qu'on dissimulait là un monstre de foire. Une main délicate jaillissait de cette cahute de toile. Cette main était offerte à la lumière du matin, elle était presque translucide, d'une blancheur éblouissante, de la neige aussi bien. Mon esprit fouillait pour sortir de sa cage. J'ai entendu des chuchotements. Se calmer. Doucement, Jeff. C'était elle.

L'image demeurait immobile, comme s'il n'y avait rien eu de plus important à montrer, avec ce seul commentaire qui s'affichait en bas de l'écran : « Dorothy se livre à son activité favorite ».

Chapitre 10

Ce type faisait son cinéma sur Bleecker Street. C'était un grand échalas que j'aurais qualifié de clochard s'il n'avait associé aux loques qu'il portait des affiches agrafées sur sa peau, une forme de pénitence, avertissant de l'apocalypse prochaine. Ce vagabond avait égaré au cours de sa vie une partie de ses dents et consacré le peu qu'il lui restait de temps sur cette terre à nous avertir, et en gueulant bien fort, de quelle saloperie c'était que cette émission de téléréalité. Il avait une photo de tous les candidats qu'il présentait sur des petits posters : on reconnaissait Mike Perley, un descendant d'esclave – comme il aimait à se présenter. Puisque les États-Unis avait élu un noir à la présidence, il était temps de reconnaître que le Jésus originel était bel et bien noir. Ça tombait bien car Mike se proposait de prendre la relève. Sur un autre de ces posters, c'était Steve MacCorny, le plus belliqueux de l'aventure, qui affirmait que c'était l'heure de l'apocalypse et qu'il fallait que le Christ prenne les armes, une grande épée d'après lui, pour botter les fesses des musulmans et de tous les autres qui détournaient ses frères de la parole vraie. Martin Schnapper, ma Dorothy, Joe Fisher, Mahoan Shatwalia et tous les autres. Je commençais à les reconnaître. Eh bien tous ces gars-là, d'après ce type, étaient des créatures de l'enfer, et on allait bien voir si oui ou non il avait raison de croire que ça tournerait mal. Je suis resté à observer son happening sur un coin de trottoir parce que tout ce qui concernait *He is Alive !* m'intéressait. Ces derniers temps, j'essayais de ne pas rester seul. Suzanne m'avait proposé qu'on la regarde ensemble mais je préférais Harry. C'est à cette période que j'ai appris à le connaître. Il y avait le pasteur aussi. On prenait un verre en fin de journée plusieurs fois par semaine. Le vieux et moi, on s'aimait bien, il faut croire. Il y avait beaucoup de tendresse dans la façon dont il se comportait avec moi. Puis je crois qu'entre Clubber Grey, les apprentis Messie et les membres de son Église, ça lui faisait plaisir d'avoir quelqu'un à qui parler sans faire trop de calculs. Mon peu d'ambition et la facilité avec laquelle on pouvait lire mes inavouables désirs, tout cela allait très bien à Kaythrone. Quant à moi, sa bonhomie rassurante et ce qu'on pourrait appeler une authentique bonté me l'avaient rendu essentiel à mon bien-être à New York.

Avant qu'Harry ne frappe à la porte de l'appartement, j'étais en train de classer les innombrables documents que Clubber m'avait confiés. Cette interview notamment :

Retranscription de l'interview radiophonique accordée par Chester Desmond, candidat au casting de l'émission de téléréalité He is Alive ! *à WJUX (radio nord-américaine dédiée à l'enseignement de la Bible – FM103.1)*

Salut Chester, pouvez-vous nous parler un peu de vous ?

Je suis Chester, j'ai vingt-huit ans, j'habite Jasper en Alabama.

Et donc Chester, vous avez été recalé au casting de l'émission He is Alive !

Recalé, c'était quand même pas un examen.

Vous n'avez pas été retenu parmi les treize individus qui pourraient être le nouveau Messie.

C'est ça. Je crois que je suis pas le nouveau Messie finalement.

D'après vous, ils ont pu se tromper ?

Ben, je crois pas, parce qu'en fait j'en suis pas vraiment convaincu d'être le nouveau Jésus, alors ils ont fait que confirmer mes doutes. Ils ont l'air de savoir ce qu'ils font.

Quel genre de test vous ont-ils fait passer ?

Quel genre de test ? On a surtout discuté. Ils voulaient savoir ce que ça avait été ma vie et si, par hasard, j'aurais pas vécu des trucs étranges qui auraient pu prouver, mettre la puce à l'oreille quoi.

La puce à l'oreille…

Ouais, ils se demandaient si j'aurais pas fait des miracles. J'ai été tenté de leur raconter un peu des craques. J'ai quand même eu les jetons alors j'ai juste dit ce que je savais faire. Ça a pas dû leur paraître suffisant.

Et c'est quoi votre don ?

J'ai un truc spécial avec les animaux. Ouais, je les comprends. On s'entend bien. Moi, je me suis jamais fait attaquer par un chien. Si un chien est très méchant et qu'il garde une voiture par exemple, eh bien j'ai qu'à me pointer et il me fera la fête. Et pareil pour les cochons ou n'importe quelle bête. Je leur suis sympathique faut croire, moi aussi je les aime bien.

En somme, vous pourriez être le Messie des animaux.

Euh… J'ai pas pensé à leur présenter les choses comme ça, ça aurait pu les intéresser. En fait, pourquoi si Jésus revenait ce serait pas plutôt sous la forme d'une équipe, genre les 4 Fantastiques, vous voyez la BD ? Chacun ayant sa spécialité. L'un qui serait bien avec les bestiaux et tel autre qui rendrait la vue à un aveugle, ou peut-être pas un truc aussi dur, rien qu'un qui serait bien avec les êtres humains ce serait pas mal. Puis un autre… enfin voyez, trois, quatre quoi.

Oui, j'ai compris le principe. Et qu'est-ce que vous faites dans la vie, Chester ?

Je suis mécanicien camion et ça me va bien. C'est surtout une tante à moi qui est très croyante qui m'a monté la tête avec cette histoire, je crois qu'elle appartient à cette Église du jour nouveau qui organise le casting. Elle a toujours été ahurie de ce truc avec les animaux. Elle m'a jamais dit : « C'est toi Jésus », elle m'a plutôt dit : « Ça pourrait être toi, alors tente ta chance, abruti. » J'ai tenté ma chance. Ça m'a quand même coûté une journée de congé, leur casting. Je me demande si j'ai bien fait à la fin. On me dit : « Ça te fera une expérience. » Une expérience de quoi ? Je m'en fous d'une expérience comme celle-là, moi. Ils ont tout filmé et puis ils sont repartis. Juste un coup de fil trois jours plus tard pour me dire qu'ils pouvaient pas retenir ma candidature. Juste un petit coup de fil. Ma tante qui m'a poussé à faire ça elle a dit à ma mère : « Ton Chester, franchement, ça me ferait bien bidonner qu'il soit ce nouveau Messie qu'on attend depuis si longtemps. » Et vous savez quoi, ma mère a rien dit, elle a même pas répondu : « Mais pourquoi pas ? Et pourquoi que ce serait bidonnant ? » Ma mère a rien répondu, alors des expériences comme ça, je m'en serais passé.

Puis Harry a frappé les quatre coups secs qui annonçaient toujours sa venue. J'ai ouvert la porte blindée de l'appartement comme j'ai pu, encombré que j'étais par deux titanesques paquets de chips et quatre bouteilles de soda. Harry Barzinger se tenait un peu penché comme à son habitude, il portait un jeans à larges poches qui lui remontait jusqu'au nombril et un chandail troué couleur ocre. Il mimait l'agacement d'une femme qu'on délaisse, mains sur les hanches :

— Dis donc chéri, t'en as mis du temps !

— On fait ce qu'on peut, j'ai répondu en rigolant.

— Hey super, t'as trouvé des chips au vinaigre. Une session de *He is Alive !* n'en est pas vraiment une sans chips au vinaigre.

Ce qu'entendait Harry par « une session de *He is Alive !* », c'était juste regarder l'émission en bonne compagnie, moi en l'occurrence, et faire des commentaires amusants si possible. Je fis quand même remarquer à monsieur Barzinger que si les chips étaient si essentielles à son bonheur, il ne fallait pas qu'il se prive d'aller en chercher de temps en temps. Il avait un alibi, affirma-t-il, c'est qu'il préparait « ça ».

« Ça », c'était une mini-exposition de son roman-photo en avant-première. Il étala sur le plancher en parquet lamé les clichés les plus significatifs de son œuvre. Ça racontait surtout notre histoire à tous les deux. La fête à Brooklyn, le *water taxi* et moi vomissant et ressuscitant. Certains de ses clichés étaient dignes des peintures étranges et graves d'un Permeke. Harry avait réussi à capturer le moment propice où l'âme hésite, prise dans une souffrance infinie entre la vie et la mort.

— Qu'est-ce que t'en penses, Jeff ?

— C'est… magnifique. Ce personnage que je vois, c'est comme si ce n'était pas moi. Tu as beaucoup de talent, Harry.

— Oh, ça me fait plaisir que tu ne détestes pas trop ! Tout ce travail, ce résultat c'est grâce à toi, mec.

Sans autres salamalecs, on a allumé le téléviseur et on s'est goinfrés de chips, prêts pour cette acmé de la semaine que constituait le moment des témoignages. Cette fois, ce fut au tour de Scott Grey, l'ancien vendeur de cheminées, d'ouvrir le bal. Rasé de près et souriant, il portait un costume élégant. Son visage composait un bel équilibre entre une virilité calme et une juvénilité printanière. Il s'adressait aux téléspectateurs comme il l'aurait fait avec des clients. Scott allait bien, vraiment. Il commençait à trouver sa place ici. Bien sûr, au début, il s'était senti assez différent des autres. Même dans ses moments de doute, quand il contemplait la superbe de Mahoan, le charisme silencieux d'un Joe Fisher ou qu'il apprenait que Dorothy Olsen avait carrément ressuscité des bestioles, il tentait toujours de se rappeler que lui non plus n'était pas banal dans son genre. Sa vie avait été ponctuée de coïncidences extraordinaires et il s'était senti appelé depuis le plus jeune âge à autre chose que vendre des cheminées et s'il avait fini par faire ça, c'était en attendant. Lorsqu'il avait entendu parler de cette émission de téléréalité et du casting, il n'avait pas hésité. Scott paraissait être un type normal, le genre sûr de lui mais qui s'arrête juste au bon moment pour ne pas être agaçant. Bien sûr, il s'est rendu compte très vite qu'il ne pouvait jouer le même registre que les autres candidats. Il n'avait pas de vision du monde, même pas de début d'idée de ce qu'il devrait faire s'il était désigné comme nouveau Messie. Après tout, qui savait sous quelle forme Jésus allait revenir ?

— Scott, vous annonciez au début de votre recueillement que vous aviez trouvé votre place. On dirait que vous avez abandonné l'idée que ça puisse être vous l'élu.

— Ça fait un moment oui. Je suis ok avec ça. Je me dis : mieux vaut être deuxième dans une équipe qui gagne que premier dans une qui perd. Vous croyez pas ? J'ai bien pesé le pour et le contre et je pense que c'est Mahoan qui doit nous sauver tous. Ce mec, il a la grâce. Il est... de nous tous... et il se passe des trucs ici. Mahoan tente la grande communion et il va bientôt faire des déclarations à ce sujet je crois.

Harry et moi, on s'est regardés. Donc c'était officiel, il y avait vraiment trois blocs dans *He is Alive !* et le prochain Messie serait Mahoan, Joe ou Dorothy. Les autres, un à un, préféraient se ranger derrière un leader, sauf ce cinglé de Steve MacCorny qui rêvait de voir revenir le temps des croisades et qui faisait la course en solitaire. Et Mahoan qui ressemblait à un Jésus de comédie musicale allait bientôt faire une annonce fracassante ? Quel dommage que Suzanne ne se soit pas jointe à nous. Au début, elle assistait à ce qui était devenu une véritable cérémonie entre Harry et moi mais assez vite, comme beaucoup de ceux qui avaient été enthousiastes, elle avait fini par trouver ça « plutôt chiant ».

Peut-être boudait-elle aussi un peu. Elle m'en voulait de ne pas m'être jeté à ses pieds comme je l'aurais fait jadis. Harry ne comprenait pas mon attitude. Il trouvait que Suzanne était une fille géniale. Et tandis qu'il s'étonnait de mon manque d'entrain, Martin Schnapper apparaissait à l'écran, écrivant une lettre. C'était Dorothy qui dictait quelque chose à son allié pleurnicheur du hangar. Je n'ai pas eu le temps d'augmenter le son assez rapidement pour savoir ce qu'elle disait. Le cartouche indiquait : « Dorothy répond à la lettre d'un mystérieux admirateur ». Harry me regarda et comprit que ça ne servait à rien de continuer à me parler de Suzanne. Déjà l'image était passée à une autre scène montrant Mahoan en pleine méditation. Cela faisait partie de la retraite spirituelle dont il nous rebattait les oreilles depuis un certain temps. Harry, ça le faisait rigoler, il n'était pas hostile comme moi au sikh, il trouvait qu'il avait même « de la gueule ». S'il se marrait Harry, c'était parce qu'il pensait que, malgré tous ses efforts, Mahoan n'avait pas la moindre chance de l'emporter. À ce stade, il faudrait qu'il invoque les quatre cavaliers de l'apocalypse.

— Qu'est-ce que tu en sais ?

— Je sais pas, peut-être que j'ai pu avoir accès aux sondages…

— Ah salaud ! Pourquoi tu ne l'as pas dit tout de suite ?

Après la conversation avec Kaythrone et son histoire de vote par sms, j'avais demandé à Harry si, à tout hasard, il pouvait se rencarder sur les résultats.

— Alors c'est pas Mahoan qui mène la danse ?

— Non, mon bon maître. Le sikh n'est qu'à 27 % des intentions de vote.

— Merde, il va faire une sacrée gueule. Et Dorothy ?

— Ben, je suis désolé de te décevoir mais elle plafonne à 14 %, ce qui est déjà pas si mal étant donné son originalité. Ce qui l'a vraiment fait monter, c'est ta guérison parce que quoi qu'en disent Mahoan et les autres, dans la tête des gens, ta guérison, c'est elle.

— 14 % ?

— Faut voir, c'est pas terminé encore. Disons que c'est quand même vachement mieux que les 7 % que se partagent la masse des autres candidats. En tout cas, Mahoan est largement distancé par Joe Fisher qui domine tout le monde avec 52 % des votes. Si l'élection devait avoir lieu demain, ce serait monsieur Fisher qui serait désigné roi du monde. Fais pas la gueule, Jeff. Mon préféré non plus n'a plus aucune chance. Lei, tu vois ? Je trouvais qu'il était délirant avec ses arguments mathématiques. Finalement, il s'est mis à suivre Fisher. Pourtant, c'était pas le genre à laisser sa place. Tu sais ce qui l'a décidé ? Ce type-là, Lei, il dormait jamais à ce qu'il disait. Mais jamais, et c'est vrai que les premiers jours de l'émission tu le voyais errer la nuit dans le hangar, traînant dans la bibliothèque, observant les autres en train de roupiller. Ça foutait presque les jetons. Bon, eh bien, Lei a eu une de ces bonnes conversations qu'on peut avoir avec Joe. Et le soir même, il s'est mis à dormir comme un bébé. Il avait jamais dormi de sa vie soi-disant. C'est même pour ça qu'on l'avait recruté dans l'émission. C'était une sorte de miracle un peu bizarre ou alors seulement une maladie. Bref, Fisher l'a soigné en quelques mots.

Je restai pensif. C'est vrai que Joe s'était comporté comme un diesel, commençant sans faire de vagues, puis s'était révélé être une personnalité inébranlable, ayant toujours un avis sage, ne cédant ni à la jalousie, ni à la tentation de déprécier ses concurrents. Même vis-à-vis de Dorothy, il faisait preuve d'une grande bienveillance. Je n'avais tout simplement jamais rencontré quelqu'un comme lui dans la vraie vie. Il n'avait pas le physique de son âme. Dame nature l'avait emprisonné dans un petit corps épais et disgracieux. Sans être franchement laid, on lui aurait facilement attribué un caractère obtus, bêtement obstiné. Et cette disgrâce, vous savez quoi ? Ça le rendait plus aimable encore. Mais pour moi ce n'était pas Dorothy. Lorsque je la regardais elle, et ce n'était pas seulement à cause de son corps, j'avais l'impression qu'on plongeait un poing glacé dans mon ventre. Comme lorsqu'on se tient au bord d'un événement considérable, même s'il ne se passe rien. C'était cette sensation que j'avais ressentie adolescent, lorsque j'avais mes problèmes. Pour moi, c'était elle.

Pendant ce temps, Mahoan était sorti de sa méditation et beaucoup de candidats s'étaient retrouvés avec lui dans le grand salon blanc. On sentait que les décorateurs n'avaient trop su quoi faire de cet immense open space qui servait de centre névralgique au hangar. Tout autour étaient disposées les chambres des candidats, une immense cuisine où l'on pouvait manger, deux salles de sport, quatre salles de bains, une buanderie et un réseau de couloirs, de petites cellules qu'on aurait mis plusieurs jours à mémoriser. Cette grande pièce était blanche, de même que les poufs et les trois immenses canapés qui offraient le repos. Elle était surmontée d'un lustre moderne composé de grandes feuilles de parchemin vierge et ses murs étaient décorés de tableaux religieux. C'est surtout cela qui créait un sentiment de malaise. Quelques crucifix, une immense bible sur un lutrin, des peintures sacrées laissaient comme une impression de raté. Aucun des candidats n'y prêtait d'ailleurs attention, pas un n'avait ouvert la bible durant le temps de l'émission, pas un ne s'était mis à prier ou n'avait demandé à se confesser, l'eût-il fait qu'il se serait lui-même disqualifié comme figure christique. À qui diable s'adresserait Jésus s'il voulait se confesser ? Tout cela baignait donc dans un climat d'abandon de toute pratique religieuse qui déconcertait un peu. Une timide lumière hivernale qui venait d'un patio emplissait cette grande salle. Sous de blancs tapis laineux qui invitaient à marcher pieds nus, on avait reconstitué un parquet en coupe de pierre. Tout le monde ou presque était réuni à la faveur de l'après-midi qui se terminait. Dorothy elle-même avait quitté son petit refuge. Elle portait un bermuda en jeans coupé à hauteur des genoux et une chemise à demi défaite qui laissait voir son ventre. Un ventre admirable. Elle était d'une blancheur et d'une finesse surnaturelles, j'aurais pu faire le tour de sa taille de mes deux mains, sa longue chevelure rousse cachait en partie son visage magnifique. Ses pommettes, ses paupières, son nez… tout était petit et délicat chez elle, comme une enfant devenue femme. Elle était allongée sur un des sofas, sa tête était posée sur les genoux de Mahoan. Il lui caressait les cheveux, elle paraissait ronronner et faisait un gentil sourire. Ma sidération se voyait tant qu'Harry me demanda si j'allais bien. Avant que je pusse répondre, le sikh me coupa la parole. Il s'était levé en caressant la caméra de son regard de velours et avait dit : « Mes amis, je suis enfin revenu de mon voyage spirituel. J'y ai vu des choses merveilleuses. J'ai une très bonne nouvelle à vous annoncer et je le ferai vendredi prochain. »

Il avait levé les bras au ciel, clos ses paupières.

Nous étions lundi.

Chapitre 11

Le lendemain j'avais accepté de voir Suzanne. Avant, il fallait que je finisse de classer tous ces documents relatifs à *He is Alive !* Photographies des castings, interviews et retranscription des émissions. Qu'est-ce que j'allais bien pouvoir faire de cela ? Du moins, j'étais pour une fois en train de devenir l'expert incontestable d'un sujet. Encore un document et je filerais rejoindre Suzanne.

He is Alive !
(Transcription de l'émission en prime time)

Présentation du candidat Mahoan Shatwalia avant son entrée dans le hangar.

Un homme d'une vingtaine d'années se déplace en saluant ses voisins. Il porte une barbe courte et des cheveux noirs jusqu'aux épaules. Il est revêtu d'une sorte de sari blanc et un cortège d'enfants l'accompagne bruyamment.

Voix off : Nous sommes à Cincinnati, dans le quartier sikh, Mahoan fait un tour, comme à son habitude, pour « soulager les âmes en souffrance », aime-t-il à rappeler.

— Au début, j'ai eu beaucoup de mal à me faire accepter dans ce quartier. Ma conversion au christianisme a été mal vécue, par mes parents d'abord !

Le jeune homme part d'un grand rire franc.

— Ils ont cherché à vous ramener à la religion sikhe ?

— Oui, ils m'ont conduit au Gurdwara pour que je m'entretienne avec Guru Mekhawia.

— Pouvez-vous raconter pour nos téléspectateurs ce qu'il s'est produit ?

Le jeune homme regarde d'un air malicieux la caméra :

— Eh bien, tout a commencé lorsque j'ai reçu le premier message.

— Un message ?

— Un message m'annonçant que j'étais le Messie, celui qui devait venir pour sauver les hommes. Je n'avais que douze ans, enfant déjà je faisais des rêves prémonitoires mais là c'était quelque chose de tout à fait différent.

Le jeune homme prend un temps, il sourit, il parle très calmement.

— Oui, j'ai senti une telle joie lorsque j'ai reçu le message. C'était ma propre voix qui me parlait. Celle de Dieu. Du grand Dieu unique. Je ne pouvais garder cela pour moi, comme si la lumière de l'amour sortait par tous les pores de ma peau. J'en ai parlé à mes parents qui m'ont donc conduit au Gurdwara.

Nous ne sommes plus dans les rues de Cincinnati mais chez un vieil homme de type indien, portant un croix chrétienne autour du cou. Il est assis par terre, il sourit et prend la parole.

— Il est venu à moi ce matin-là. Ce sont ses parents qui l'ont conduit à moi.

— Que s'est-il passé ?

— Ils étaient venus parce qu'ils pensaient que Mahoan était… disons possédé, voyez-vous. Et Mahoan m'a parlé… c'était comme si des fleurs sortaient de sa bouche. Comme si ces fleurs étaient entrées directement dans mon cœur. Et je pense que c'est exactement ce qui s'est passé.

— Et ?

— Je me suis converti à cette magnifique religion qu'est le christianisme. Dans le quartier, presque la moitié des gens se sont convertis à la vraie religion. Et les premiers, ce furent les parents de Mahoan. Sa mère a reçu des messages elle aussi.

— Pour vous, cela ne fait pas de doute que Mahoan est le Messie que nous attendons tous ?

— Pour moi ça ne fait pas de doute.

Retour aux rues de Cincinnati. Mahoan se tient près d'une vieille mendiante. C'est une femme corpulente, elle s'est assise sur le perron d'un immeuble cossu. Elle éructe à la caméra :

— C'est un saint ! C'est un saint homme !

La grosse dame entame un chant religieux approximatif. Mahoan fait des signes à la population curieuse. La caméra le suit en train de saluer de nombreux habitants du quartier.

— On a dû vous dire souvent que vous ressembliez beaucoup au Jésus, celui des peintures populaires.

— Hum… je suis peut-être un peu plus bronzé que lui, non ? C'est à ça que ressemble un sikh, de mon âge, je veux dire : qu'est-ce que j'y peux ? À ceux qui me demandent « Est-ce que Jésus pourrait être d'origine sikhe ? », je réponds : « Lorsqu'il est venu la première fois, il était bien juif, non ? »

— En effet…

— Ce qui m'intimide le plus, c'est qu'il y a tellement de monde sur cette terre, et tellement de misère, parfois je ne me sens pas tout à fait de taille, ça c'est le destin qui en décidera. Enfin, le public… D'ailleurs, je fais une grande accolade d'amour au peuple du monde entier !

(fin de l'extrait)

J'avais rendez-vous avec Suzanne au *Rolf*, un restaurant-bar qui se situait près de Gramercy Park. Le lieu se voulait une commémoration des villages de Noël alsaciens où vous pouviez boire un verre de gewurztraminer sous un déluge de guirlandes lumineuses, de boules neigeuses et de suspensions décoratives argentées. Le *Rolf* était assez grand et long pour qu'on ait pu y aménager des boxes en bois verni en plus d'une salle centrale de belle taille. Ce torrent de lumière ne provenant que de petites loupiotes jaunes créait une atmosphère féerique. Nous approchions des fêtes de Noël et le *Rolf* ne faisait que prolonger l'ambiance qui régnait un peu partout à New York. Il était 17 heures, trop tôt pour boire un verre de vin d'après elle, mais quoi boire alors ? Ce type de question pouvait l'occuper un temps. À la fin, elle prenait un quart d'eau plate, toujours. Lorsqu'elle retira son manteau matelassé, elle dévoila une jolie robe rose qui pressait son corps de motifs japonisants. Elle portait ses lunettes sur le bout du nez et avait dompté sa longue chevelure marron par une impeccable queue-de-cheval. Je l'ai trouvée très jolie. Je le lui ai dit. Je n'aurais peut-être pas dû. Sans beaucoup de préliminaires, elle voulait revenir sur notre relation, le passé mais surtout le présent. Elle ne distinguait pas clairement les deux alors qu'entre-temps, je m'étais tout de même marié. Comme toujours, elle cherchait à provoquer un conflit entre nous qui, dans sa curieuse logique, était le prélude nécessaire à une réconciliation charnelle.

— Alors c'est ça ? En fait, tu es prêt à passer l'éponge. Tu vas retourner vivre avec Valérie ?

— Qu'est-ce qui ne va pas avec toi, Suzanne ? Je ne l'ai même pas rappelée.

Je mentais. J'avais rappelé Valérie pour savoir si elle avait entendu parler de mon histoire, si elle avait vu cette vidéo de moi dansant comme un « saint-glé ». Oui, on la lui avait montrée. Je pensais la retrouver morte d'inquiétude, rongée par la curiosité, savoir ce qu'il m'était arrivé, où j'en étais, comment se passait ma vie à New York mais rien… Valérie était plutôt en colère à cause de ce que j'avais fait à Pomavol. Elle aurait pu se sentir flattée que deux hommes se battent pour elle, mais non, elle trouvait juste que ce que j'avais fait était atroce. Si Pomavol avait retiré sa plainte récemment, c'était uniquement parce qu'elle l'avait convaincu que ma maladie avait dû altérer ma raison. Et de m'entendre être dans la dénégation une fois de plus, ça la rendait malade. Nous n'avions pas la même lecture des événements. Elle me souhaitait bonne chance. J'en aurais besoin, d'après elle. Quoi qu'il en soit, il n'y avait plus de plainte en cours contre moi, je pouvais revenir en France, l'esprit tranquille, si je le souhaitais. Revenir en France ? Je lui ai demandé s'il lui arrivait de prier et de se poser des questions essentielles de temps en temps. Elle m'a raccroché au nez.

— En un mot : non, Suzanne, je n'ai pas l'intention de retourner vivre avec Valérie.

— Tu le voudrais ?

— Mais pas du tout !

— Alors peut-être qu'on peut penser à nous à présent. Il n'y a plus rien qui fait obstacle. J'ai vraiment quitté George, tu sais.

— Suzanne, ça fait mille fois que tu me le répètes. J'ai compris, tu as « vraiment quitté George ».

— Tu te rappelles quand tu disais que je n'étais pas stable, que je ne pourrais pas fonder une famille. Mais c'est fini tout ça, mon Jeff.

— Ce n'est pas ça, c'est que je me sens un peu ailleurs.

— Loin de moi… Loin de nous ?

Et elle s'est mise à sangloter tandis que les clients de la table d'à côté ne perdaient pas une goutte de notre échange. Elle pleurait avec une certaine dignité, d'accord, mais c'était très gênant quand même. Ce n'était pas vraiment sur notre histoire qu'elle pleurait. Elle méritait tellement mieux que de faire l'aumône affective. Ma réticence devant son insistance n'était rien de moins que le symptôme le plus inquiétant de ce qu'elle concevait comme une déchéance. Même cet amoureux transi de Jeff ne voulait pas d'elle, c'était la fin. L'intelligence qui caractérisait Suzanne ne pouvait la protéger contre la panique que certains êtres ressentent lorsqu'ils sont à la croisée des chemins. Mon retour à New York au moment où se sentiment de panique commençait à la gagner avait été une coïncidence miraculeuse. Elle pouvait comprendre que je ne voie pas cet éclat mais ça la mettait en rage : une telle opportunité de la vie et ce Jeff, mièvre comme toujours, qui se sentait ailleurs. « Un peu », souligna-t-elle. C'était ce « un peu » qui aggravait tout.

— Tiens, a-t-elle fini par me dire, voici tes nouveaux amis.

Elle regarda sa montre :

— Salaud, tu n'avais pas prévu beaucoup de temps pour nous.

Elle avait raison. J'avais donné rendez-vous à Kaythrone à 18 heures. Je trouvais que c'était raisonnable. Le mot « raisonnable » : à ne pas prononcer devant une Suzanne en colère. Elle céda la place au pasteur sans faire plus d'esclandre. Le vieux avait compris que la situation était tendue. Il fit une grimace pour jauger du regard si sa présence était déplacée. Je l'invitai à s'asseoir malgré tout. Je préférais passer du temps avec lui qu'avec une Suzanne vengeresse. Kaythrone demanda à Walter Grimm, son garde du corps, de nous laisser seuls et eut la délicatesse de ne pas faire de commentaire concernant la dispute dont il venait d'être le témoin.

— Alors, fils, comment ça gaze aujourd'hui ?

— Ça va. J'ai vu que Mahoan est sorti de sa retraite spirituelle…

— Ah celui-là ! grogna le pasteur en cherchant le serveur du regard.

J'ai attendu que le serveur daigne prendre notre commande avant de poursuivre :

— Vous n'aimez pas tellement Mahoan…

— Arrête avec ça, Jeff. Je t'ai déjà dit que je pouvais pas faire de préférence.

— 27 % d'intentions de vote pour Mahoan.

— Hein ? Comment tu sais ça ? C'est Clubber ?

Il fit mine de saisir ce qu'il appelait son téléphone cellulaire pour mettre les choses au clair immédiatement avec son producteur.

— J'ai mes sources, ce n'est pas Clubber, promis. C'est donc ça ?

— 27, non. 28,5 exactement. Mahoan… il a toutes les croix, sans mauvais jeu de mots, Jeff. On lui mettrait toutes les croix dans les bonnes cases. Je sais pas… je trouve les autres plus marrants.

Devant mon air circonspect, le pasteur se sentit obligé de préciser :

— C'est pas que je prenne pas ça au sérieux, fils. Je suis comme tout le monde, j'attends le retour de Jésus, m'expliqua-t-il en portant à ses lèvres la pinte de bière glacée qu'il avait commandée. De toute façon, les jeux ne sont pas faits, parce que les gens peuvent retirer leur vote, mais il faut qu'ils payent encore – Clubber est une sorte de génie du mal dans son genre – bon, c'est vrai que Joe met trois longueurs à tout le monde. Et franchement ? Un type comme Joe Fisher, je le suivrais sans problème. Si c'est lui, c'est lui. Sans problème. Tu sais, poursuivit Kaythrone, je t'ai parlé de cette petite enquête que nous avons faite sur chacun des candidats. Eh bien Fisher, lui, c'était le seul à avoir eu toujours une vie parfaitement exemplaire. On aurait dit un illustré sur un saint ou un truc du genre. Ce type paraît n'avoir jamais fait de mal à personne, n'avoir jamais fait preuve de lâcheté, de faiblesse…

— C'est quand même pas pour ça que vous l'avez sélectionné.

— Non, non, ça aurait pas suffi. Il nous fallait des phénomènes.

Au bout d'un temps, Kaythrone se leva en se tenant le dos. Il avait mal et pensait que c'était le bon moment pour aller coucher son vieux corps qui était resté trop longtemps assis à discuter, alors j'ai mis ma main sur la sienne pour l'inciter à se rasseoir un instant. Je voulais qu'il m'en dise plus sur Joe Fisher, c'était un nom qui me disait quelque chose. Kaythrone a soufflé mais m'a concédé quelques mots encore.

— Joe est devenu une légende à cause d'une drôle d'expérience, un truc de psychologue, c'était un gamin à ce moment-là. On proposait à des gosses une sorte de dilemme : on posait devant eux un bonbon, un caramel ou je sais plus et on leur disait que s'ils étaient capables d'attendre dix minutes sans le toucher, ils en auraient deux. Ça a même été filmé. Si tu veux te fendre la poire regarde ces pauvres mômes qui se tortillent devant leur caramel. Y en a même qui le lèchent pour pas le manger !

— Vous voulez parler des expériences de Walter Mischel ! Mais c'était avec des chamallows ! Attendez… Joe Fisher, c'est LE Joe Fisher de l'expérience de Walter Mischel ?

— Ouais, c'est bien lui. Tu comprends pourquoi on l'a pris dans l'émission si tu connais cette histoire. Bon allez, je vais me coucher pour de bon. La journée de demain sera longue. Tiens, me fit-il, en me faisant un clin d'œil, c'est pour toi, gamin.

Il posa une enveloppe sur la table. On y avait écrit à l'encre violette : « Pour Jeff ».

Je glissai mon œil à travers mon verre de sylvaner pour contempler le décor. L'univers me paraissait calme comme la vie d'un aquarium. Les milliers de scintillements des guirlandes lumineuses du *Rolf* étaient contenus dans quelques centilitres. Tout cela me parut l'élégante allégorie du monde dans lequel je vivais, un monde où le Joe Fisher de l'expérience de Walter Mischel se retrouvait dans une émission de téléréalité.

Puis, enfin, j'ai mis la main sur cette enveloppe qui m'était destinée et je ne vais pas mentir, mon cœur battait la chamade.

Chapitre 12

Kaythrone avait raison, certains moments des expériences de Walter Mischel étaient hilarants. Voir ces pauvres petits êtres soumis à la tentation de ce chamallow… Et moi aussi, je me souvenais de ce garçon blond qui léchait cette friandise plutôt que de la manger. J'avais montré ces films plusieurs fois à mes étudiants lorsque je m'occupais du cours de psychologie expérimentale en première année de licence. Tous ceux qui avaient visionné ces films ne pouvaient que se souvenir de ce tout jeune garçon au regard si calme nommé Joe Fisher. En fait, on ne voyait pas grand-chose sur le film. Joe se faisait expliquer les consignes, comme tous les autres enfants. En revanche, il demeurait impassible durant le temps de l'expérience, ce qui était déjà exceptionnel. La caméra avait même fixé le sourire serein qu'il adressa à l'expérimentateur lorsque les dix minutes furent écoulées. On voyait ensuite Joe sortir un mouchoir et y placer consciencieusement les deux chamallows qu'il venait de gagner. Le film s'arrêtait là. La suite, on la connaît grâce à un petit appendice que Walter Mischel écrivit à la présentation de sa célèbre expérience. Il y évoque entre autres le cas de Joe Fisher. Ce que Joe fit après cette expérimentation, écrit Mischel, c'est rejoindre les autres enfants dans une salle de jeux prévue pour ceux qui avaient déjà passé le test. Alors Joe demanda que ceux qui n'avaient pu résister lèvent la main. Certains firent attention à Joe, d'autres non, ils jouaient et avaient déjà oublié l'expérience. Deux gamins se manifestèrent, raconte Mischel. Joe Fisher s'est approché d'eux et leur a donné ses bonbons. Les gosses n'en revenaient pas. L'un d'entre eux sanglotait parce qu'il sentait bien qu'il avait tout de même raté le test. Il mangeait son chamallow supplémentaire tout en pleurnichant comme s'il allait être puni. Alors Joe Fisher se leva et dit quelque chose dans le creux de l'oreille de chacun des deux garçons. Il ne parla que quelques instants. Celui qui pleurait sécha ses larmes et les deux se mirent à sourire. Beaucoup ont prétendu que cette partie était un peu romancée, Walter Mischel a toujours juré que non. Il prétend qu'il a demandé à Joe ce qu'il avait bien pu leur chuchoter. Le garçon n'a rien voulu lui dire. Il a juste lâché : « J'ai tenté de réparer le mal que vous avez peut-être fait, monsieur. »

Joe avait cinq ans.

Les résultats de Mischel étaient tellement spectaculaires, surtout par leur aspect prédictif, qu'on ne s'est pas intéressé plus que ça à cet appendice. Plus tard, lorsqu'on s'est penché sur le parcours des gosses de l'expérience de Mischel, il y a tout de même une psychologue anglaise qui s'est demandé ce qu'était devenu Joe Fisher. Ça n'a enthousiasmé personne parce qu'elle a découvert que le petit prodige avait développé un fort sentiment religieux et qu'il vivait dans l'Ohio à la tête d'une communauté. Bref, ce gosse prodigieux n'était qu'un illuminé. Et voilà que Joe était en train de conquérir le cœur de l'Amérique.

Le froid de l'enfer s'était abattu sur New York en ce premier jour de décembre. Reprenant la tradition allemande des villages de Noël, Union Square était garnie de petites baraques blanches comme la neige qui proposaient des idées de cadeaux pour les fêtes de fin d'année. Toutes sortes d'objets amusants étaient au catalogue d'une mystérieuse « guilde des philosophes au chômage », notamment des marionnettes de chiffon à l'effigie de Nietzsche, de Marx ou de Hegel. Un peu plus loin, sur une sorte de parvis qui menait à l'entrée de métro, des orateurs s'affrontaient. Chacun s'était organisé une tribune avec quelques supporters et défendait les mérites de son candidat favori dans *He is Alive !* C'était une lutte pour rire sans doute, ou peut-être pas, les choses étaient si emmêlées à présent que l'esprit de sérieux se confondait inextricablement avec celui de l'ironie. Le premier orateur défendait la cause de Mahoan et les deux autres celles de Dorothy et Joe. Chacun avait à cœur de rappeler la biographie, en partie mythologique sans doute, des postulants à la divinité.

Ces échanges d'arguments entre porte-parole des apprentis Messie étaient amusants mais il faisait un froid bleu et je me suis réfugié dans un grand café. Un espace allongé contre un comptoir de zinc qui faisait des zigzags. Réfugié pour déguster un chocolat chaud, je me disais que j'avais de la chance d'être témoin de ce qui était en train de se passer. Je vivais dans un monde où Dorothy Olsen existait et je me sentais envahi par une forme de reconnaissance qui me faisait venir les larmes aux yeux. J'avais envie de dire : « merci mon Dieu » mais une forme de timidité m'en empêchait. Ça et la peur de redevenir possédé. Celui que j'étais au temps où ma chambre d'adolescent se remplissait, dans mes cauchemars, d'eau et où des dieux ancestraux, se manifestant sous la forme de tentacules gigantesques, se déployaient dans l'espace pour me rappeler une vérité que j'étais incapable de comprendre. Je passais des jours de fièvre à espérer voir disparaître ces illusions et retourner au lycée pour fréquenter sans regret la médiocrité du monde. Le psychiatre a décrété que la mort de ma mère avait instillé en moi un sentiment de culpabilité qui, avec le bouleversement hormonal que je traversais, s'était mué en épisode de bouffées délirantes. Il n'y avait pas lieu de s'inquiéter outre mesure. Mon père fut rassuré que je ne sois pas psychotique, il s'apprêtait à me quitter et aurait été contrarié dans son projet par le peu d'affection qu'il avait pour moi. Le psy me proposa de créer ce qu'il appela une « citadelle de rationalité ». Une série d'exercices destinés à m'ancrer dans le réel et à ne plus m'abandonner à ces mondes effrayants. Ça n'a pas chassé la trouille mais les hallucinations oui, au bout d'un temps. En sortant de chez le psychiatre, mon père posa sur moi son regard magnétique et prit ma main en la tapotant deux ou trois fois. J'ai bien vu qu'il hésitait à me dire quelque chose. Je me suis dit qu'il détenait une vérité fondamentale qui pourrait me libérer de mes terreurs, sans comprendre qu'il la cherchait cette vérité, encore plus que moi. Ce qu'il avait sans doute voulu me dire ce jour-là : puisque je n'étais pas cinglé, je pourrais sans doute me débrouiller sans lui. S'il n'avait pas tout organisé pour que je puisse ne manquer de rien, j'aurais volontiers pu imaginer qu'il avait été kidnappé. Si au moins j'avais pu rêver à un enlèvement extraterrestre ou terroriste, ça m'aurait fait un drame à ronger. Il n'a jamais voulu rien dire des raisons exactes de son départ et ne m'a rien laissé en héritage, ni sa beauté, ni son étrange mélancolie. Rien qu'une petite icône en bois de saint Sébastien, terrassé de flèches. Je l'avais encore dans la poche intérieure de ma veste. Et franchement, tous les soirs jusqu'à récemment je la regardais et je parlais à travers elle à mon père. À présent c'en était fini, j'avais Dorothy et aussi la lettre qu'elle m'avait écrite. Je l'avais lue une dizaine de fois.

Mon cher Jeff,

Ça m'a fait bien plaisir de te lire et d'en apprendre un peu plus sur toi. Alors comme ça tu es prof à la fac ? Moi je n'ai pas eu la chance d'aller étudier, mon père n'avait pas l'argent qu'il faut pour ça et je n'étais largement pas assez maligne de toute façon. Je ne voudrais pas que tu croies pour autant que mon père n'était pas un type au poil parce que mon père était vraiment un type au poil. Nous avons ça en commun, monsieur Jeff Jefferson, c'est qu'on a été élevés par nos papas. Tu vois, j'ai bien lu ta lettre. Tu m'intéresses. Je suis bien contente que tu sois complètement guéri, c'est ce que j'ai voulu, la vie est belle. Tu m'écris que tu me regardes à la télévision ? Est-ce que ça te plaît ce que tu vois ? Moi je m'ennuie beaucoup. Mais ça te plaît donc. Tant mieux. Je ne sais plus trop quoi écrire donc je vais arrêter. Tu sais, souvent je repense à toi quand tu hurlais, quand tu te débattais. Moi j'ai trouvé que tu méritais d'être guéri. J'espère que tu liras cette lettre et qu'elle te donnera un peu de plaisir. J'espère que quelqu'un te regardera sourire, quelqu'un qui t'aimerait bien et serait gentil. Si tu veux m'écrire encore je serai contente et si tu as envie que je fasse quelque chose à l'écran pour toi, on pourrait bien se marrer. Si tu as envie, dis-moi.

Dorothy

Une autre écriture avait ajouté en post-scriptum :

Tout ce que tu as lu avant, c'était écrit par Martin parce qu'il écrit mieux que moi question orthographe et tout et je ne voulais pas avoir la honte devant un professeur. Martin c'est une tapette mais il est ok.

Dorothy était un animal miraculeux. Penché sur ce comptoir, heureux, j'avais encore relu quelques fois les lignes adorablement maladroites qu'elle avait dictées à Martin. Rien qu'en posant mes paumes sur cette feuille, je sentais des ondes purificatrices. Je lui avais répondu dans la foulée et attendais à présent, comme un oisillon sa pitance, que le grand pasteur m'apporte sa réponse. Elle avait eu ma lettre puisque je lui avais demandé de remettre les habits qu'elle portait lorsqu'elle m'avait guéri, surtout ce drôle de petit short en fourrure. Le lendemain elle le portait et fit même un tour de danse devant la caméra pour s'assurer que je ne pourrais pas rater cela. Elle m'envoya un baiser rieur et mon cœur ne vivait plus que dans l'attente de la lire de nouveau. J'avais sans doute répondu trop vite, des pages trop longues qui l'ennuieraient ou, pire, qui l'intimideraient et, surtout, j'avais commis l'idiotie de lui demander pourquoi elle avait logé sa tête sur les genoux de Mahoan comme je l'avais vue faire l'autre fois. En fait, je lui demandais si Mahoan était son petit ami.

J'ai décidé de rentrer à pied en remontant la 5e jusqu'à Washington Square. Après dix minutes passées dans le froid glacial, je trouvais que c'était une décision stupide. Au passage, j'achetai un peu de presse, avec l'espoir et l'inquiétude tout à la fois de m'y voir. « Un universitaire français guéri par Dorothy la messie »... ou quelque chose de ce genre. Mon sentiment s'approchait de celui que devait ressentir le comédien cherchant son nom dans la presse de théâtre le lendemain d'une première. À peine cet appétit de visibilité me vint que j'avais déjà des scrupules. Qu'est-ce que Dorothy penserait de moi ? Et surtout le vieux pasteur. Ce serait comme une *trahison*. Non, le mot trahison était beaucoup trop fort. Pourquoi est-ce qu'il m'était venu à l'esprit ? J'avais sous le bras le *New York Daily News* et le *New York Times* quand mon attention a été attirée à un moment par quelque chose. Ça venait des titres rouge sang de la presse people. Je suis revenu sur mes pas et j'ai trouvé. C'était le dernier numéro de la revue *Us Weekly*.

En première page, on voyait Joe Fisher en maillot de bain. Notre Joe Fisher. La photo avait été prise il y a quelques années. Il était plus jeune et c'était l'été. Cette accusation portée en première page de ce magazine s'adressait au héros de l'expérience de Walter Mischel. Sans autre explication, il n'y avait que ce mot en majuscules : TRAHISON.

Chapitre 13

Cette fois, le pasteur était arrivé avant moi chez *Rolf*. On entendait sa grande gueule dès l'entrée du bar. Il était en pétard. Clubber Grey et lui, isolés dans un box en bois, s'aboyaient dessus sans se préoccuper de ce que tout le monde puisse les entendre. Heureusement, à cette heure, il n'y avait pas foule chez *Rolf*. Clubber avait du mal à rester les fesses sur son tabouret, il se levait et faisait les cent pas, comme un boxeur qui attend le combat. Les jambes de Kaythrone, elles, demeuraient immobiles tandis que sa voix tonnait. Assis dans un autre coin du bar, Walter Grimm attendait en regardant les jointures de ses doigts. Il me fit un petit geste d'un air de dire : « mieux vaut que tu ne les interrompes pas pour le moment ». Les deux hommes étaient en désaccord concernant l'avenir de l'émission. Le gouverneur avait été très clair, il considérait qu'il y avait trouble à l'ordre public. Et ce n'était pas tout, il était évident que la production recevait de très nombreuses lettres de menace, elle offensait beaucoup de croyants même si elle éveillait des espoirs chez d'autres. Des kyrielles de cinglés squattaient à présent Coney Island en attendant l'apocalypse, des commerces de fortune, des guérisseurs, de la poudre de perlimpinpin, on commençait à voir de tout et tous les jours, il en venait d'autres, de plus bizarres, de plus loufoques. Clubber voyait malgré tout le côté positif de tout cela, ça contribuait à assurer l'incroyable popularité de l'émission. Kaythrone prétendait s'en foutre pas mal, ce qu'il lui fallait c'était un Messie. Entendu mais Clubber convainquit tout de même Kaythrone que ce serait désastreux que l'émission doive s'interrompre sur ordre du gouverneur. Ces deux-là s'étaient embarqués dans cette aventure sans beaucoup de préparation, ils n'avaient même pas prévu une date de fin claire. Kaythrone imaginait qu'il y aurait comme une sorte de révélation qui rendrait inutile tout le reste, mais non. Là-dessus les deux hommes tombèrent d'accord : il fallait que les choses s'arrêtent bientôt.

Kaythrone dit : « On arrête après la génération spontanée. » Et Clubber de rétorquer : « Ok, mais tu me donnes ton feu vert pour les figurines. »

Et un accord fut conclu. L'émission s'arrêterait après l'exercice de génération spontanée. On passerait au grand vote du public et Kaythrone ne s'opposerait pas à ce que Clubber commercialise des miniatures de chacun des participants de l'émission. « Pour les gosses », avait tenu à ajouter Clubber.

Le grand pasteur, furibard, me salua à peine tandis que Clubber retournait à ses affaires. Je m'assis en face de lui et j'eus l'impression pour la première fois qu'il faisait son âge, son grand âge. Son dos était descendu d'un étage et ses dents lui sortaient de la bouche. Il y avait aussi ce voile, comme une toile de soie translucide, qui rendait pâle le bleu ardent de ses yeux.

— Journée de merde, fiston, soupira-t-il.

Kaythrone appuyait désormais tout ce qu'il disait par des hochements négatifs du visage, comme s'il était atteint de Parkinson. Je voyais exactement de quoi il voulait parler. Il fouilla dans une grande besace de cuir qu'il tenait à ses côtés et, de ses longs doigts, y pêcha ce numéro maudit de *Us Weekly*. Sur la page de couverture, on évoquait Lady Gaga et quelques autres inconnus mais il y avait surtout Joe Fisher. Il portait un cycliste orange et bleu et se tenait tout sourire au bord d'une piscine somptueuse. Au-dessus de lui comme l'épée de Damoclès, un mot : TRAHISON. En arrière-plan, deux grands palmiers. Une photo inondée de soleil. La légende indiquait : *Joe Fisher en vacances avec quelques amis à Miami, ville de tous les péchés*. En page intérieure, l'intitulé ne laissait aucune ambiguïté : *Comment il a couché avec la femme de son meilleur ami.*

Je regardai Kaythrone et lui dis d'un air sûr de moi :

— Ouais, j'ai vu ça. Il n'y a que des conneries dans ces torchons.

— Ça, Jeff, c'est ni à toi ni à moi d'en décider. Cette histoire a été reprise partout. Partout bonté divine ! Tu as lu ?

— Ben non, je ne lis pas ce genre de…

— Il y a le témoignage de plusieurs de ses amis qui sont partis en vacances avec lui cette année-là. Il y a quatre ans. Voilà, regarde : Cindy est formelle, Max aussi. Ils décident un jour de partir à Miami, pendant le mois de juillet, et louent un ensemble de petites villas autour d'une piscine. Tout cela est très sympa et commence bien, apéro le soir – non alcoolisé pour Joe, tu imagines bien –, tournoi de volley l'après-midi. Simon Quimt, le meilleur pote de Joe, a une contrainte de boulot et ne peut rester jusqu'au bout avec cette petite compagnie. Il laisse sa femme Pamela finir ses vacances avec leur bébé de quatre mois. T'imagines ? Un bébé de quatre mois, merde, autant dire qu'elle était encore enceinte. Joe le prend dans ses bras au moment du départ, salut vieux frère, bon courage, on pensera à toi.

— C'était marqué ça, dans l'article ? j'ai demandé en faisant semblant d'avoir l'intention de vérifier dans la revue.

— Non, fils. Je te scénarise un peu pour que tu voies le tableau parce que c'est comme ça que nos téléspectateurs vont se figurer les choses. Tous les chrétiens du monde vont le voir comme ça ! Mais si ça te plaît pas ma façon de raconter, ben t'as qu'à le lire tout seul l'article.

Kaythrone commençait à me faire un peu peur parce qu'il soulignait chacune de ses phrases par un coup de magazine sur la table bancale qui nous séparait.

— Simon reprend son avion, bien tranquille, continue le pasteur, et l'histoire que je vais te raconter aurait pu rester secrète. Tu vois, il s'en est fallu de peu – le hasard ? le souffle de Dieu qui fait tourner les dés d'une façon imperceptible ? Bref, voilà que le bébé de Simon et Pamela qui occupe une villa avec Cindy et Max, un couple de leurs amis, se met à chialer comme un fou durant la première nuit où son père a dû partir pour travailler dur. Tu vois : à littéralement hurler en pleine nuit. Bon, ça a rien de bizarre, c'est un marmot, quoi. Seulement, il se passe un certain temps avant qu'il se calme... tu m'étonnes. D'habitude la maman le prend dans ses bras et on n'en parle plus, là elle était sûrement occupée à faire autre chose. Cindy et Max finissent par se lever. Ils entendent une voix masculine dans la chambre. Tu vois le tableau ? Là-dessus, ils sont encore plus inquiets et décident de rester devant la porte sans oser franchement rentrer non plus. Un long silence de dix minutes, le bébé s'est rendormi et voilà que la porte s'ouvre et qu'un gars cherche à se tirer. Je te le donne en mille.

— Joe Fisher est sorti de la chambre ?

— Exact, fils. C'est cet enfant de salaud de Fisher, tu sais le petit Joe qui avait pas voulu manger les caramels et tout...

— Les chamallows.

— Oui, ce que tu voudras, merde, eh bien ce gars-là, quand son meilleur ami se tire travailler, lui... ? Il se retrouve dans la chambre de sa femme bien peinard à dérouler le crotale. Tout le monde a gardé le secret. Tous ont été tellement choqués, c'est ce qu'ils disent du moins, qu'ils ont pas moufté. Ils ont pas su quoi faire. Jusqu'à ce qu'ils retrouvent Joe dans *He is Alive !* Là ça leur a paru quand même un peu gros qu'on le présente comme un saint et tout. Et nous voilà dans la mouise.

Le rail de loupiotes venant du plafond du *Rolf* faisait au pasteur comme un masque d'ivoire. On percevait la moindre de ses rides, et elles étaient légion.

— Ces histoires-là, ça passe, pasteur. Ça sera pris comme un ragot.

— Tu te crois en France ? Un ragot ? Les votes pour Joe se sont effondrés, si tu veux savoir, il est même derrière Dorothy ! L'émission ne durera plus assez longtemps pour qu'il rattrape le coup. Maintenant c'est foutu, plus rien n'arrêtera Mahoan. C'est foutu, je te dis. On va se taper un clone sikh de Jésus comme Messie et ça sera plié. Et moi je m'en lave les mains, bordel !

Et pour bien montrer que c'était foutu, Kaythrone posa brutalement le magazine sur la table, comme on abat une quinte flush au poker. Je ne trouvais pas grand-chose à ajouter sur le sujet. Nous avons devisé un peu, Kaythrone et moi. Le vieux était aussi éloigné qu'on peut l'être de ce qu'avait été mon père mais ils avaient tous les deux dans le regard la marque d'une souffrance, celle de l'absence fondamentale. Il y avait comme un creux dans leur désir de vivre. Kaythrone, qui était plein de sève un jour auparavant, était redevenu ce qu'il était : un être presque centenaire. Chez mon père, ce creux l'avait tiré vers l'intérieur de lui-même, il n'avait pas d'énergie, il n'avait pas su ou voulu profiter de sa grande beauté, ni de rien, il s'était retiré de notre vie en silence. Kaythrone m'écoutait parler de mon père puis, à un moment, il me lança :

— Dis donc, Jeff, pourquoi à chaque fois que tu me parles de ton père tu me racontes une version différente ?

Là-dessus, il me glissa une lettre de Dorothy, sa réponse à la mienne, sans faire de commentaire, exactement comme il l'avait fait la dernière fois.

Chapitre 14

Le contraste était frappant entre l'hystérie que suscitait l'émission dehors et le calme assommant qui régnait dans le hangar : des interactions molles entre quelques corps messianiques. À part deux ou trois épreuves proposées par la production, c'était l'oisiveté qui dominait. Au début, chacun avait préparé des citations pleines de sagesse mais les stocks s'étaient épuisés rapidement. La plupart des candidats ne savaient pas trop comment Jésus aurait dû se comporter dans cet immense espace ennuyeux. Quoi qu'il en soit la jeune fille du Colorado prenait le temps de m'écrire tous les jours. Je comptais donc pour elle. C'était bien la preuve. Parfois plusieurs pages. C'était toujours Martin qui écrivait pour elle. Lorsqu'elle voulait me dire quelque chose de plus intime, je voyais que l'écriture changeait et le nombre de fautes d'orthographe aussi. Nos échanges épistolaires commencèrent par une mise au point en règle : non, Mahoan n'était pas son petit ami et j'étais un nigaud. D'ailleurs, il l'agaçait au plus haut point avec ces airs qu'il se donnait tout le temps, rien que cette tignasse qu'il avait. Il ne fallait pas qu'il me prenne l'idée de me laisser pousser les cheveux. Non, son petit ami, jamais. Plutôt se mettre en ménage avec un bouc (et là je n'ai pas bien compris l'expression qu'elle utilisait). Elle précisait dans une suite de phrases sibyllines qu'elle n'avait pas de petit ami et qu'elle ne pouvait pas se le permettre de toute façon. Elle se devait d'appartenir à tous. Elle ne pouvait être à un ou une seule, quelque chose dans ce genre. Bizarrement, ça ne m'a pas du tout affecté. Mon premier objectif était d'éliminer le sikh. Pour le reste, on verrait. Moi qui manque si cruellement de confiance en moi, je ne sais pas d'où m'est venue cette sorte d'optimisme. Nous échangions beaucoup aussi sur nos vies passées et sur la place de nos parents parce que nous avions en commun de ne pas avoir eu de mère. Son histoire était tout de même plus singulière que la mienne. Sa mère à elle l'avait abandonnée à la naissance, du coup, Dorothy pensait que ce n'était pas vraiment sa mère. Les passages où elle évoquait cela étaient très confus et je n'arrivais pas, par les questions pourtant précises que je lui posais, à lui faire clarifier les choses. Mon insistance la décevait en quelque sorte, elle aurait cru qu'un prof d'université était plus malin. C'est vrai que, par déformation professionnelle sans doute, j'avais une approche assez clinique de ce qu'elle me racontait. Je cherchais peut-être à prendre le dessus et, par cette sorte d'intelligence intuitive qui la caractérisait, elle avait senti la vanité de ma manœuvre. Elle m'écrivait souvent que j'avais l'air d'être un nigaud, j'interprétais cela comme une forme de tendresse et je me disais qu'elle aurait bien envie de se pelotonner parfois contre son grand nigaud. Dorothy avait été élevée dans un monde encore très rural, sans présence féminine. Entourée d'hommes aux mains calleuses, caparaçonnés dans des peaux tannées par le soleil, non pas sans cœur, loin s'en faut, mais avec trop peu de verbe et peu de mots pour rassurer une merveilleuse petite fille comme Dorothy qui dut s'inventer pour être quelqu'un. S'inventer parce qu'aucun modèle de femme n'était disponible, parce qu'aucun homme, et surtout pas son père méritant, n'avait l'énergie pour la contenir, pour tracer une voie.

Je ne vivais plus que pour la prochaine lettre et le reste, tout le reste, n'avait plus aucune importance. J'étais pris de rage lorsque la caméra montrait fixement la cahute de toile que la jeune fille du Colorado avait improvisée dans ce qui devait être à l'origine une buanderie avec ce commentaire : « Dorothy dort encore ». J'avais envie de révéler au monde qu'elle était tellement plus que cela. Je souffrais des commentaires grivois qu'elle suscitait sur la toile ou ailleurs quand moi j'étais en adoration devant cette sainte dévergondée. D'où lui était venue cette lumière sinon de sa nature même ? Je savais bien ce que pensaient les gens, Kaythrone me l'avait dit sans méchanceté. Beaucoup disaient que c'était le produit faisandé du milieu *redneck*. C'est qu'ils ne savaient pas voir. Je répondais que c'était un miracle comme on n'en voit pas, un diamant dans une mine de charbon. Elle était vulgaire ? Non, pas du tout. Une grâce permanente la précédait. En ce temps-là, pendant que je la regardais dormir sur mon écran de télévision et que je voyais son corps se soulever comme un voile puis redescendre doucement, j'ai su qu'il y avait une part de Dieu en elle, dans sa chair. J'ai pensé que je serais sacrément fier de conduire une femme comme elle à mon bras et de la présenter à mon père.

C'était donc ça ? Mon père ? Je n'avais que des idées comme celles-là. Je les gardais pour moi et je priais pour ne pas commettre l'erreur d'en faire la confession à ma Déesse. Dans la dernière lettre que j'ai reçue d'elle, elle terminait en écrivant : « J'ai hâte de te voir. » Elle s'étonnait aussi de ce que le monde extérieur s'intéresse aux pseudo-révélations que Mahoan s'apprêtait à faire. Comme elle, plusieurs autres apprentis Messie, Martin ou Steve le guerrier, pensaient que le coup était trop téléphoné. Peu importe d'ailleurs, Dorothy les trouvait tous ennuyeux à se croire obligés de parler de lumière et d'Esprit saint. Son diagnostic était qu'on allait pas mal s'emmerder si par malheur ce n'était pas elle qui gagnait. Elle me racontait aussi mille petites choses qui faisaient son quotidien dans le hangar, Martin Schnapper était venu boire un thé dans sa cahute et lui avait demandé de se montrer plus. « Ce bêta trouve que je reste trop à l'écart. » Elle avait relu toutes mes lettres. Avait discuté un peu avec Joe Fisher qui avait été alerté par la production des révélations des tabloïds le concernant. Toute l'équipe autour de Mahoan avait dû se réjouir parce que cette histoire avec la femme de son meilleur ami, c'était du pain béni. Joe, ça l'avait abattu. D'abord il était resté mutique puis Lei avait fini par le convaincre de donner sa version en salle de recueillement. Voilà ce dont tout le monde parlait à l'intérieur du hangar : qu'est-ce que monsieur Fisher allait dire devant la caméra ?

Lorsque j'ai lu ces lignes évoquant la confession de Joe, j'ai saisi illico mon téléphone pour appeler Harry.

— Mec, c'est dingue ! a-t-il gueulé à travers le combiné. Ils vont finir à coups de couteau. C'est la bataille des dieux !

— Et c'est demain, je veux dire le témoignage de Joe. Allume ta télé, ils diffusent le teaser en boucle. Entre midi et deux, enfin ça sera rediffusé dans la journée comme ils font. On n'est pas obligés de regarder ça en direct.

Et monsieur Barzinger a répondu ce qu'il fallait :

— T'es siphonné ou quoi ? Je suis chez toi demain à 11 h 30 des fois qu'ils commencent plus tôt. Et dire que vendredi c'est Mahoan qui fait son coming-out ! Mais quelle semaine !!!

Le lendemain, Joe Fisher est apparu l'air grave face aux caméras. Il portait un pull en V rouge et une chemise blanche. On aurait dit que Joe était à deux doigts de renoncer. Puis, la voix qui interviewait tous les candidats posa la question rituelle : « Comment ça va, Joe ? »

Joe avoua avoir été terrassé par cette histoire. Pas tant par l'histoire d'ailleurs que par la motivation qu'il avait fallu pour faire remonter tout ça. On l'avait poussé à faire cette émission, il n'avait accepté que par sens du devoir. Il savait que ce type d'exposition pouvait le conduire là où il en était aujourd'hui, devant les caméras à faire cette déclaration publique dont le principe même le dégoûtait. Il était bien plus tranquille dans sa communauté spirituelle d'où l'on était venu le tirer. Harry et moi, on était soulagés parce qu'on craignait que Joe ne se dégonfle.

Tout d'abord, il tenait à dire qu'au début, il ne voyait pas de quoi il était question. Lui, coucher avec la copine de son meilleur pote ? Pourquoi il aurait fait une chose pareille ? Bien sûr qu'il avait déjà couché avec une fille. Oui mais pas un truc de ce genre. Puis tout à coup, ça lui était revenu. Et il s'était dit : « Merde ! J'avais complètement oublié cette histoire. »

— Pouvez-vous nous expliquer votre point de vue, Joe ?

— Tout ça est complètement faux. Je n'ai pas couché avec Pamela.

— Que s'est-il passé alors ?

Monsieur Fisher fixa bien droit la caméra et il parla d'une voix ferme.

Simon, le mari de Pamela, était parti pour le boulot et les avait laissés tous les cinq : Cindy, Max, Pamela et le bébé, puis lui, Joe. En fait, Simon n'était pas vraiment son meilleur ami mais peu importe. Un jour ne s'est pas passé depuis le départ de Simon que quelqu'un vient frapper à sa porte. Il est 15 heures. Tout le monde fait la sieste pour s'épargner la chaleur accablante. On dort mal la nuit. Lorsqu'il ouvre la porte de sa chambre, il voit la jolie Pamela qui se tortille, prenant des airs d'enfant timide pour l'attendrir. Elle voudrait que Joe garde le bébé cette nuit si ce n'est pas trop demander. Ce n'est pas trop demander, Joe le fera avec plaisir d'autant que Pamela en a bavé jusque-là. Le gosse n'arrête pas de chialer et tout, c'est pas des vacances. Elle mérite bien un peu de repos. En plus, il ne s'agit pas de dormir dans la chambre du gosse, pas du tout, parce qu'elle ne veut pas que les autres sachent. Les autres ne comprendraient pas. Alors elle propose de laisser dans la chambre de Joe le baby-phone. Comme ça, Joe pourra dormir tranquille et si le bébé se réveille en pleine nuit, il l'entendra. Pas de souci. Joe se demande quand même ce qu'elle compte faire de sa soirée, est-ce qu'elle va sortir seule en ville ? Miami, c'est pas prudent. Pamela est une jolie fille, entre les touristes et les autochtones, il y a un paquet de gars qui doivent mourir d'envie de faire sa connaissance. Et Pamela ne se démonte pas. Elle ne sera pas toute seule, elle répond. Elle a donc rendez-vous ? Oui mais il ne faut pas que les autres le sachent. Joe, lui, il comprendra. Sur le coup, sonné, il ne répond trop rien. Elle le remercie comme s'il avait déjà dit oui. Le soir, lorsqu'elle vient sur la pointe des pieds apporter le baby-phone, Joe n'est plus si sûr de son affaire. Il voudrait en discuter, elle n'a pas trop le temps, on l'attend en bas. Il faut être discret. Pas d'inquiétude, elle lui fait, c'est avec le type du restaurant italien où ils vont souvent, donc pas de risque qu'il l'assassine. En voyant la tête du pauvre Joe, Pamela le rassure : « Tu sais, Simon ne serait pas fâché. C'est comme ça que ça marche entre nous. On ne peut tout de même pas faire l'amour avec le même corps toute sa vie. Simon ne serait pas fâché, je t'assure. Simplement, merci mon cher Joe de garder tout ça pour toi. » Et elle lui avait planté le baby-phone dans les mains sans trop le laisser répondre.

La suite ? Ben, le môme s'est mis à chialer en pleine nuit, évidemment. De toute façon, Joe n'avait pas réussi à fermer l'œil. Il s'est levé de son lit et d'un bond a tenté de réconforter le bébé. Pendant ce temps-là, Cindy et Max s'étaient levés. La planète entière sait ce qu'il s'est passé après. Il était sorti penaud de la chambre après avoir réussi péniblement à rendormir l'enfant et était tombé nez à nez avec ses amis qui croyaient que Pamela était, elle aussi, dans la chambre. Joe a gardé le silence. Joe avait promis. Chacun est allé se recoucher. Gêné. L'année suivante, Cindy et Max ne sont pas repartis en vacances avec la petite troupe. Ni l'année d'après. Jamais. Ils cessèrent de trouver Joe si « extraordinaire » et ils le placèrent aussi bas qu'ils l'avaient tenu haut.

J'ai su en l'écoutant que le récit de Joe Fisher était vrai. Il disait toujours la vérité et quand il ne le pouvait pas, il gardait le silence. À côté de moi, Harry avait les yeux humides de larmes. Il trouvait que c'était un malentendu tellement injuste. « Merde, ils étaient tous potes et voilà ce qui est arrivé ! » Joe, toujours à l'image, paraissait mortifié. Ce jour-là, son regard s'adressa à moi et me chuchota : « Tu vois ? Ça ne vaut pas la peine.

S'il faut en venir à faire des choses comme celles-là. » Je suis certain que Joe avait dit la vérité et que, pour la première fois de sa vie, il se sentait sali d'avoir dû le faire. Et cette contradiction sans solution était pire qu'un blasphème pour lui qui aspirait à poser un regard calme sur le monde.

Bon, ce n'était pas tout ça mais Harry devait me quitter parce qu'il devait préparer les châssis pour son exposition. Celle qui, il ne le savait pas encore, le constituerait comme un artiste en vue. Son roman-photo serait publié quelques mois plus tard et deviendrait un best-seller. Et puis, nous devions être en forme pour le lendemain, le jour des révélations de Mahoan. Quant à moi, mon nom commençait à être évoqué sur les réseaux sociaux. On comparait des photos de moi à des captures d'écran de ce barbu vomissant devant le hangar de *He is Alive !* mais personne ne savait où j'étais. Je pouvais me déplacer sans me soucier d'être reconnu. Avant de me donner un *hug* fraternel pour me saluer, Harry jeta un coup d'œil à la dernière lettre que Dorothy m'avait envoyée et qui traînait sur la commode. Il scruta la feuille de papier comme un détective et me souffla : « C'est un peu chelou, ça… »

Chelou, c'est ce que lui inspirait un dessin que je n'avais pas aperçu, sur le verso de cette lettre. Celui-ci représentait un petit personnage féminin aux cheveux roux de la main droite duquel jaillissaient des flammes comme celles d'un enfer auquel il condamnait d'autres silhouettes figurées par des bâtons pour le corps et un rond pour la tête. Et ces quelques mots pour expliquer ce dessin : *Tant fai pas*. Avant de refermer la porte de l'appartement, Harry me jeta un dernier regard, les sourcils froncés : « Chelou », a-t-il confirmé et il a ajouté : « Hey, fais pas cette tête, cousin. C'est juste un dessin. »

Harry et moi, nous nous sommes donc donné rendez-vous pour le lendemain sans même tenter de convaincre Suzanne de se joindre à nous car elle trouvait que tout cela ressemblait à une blague qui avait suffisamment duré. Pour Harry, je n'en sais rien, me concernant, il ne s'agissait pas du tout d'une blague. J'y consacrais presque tout mon temps libre, que je trie les documents que me confiait Clubber ou que je passe des heures à scruter ce que les caméras me permettaient de voir de la vie du hangar, mon existence tournait désormais autour de *He is Alive !*

Dans mon esprit, nous regarderions comme d'habitude le spectacle des révélations de Mahoan dans l'appartement de Bleecker Street, à l'abri de la bise hivernale, mais Harry voyait les choses en grand. « L'émission va bientôt se terminer et il y a un rassemblement à Times Square avec un écran géant, ils annoncent des milliers de personnes, on peut pas rater ça ! »

Je n'avais pas trop envie de me geler par ce froid de canard, pris en étau par la foule et un vent glacial. Puis il me fit son drôle de sourire en me soufflant : « Tu voudrais pas voir Dorothy sur grand écran ? » Par la rigolade, c'était comme ça qu'Harry savait qu'il fallait me prendre. J'ai objecté que ce n'était pas sûr que Dorothy soit là au moment où Mahoan allait faire son baratin, elle serait plutôt en train de roupiller dans sa tente, non ? Ça, Harry ne voulait pas en entendre parler, tout le monde sera là, c'était certain d'après lui. Et puis ne serait-ce que pour voir la réaction de Fisher et ses supporters, ça valait le coup. Je me suis laissé tenter et nous avons débarqué sur place vers 14 heures. C'était l'heure du rendez-vous proposé par la production de l'émission mais ils ne garantissaient pas que ça commence à cette heure-là. Effectivement, il a fallu attendre un peu. Cela n'a pas empêché l'écran géant, vissé sur un terre-plein à la pointe de Broadway et de la 7e, de retransmettre en direct l'histoire des messies enfermés. On voyait Steve MacCorny en gros plan. Une partie des spectateurs le huait, ce n'était pas le plus populaire des candidats, surtout à New York. « Dégage Steve, on veut Mahoan ! »

La foule était déjà dense. Certains agitaient des drapeaux ou des mains en mousse géantes dans une ambiance de kermesse. D'autres étaient plus agressifs, supporters de Joe, Mahoan ou Dorothy, ils défendaient leur héros le couteau entre les dents. « Va mourir MacCorny, et brûle en enfer ! »

Steve MacCorny était un type puissant physiquement, grand, avec une musculature forgée dans les salles de sport où il ne ménageait pas ses efforts. Une sorte de minotaure. C'était assez cohérent avec l'idée qu'il se faisait du monde : un espace en guerre où la conversion de tous au christianisme était la seule solution. Il avait comme cible principale les musulmans qu'il nommait

« les Arabes » en vous déconseillant du regard de lui préciser que tous n'étaient pas lecteurs du Coran. Steve n'était pas tout jeune, ses cheveux grisonnants coupés ras encadraient un visage qui aurait pu paraître amical n'eussent été les idées belliqueuses qui étaient les siennes. À part ça, Steve MacCorny n'était pas si stupide que le laissait croire sa doctrine martiale. Il aimait la paix, affirmait-il, mais le monde était allé trop loin dans l'absurdité pour qu'on pût en revenir autrement qu'à coups de pompe dans le cul. Voilà ce qu'il en pensait, Steve. Personne ne savait vraiment dans quel camp il se rangeait. À ce moment-là, je crois bien que Steve roulait encore tout simplement pour lui-même. Il expliquait face caméra qu'on avait fabriqué, le matin même, une cage pour l'épreuve de génération spontanée. Il fallait une cage ? Oui, pour être sûr qu'il n'y ait pas de tricherie. Chacun rentrerait là-dedans, après avoir été fouillé et en portant un simple pagne. Ensuite, il tenterait de faire apparaître quelque chose à partir de rien. N'importe quoi. La production ne serait pas regardante. Personne ne demandait que ce soit le Graal. Ça pourrait être un ours en peluche. Qu'est-ce que ça changerait ? Une peluche, concédait Steve, ça serait dommage de défier les lois de la physique et d'en arriver là. Sûr. Ces épreuves n'étaient pas imposées aux candidats, chacun faisait comme il l'entendait. Et Steve, il participerait à celle-ci. Pour se refaire. Il tentait le tout pour le tout. S'il réussissait ce coup-là, ce serait tout le jeu qui serait relancé. Mahoan pourrait bien se faire tous les brushings qu'il voulait, il faudrait qu'il se soumette, racontait-il en souriant comme un enfant.

Dans la foule, certains applaudirent tout de même à l'extravagance des déclarations de Steve. Tandis que d'autres, décidément, ne pouvaient se résoudre à rigoler avec ce qu'ils considéraient comme « un taré de fasciste ». Harry et moi, au contraire, on encourageait Steve : « Ouais, vas-y mec, fais apparaître une peluche ! » tandis que d'autres disaient : « Non, Steve, fais plutôt apparaître une bonne entrecôte. Les peluches, c'est pour les mômes ! » À partir de là, la surenchère s'empara de la foule et c'était du : « Fais-moi apparaître un million de dollars », « Fais apparaître ma femme qui s'est tirée avec le voisin ». Bref, on se marrait bien. Nous étions tellement serrés les uns contre les autres dans cet espace cerné d'écrans publicitaires que, contrairement à ce que je craignais, on ne ressentait pas tellement le froid. Je dominais la plupart des badauds d'une demi-tête tandis qu'Harry devait se dresser sur la pointe des pieds pour bien voir. Il ne voulait pas rater le grand événement. Aux alentours de 15 heures, Mahoan fit enfin son apparition à l'écran. Il se tenait debout, les bras écartés comme s'il allait prendre le monde entier contre son torse. Il arborait un sourire apaisé et une peau parfaite. De légers plis autour des yeux lui étaient apparus depuis qu'il était revenu de sa quête spirituelle. Oui, il se souvenait, déclama-t-il, et des millions de personnes de par le monde ont entendu ces mots devant leur poste de télévision. La foule de

Times Square observait un silence religieux. Tous les sarcasmes avaient disparu.

Il se souvenait de tout.

Puis il y eut une clameur. C'était de l'indignation. La diffusion de *He is Alive !* venait de s'interrompre pour laisser place à une page de publicité. Lessive, barres chocolatées, produits financiers, jouets pour Noël, dinde... Pendant ce temps, la foule était redevenue bruyante et impatiente, elle scandait le nom de Mahoan à l'unisson. Puis les images du hangar sont revenues, tout était en place, seule différence : le beau visage du sikh était inondé des larmes de la félicité. Pour faire sa grande annonce, Mahoan n'y était pas allé avec le dos de la cuillère. Il avait carrément fait transporter l'immense table de la salle à manger commune pour qu'elle trône au centre du grand salon blanc. On comprenait d'un regard qu'il avait voulu reconstituer la cène. Tout le monde était là à sa droite et à sa gauche face à la caméra. Il manquait tout de même Dorothy qui se tenait un peu à l'écart, du moins s'était-elle déplacée.

Les révélations qu'il allait faire étaient tout à la fois importantes et merveilleuses, reprit Mahoan. Il haussa le ton pour que chacun puisse entendre sans paraître pour autant s'adresser à quiconque en particulier. Il posa un regard à la fois sévère et bienveillant sur l'assemblée. « Si ce gars-là devait régner sur l'univers jusqu'à la fin des temps, je préférerais aller griller tranquille en enfer ! » gloussai-je. Dans la foule, certains applaudirent ma déclaration tandis que d'autres me demandèrent de fermer un peu ma grande gueule.

Ce que Mahoan voulait faire savoir, c'est qu'il avait, par d'intenses séances de méditation, reconstitué toutes les pièces de son passé. Il se souvenait clairement avoir été Jésus et ce qu'il était ému, bon sang, car oui, chacun des candidats ou presque avait joué un rôle à l'époque, et c'était incroyable de les retrouver tous dans l'Amérique d'aujourd'hui. Et il désigna d'un geste ample la dizaine de caméras. Tout lui était donc revenu, sa descente vers notre Terre, son enfance si peu connue, son calvaire. Puis il a regardé les candidats un à un, avec un grand sourire franc. Dorothy se tenait debout d'un air dégoûté. Les autres observaient cette fresque plus ou moins émus. Les supporters de Mahoan avaient pour certains la larme à l'œil, les autres étaient plus dubitatifs. Beaucoup d'entre eux scrutaient la réaction de Joe. Qu'est-ce que Joe pensait de tout ce cinéma ?

Mahoan avait avancé son ultime argument. Il était implicite que ceux qui refuseraient de se soumettre à son récit seraient tenus d'entrer en dissidence. Le sikh savait-il que le jeu allait bientôt se terminer ? Il tentait son va-tout quoi qu'il en soit. Assis sur le dossier d'un des fauteuils, il surplombait ses acolytes attablés. Joe Fisher était resté debout, lui, à distance. On distinguait les muscles de sa mâchoire se contracter et son regard bleu se voiler de lassitude. Joe n'était pas très grand mais il parut s'affaisser un peu.

Une partie de la foule s'est alors mise à hurler comme si le sol se dérobait. « Envoie-le se faire foutre, Joe ! » Fisher était en train de renoncer. C'était ce visage qu'il avait déjà lorsqu'il avait dû raconter son histoire malheureuse de garde d'enfant. Une expression qui disait ça n'en vaut pas la peine. On le sentait céder, non à la pression imposée par Mahoan, mais parce que cette initiative n'avait fait que révéler à Joe quelque chose de plus profond et dont il ne parlerait jamais. Et Harry gueulait aussi : « Relève-toi Joe, guide-nous ! »

C'est ce moment que Steve MacCorny a choisi pour intervenir. Tout cela était trop précoce d'après lui. Il ne fallait pas s'emballer comme ça. Lui aussi pouvait prétendre se souvenir de vies antérieures et ce genre de conneries.

— Il ne s'agit pas de vies antérieures, Steve, rétorqua avec douceur Mahoan.

— Ça suffit, Mahoan, les épreuves ne sont pas terminées. Il reste celle de la génération spontanée. Essaie un peu et on verra.

— Cogne-le ! proposaient derechef certains soutiens de Steve dans la foule.

— Nous avons dépassé ce stade, Steve. Réjouis-toi de la bonne nouvelle que je viens d'apporter aujourd'hui ! Tu es la colère et il n'y a pas d'amour sans colère. Tu as un rôle à jouer toi aussi. Tu verras. Avant tout, je dois vous annoncer qui sera le premier évangéliste. Je sais que certains seront déçus, c'est ainsi. Joe Fisher, mon ami, c'est toi que j'ai choisi.

À ces mots, Scott Grey qui s'en était remis à Mahoan dès le début de l'aventure a serré les dents, rien de plus. Il pensait que le rôle de bras droit serait pour lui. La caméra perfide le montrait en gros plan. Il a regardé vers le sol et s'est fait une raison presque aussi vite. Il avait dû se dire un truc du genre : « C'est pas si mal, pourvu que je sois dans la bonne équipe. Après tout, si Joe accepte le deal, j'aurai quand même une place de premier choix dans la lumière divine. »

Joe Fisher n'a pas répondu. Il a juste baissé les yeux. Sa bouche s'est entrouverte mais Mahoan l'a interrompu et j'ai vraiment cru que les spectateurs allaient en venir aux mains. La foule était équitablement répartie entre les partisans de Mahoan et ceux de Joe et aucun ne paraissait vouloir se comporter en bon chrétien.

— Je sais, Joe, qu'un passé peu commode a ressurgi. Je l'ai ressenti dans mon for intérieur. Il n'existe aucune ombre en pleine lumière.

Je me suis mis à trembler de toute part, la foule devait ressentir la même chose que moi, l'ambiance était fiévreuse. J'entendais à peine le son. Il allait se passer quelque chose.

— Cela n'a pas d'importance, reprit Mahoan. Je passe totalement l'éponge, Joe, tous vos péchés passés commis volontairement ou par imprudence sont totalement lavés en ce jour béni.

J'imaginais Clubber Grey se frottant les mains : « Ça, c'est de la télé, bébé. » Mahoan s'est levé, il souriait encore mais il avait à présent un regard perçant et autoritaire. Une partie de la marée humaine qui s'était réunie devant cet écran gigantesque ondulait et applaudissait comme pour une monstrueuse messe gospel. Ce tintamarre s'est arrêté d'un coup lorsque le rire de Dorothy a résonné. Un rire clair et peut-être un peu forcé. Elle se tenait très loin de la scène et de Mahoan, dans l'embrasure de la porte du grand salon. Elle s'est mise à gueuler. Se rendait-il compte qu'il était ridicule, que peut-être il tuait, par son cinéma, un maigre espoir de miracle véritable ? Que le merveilleux ne saurait être vulgaire, qu'il n'y avait pas pire grimace que celle qui mime le prodigieux ? Bon, elle ne s'est pas tout à fait exprimée comme ça, disons que c'est ce qu'elle voulait dire.

Mahoan aurait-il perdu son calme ? Pas du tout. Il prétendit la reconnaître, elle aussi. Il l'appela Judas Iscariote en faisant référence à la couleur de ses cheveux.

— Je ne saurais te tolérer à mes côtés cette fois, déplora Mahoan. Je suis désolé, tu dois t'en aller, Dorothy.

Le visage de la Déesse s'est durci et ses poings se sont fermés. Elle ne riait plus du tout. On aurait dit que l'air autour d'elle s'irisait de fureur. Elle cherchait quelque chose à dire mais elle était devenue muette. Son visage a blêmi. La foule était de nouveau silencieuse. J'ai senti mon cœur s'accélérer, terrorisé. Je n'arrivais plus à parler, moi non plus. Ou bien j'étais devenu sourd. Je n'entendais plus rien. Ou bien était-ce après. On aurait dit que les yeux de tous les candidats allaient sortir de leur orbite. Ma peau s'est mise à vibrer et Dorothy était devenue un morceau insécable de puissance. Elle montra

Mahoan du doigt. Et pour la première fois depuis le début de l'émission, on avait l'impression qu'il n'en menait pas large. Enfin.

Puis, mes yeux ont vu ce qu'ils ont vu.

C'est la vérité.

Des millions de personnes ont vu la même chose que moi partout dans le pays.

Dorothy l'a montré du doigt et il a pris feu.

Littéralement.

Son corps s'est embrasé et celui des autres aussi.

Une lumière aveuglante et une onde de chaleur sans doute. Les chairs qui brûlent. La foule s'est mise à hurler et à courir sans direction, l'incendie ne s'était pourtant propagé que sur l'écran. Certains se sont évanouis, carrément. J'ai fait partie de ceux-là.

Puis le gigantesque écran de Times Square est devenu noir. La diffusion de l'émission avait été brutalement interrompue.

Amen.

Évangile selon Jeff, 1-2, prologue

Généalogie de Dorothy מָשִׁיחַ (*mashia'h,* « l'oint du Seigneur », Celle qui fut consacrée par l'onction), fille de Henry, fils de Lloyd, fils de John, fils de Pharès, fils de Naasson, fils d'Obed qu'avait engendré Salomon.

Voici comment naquit Dorothy Olsen : comme Henry son père, fils de Lloyd Olsen, avait été fiancé à Alicia, avant leur union il se trouva père lui-même par l'action du Saint-Esprit. Alicia, qui était une femme de bien, ne voulait pas le diffamer et laisser penser que, par quelque errement, elle avait enfanté en manquant à ses devoirs d'époux. Elle se proposa donc de rompre secrètement avec lui qui n'avait encore jamais connu l'amour charnel et pour cette raison la tradition attacha à son nom la désignation de Saint Puceau. Un ange de mélancolie apparut à Alicia en songe en l'enjoignant d'abandonner et la fille et le père et le Saint-Esprit afin de ne pas entraver le destin que la Messie devait assumer. Cette fille, lui dit-il, est sortie de ton ventre mais ce n'est pas la tienne. Et partout la nouvelle se répandit.

Tout cela arriva afin que s'accomplisse ce que le Seigneur avait annoncé par le prophète. Voici le puceau qui enfantera une fille, et on lui donnera le nom de Dorothy qui saura dessiner un chemin de briques solides et lumineuses vers la rédemption des Hommes. Dorothy étant née à Fruita dans le Colorado au temps du roi Bill Clinton, nombre de mages venus d'Orient et d'ailleurs se demandaient : Où est la reine des Hommes qui vient de naître ? Car nous avons vu son étoile en Occident, et nous sommes venus pour l'adorer. Plusieurs années passèrent avant qu'ils ne purent se réunir pour honorer la Messie qui venait. Les hommages furent rendus en la ville de New York qui resplendissait alors sur l'Occident. Et toutes ces offrandes et hommages purent être rendus par la grâce du pasteur Kaythrone. Béni soit son nom.

Chapitre 15

Extraits (1) du journal de Balt Boller.

Retranscription à partir de la version manuscrite (certains passages demeurent illisibles).

Le texte fut retrouvé sur une petite table à côté du lit de la chambre qu'il occupait. Sur le mur il a peint ces mots : « Farrah Fawcett est morte le même jour que Michael Jackson. Sa vie n'aura servi à rien. »

Je ne fréquente pas tellement de gens, ni ma famille ni rien. Peut-être que ce gros type à la salle de sport pourrait dire un peu de bien de moi le moment venu. Une fois on a pris une bière ensemble. Il s'appelle Rudy, il est allemand d'origine je crois. Il est pas bien malin et a pas l'air d'être plus avancé que moi dans la vie. Je l'aime bien. On travaille ensemble souvent sur les machines tous les deux, au club. On est un peu gras des mêmes endroits mais je progresse mieux que lui je trouve. Je lui dis rien ou plutôt des trucs du genre : « Ouais, ça commence à se voir. Les nanas vont pas tarder à te tomber dans les bras, mon pote. » Le gros Rudy me parle pas comme ça lui, il est trop timide. Pire que moi.

Rudy est pas venu à la salle aujourd'hui, du coup, j'ai dû travailler tout seul. Y avait ces nanas qui venaient prendre leur cours d'abdo-fessiers. Une belle brochette de putes. Elles ont fait exprès de me regarder en passant. Certaines d'entre elles au moins. Pour voir si je leur matais le cul. Et oui, bien sûr que je leur matais le cul. J'ai pas baisé depuis 2003, merde, pourquoi j'aurais pas le droit de reluquer un peu leur cul de (illisible).

Le plus triste est que je suis obligé d'être témoin de ça. Elles préparent leur corps pour la baise. Pas pour la baise avec moi, c'est sûr. Et je me sentirais pas le droit d'en violer une. Elles m'ont rien demandé ces filles, faut reconnaître.

J'ai dû faire l'amour une soixantaine de fois dans ma vie. J'ai trente-huit ans. J'ai eu une copine avec qui j'ai eu vingt-quatre relations. Qu'est-ce qui va pas avec moi ? Je suis pas un canon de beauté, ok, mais je suis vraiment pas mal à ce qu'on me dit. J'ai un job qui paye bien, une bonne mutuelle, des fringues bien propres, alors qu'est-ce qui va pas ?!? Qu'est-ce qu'elles veulent à la fin ces putes à me laisser tout seul, tous les samedis soir, tous les soirs, tout le temps. Ce que je fais de mes soirées ? Je vais prendre un verre dans un bar, toujours le même, toujours. Et personne, personne n'est jamais venu m'adresser la parole. Deux ans que j'y vais tous les jours. Il ouvre tous les jours. Je commande une bière, je regarde un peu les autres. Je tente de sourire à des filles, parfois elles me rendent mon sourire mais ça donne rien. Oui, il arrive que je prenne un verre avec l'une d'entre elles si c'est moi qui prends l'initiative. Elle me trouve trop tarte sûrement : j'arrive jamais à coucher. Et franchement ? C'est même pas coucher qui m'intéresserait le plus. Juste dormir à côté d'une fille une fois, je serais ok pour ça. Ça me ferait du bien.

Après le verre au bar, je rentre chez moi. J'ai une petite chambre. Je veux pas dépenser trop d'argent dans mon logement ou dans quoi que ce soit. J'ai d'autres plans. J'ai quand même une chouette télé, puis un ordinateur aussi. Je bosse là-dedans moi et je fais mes recherches sur Internet. Je trouve ce que je veux et ça c'est utile pour mon plan. Je vais bientôt le mettre à exécution.

Ben, quand je rentre, j'essaye de pas trop bouffer de la merde pour pas perdre tous les efforts que je fais sur les machines à la salle, donc je me fais un petit plateau puis je mange devant ma télé. Je regarde beaucoup de choses. J'aime bien les documentaires, surtout les trucs sur les magouilles du gouvernement. Là ce soir, c'était pas brillant. J'ai maté une de ces émissions de téléréalité. Ce qu'ils vont pas inventer. Voilà qu'ils croient que Jésus va revenir. Ils ont réuni une dizaine de gusses qui pensent que ça pourrait être eux, Jésus. Ils le croient tous on dirait, enfin je sais pas, je crois qu'ils font un peu de cinoche. C'est tellement con que ça intéresse de plus en plus les gens. Il y a un nègre, un chinetoque et même une gonzesse dans l'équipe, une vraie petite poupée. Marrant quoi. Ils leur font passer des tests pour voir s'ils peuvent faire des miracles. Je regarde ça jusqu'au bout, puis un peu les infos. Rien qui ne me donne pas envie de gerber dans ce foutoir qu'on appelle le monde civilisé. Puis je remets cette émission avec ces Jésus de mes deux. À vrai dire, un bon torrent pour nettoyer toute cette merde ça ferait pas de mal, même un torrent de merde.

Voilà, c'est le seul moment de réconfort que j'ai dans la journée, ça et m'assommer l'engin contre l'évier en pensant à cette petite pute qui croit qu'elle pourrait être le Messie. Ce soir, c'est elle que j'ai choisie plutôt qu'une de ces filles de la salle de sport. M'assommer la bête pour être sûr de bien dormir.

J'appelle pas ça une vie. J'appelle à l'aide. Tout le temps. Personne ne répond.

Bande d'enculés.

Extraits (2) du journal de Balt Boller.

Retranscription à partir de la version manuscrite (certains passages demeurent illisibles).

Je comprends les négros qui peuvent pas saquer les blancs parce qu'ils sont nés nègres et qu'ils peuvent rien faire contre ça. Moi je peux rien faire, mes frères, contre le fait d'être ce gros con de Balt Boller. Un type qu'a pas tiré sa crampe depuis des plombes. Même les nègres, qui n'arrêtent pas de se plaindre, baisent bien plus que moi, ne serait-ce qu'entre eux, ils doivent baiser. Moi rien. Ils se flinguent aussi entre eux, sûr, en même temps, on dirait qu'ils s'aiment bien. Nous autres les blancs, on se laisse crever les uns les autres. On s'aime pas du tout faut croire. Mes frères blancs ont que Jésus à la bouche, toute cette racaille, toute cette vermine. Ils feraient pas un geste, rien pour aider quelqu'un dans la détresse. Moi je peux rester des heures sans bouger, merde, personne ne me dit jamais rien, pas même : « Ça va pas, mec ? » ou un vieux qui me dirait : « Besoin de quelque chose, fiston ?» Une fois, je me suis mis à chialer dans ce bar que je fréquente à la sortie du boulot. Carrément. Je me suis mis à chialer devant tout le monde. Mon orgueil ? Quel orgueil ? J'ai… (illisible sur deux paragraphes)

97 000 heures que j'ai pas fourré ma queue autre part qu'entre mes cinq doigts. Autant d'heures qu'une fille ne m'a pas embrassé, qu'elle ne m'a pas dit « mon chéri », « je pense à toi mon chéri ». Une vie entière sans amour, nom de Dieu. Je les comprends les dingos, les fantômes qui veulent se venger. Quand Ben Laden est mort ? J'ai pas versé de larmes mais je me suis pas réjoui non plus. Je lui en voulais à fond à cette crevure pour 2001, je me sentais Américain. Entre-temps, je me suis regardé dans un miroir et je me suis dit : « Qu'est-ce qu'elle a fait de moi, l'Amérique ? » Ils ont fini par l'attraper le Ben Laden mais il les aura bien fait chier, n'empêche. Tous ces types qui passent avec leur chiards, leur pouffiasse à leur bras qui n'ont que Jésus à la bouche (illisible sur quatre lignes)

J'ai appris que Rudy était malade hier. Pour ça qu'il ne se pointe plus à la salle pour pousser de la fonte avec son pote Balt. C'est le type qui tient la salle qui m'a dit ça parce que Rudy lui avait téléphoné pour résilier son abonnement. Sinon, je crois bien que personne ne se serait aperçu de la disparition de Rudy. Je n'ai pas son numéro ni rien. Le type qui tient la salle a fini par me lâcher, parce que je le tanne avec ça, que Rudy doit partir en chimio. D'après lui, c'est un cancer des testicules. Et qu'est-ce qu'il peut bien en savoir que c'est de là qu'il a le cancer, je lui demande. Il en sait rien. C'est l'idée qu'il s'est faite. Pour lui, c'est ça. Et pourquoi il s'est mis ça dans la tête ? Alors il me répond en s'énervant qu'il en sait rien, qu'il pense juste ça et que c'est tout, et que j'ai qu'à arrêter de l'emmerder avec mes questions sur les clients.

Ce type est un morceau de viande de 120 kilos. Je pourrais l'égorger. J'ai envie de l'égorger mais j'ai mieux à faire.

Moi, quand je rentre chez moi, je fais mes trucs sur Internet ou bien je mate la télé. En ce moment je suis pas mal sur ce truc avec les Jésus. Et même si c'était vrai que Jésus revenait, qu'est-ce que ça pourrait bien foutre ? Apparemment dans la journée, certains de ces cons ont essayé de marcher sur l'eau. Ils leur ont installé une piscine intérieure dans leur maison. Et, vraiment, y a deux de ces zozos qui ont essayé de marcher sur l'eau comme Jésus. L'un a carrément essayé tout habillé. Les deux ont plongé direct. Y avait la petite pouliche rousse sur le bord de la piscine qui se fendait de rire. Elle porte toujours de ces jupes minuscules qui sont pas celles d'une bonne chrétienne je peux dire. Elle aussi prétend qu'elle peut être le Messie. Je crois qu'elle fait ça pour se faire remarquer et qu'après, aussi bien, elle fera des photos à poil. Je sais pas pourquoi la production l'a recrutée. Pour faire de l'audience sans doute. Cette Église du jour nouveau. Jour nouveau de quoi ? Comment le vrai jour pourrait se lever sur cette vie de merde ? L'audience, le fric, ces culs qu'on montre, qui ne sont jamais pour nous, toute cette mélasse de connerie… L'un des types qui a bu la tasse est quand même marrant. Il est toujours habillé classe, pas du tout comme le Jésus sur les peintures. Ce type vendait des cheminées avant de participer à He is Alive ! *Il lui est arrivé toute une série de choses bizarres dans sa vie. Quand il est né, le jardin de ses parents a été frappé sept fois par la foudre et ça aurait dessiné comme une étoile sur le sol. Bon ça, personne n'est allé le vérifier. On voit dans le reportage la bonne gueule de ses parents qui jurent que c'est vrai. Ce gars-là sait que les gens vont voter à la fin pour élire le nouveau Jésus. D'après lui, Dieu a pas vraiment choisi encore. Il a toutes ses chances parce qu'il est « sincère ». Mais il le reconnaît lorsqu'il émerge avec son camarade malchanceux de la piscine : « C'est pas encore ça. » Putain, « c'est pas encore ça » ! Voilà ce qu'il dit. J'éteins la télé et mon ordinateur et je pense à toutes ces ondes qui pourraient me foutre le cancer comme à ce pauvre Rudy.*

Je tiens un marteau dans la main droite.

Parfois je voudrais m'en coller un bon coup et que tout soit bien fini. Comme d'habitude, je reste là à rien faire, les bras ballants. Il faut vraiment que je le réalise ce truc que j'ai en tête. Pendant un instant, c'est sûr, je me sentirai vivre.

Extraits (3) du journal de Balt Boller.

Retranscription à partir de la version manuscrite (certains passages demeurent illisibles).

Rien à signaler dans la vie de ce gros con de Balt Boller. Ah si ! J'ai décidé d'arrêter la salle de sport. J'ai fait le tour de la salle pour prévenir les types que je connaissais de vue. Il y avait ce pompier volontaire, une vraie armoire à glace qui se faisait toujours engueuler par sa bonne femme. Il a répondu : « Bon ben d'accord, c'est un sport dur de toute façon. »

Je me demandais comment un type comme lui, pompier, baraqué et tout, pouvait accepter de se faire engueuler comme ça par sa bonne femme. Ben moi au moins, je me faisais engueuler par personne. D'un autre côté le pompier, il devait bien la fourrer tous les jours sa connasse, tandis que moi rien.

(Une longue partie est illisible.)

J'ai passé plusieurs jours à repeindre le van en noir, ça a l'air d'être une bonne tôle. Ce serait trop con que je tombe en rade avant d'y arriver. J'ai jeté un coup d'œil, je suis pas mécano mais ça a l'air ok.

Je me suis payé un bon gueuleton hier soir, j'ai mangé dans le nouveau restaurant français qui vient d'ouvrir en ville. Ça oui, je me suis payé du bon temps. J'ai terminé une bouteille de vin rien que pour moi. Du coup, j'ai bien dormi et ce matin, même pas la gueule de bois !

J'ai encore une fois bien vérifié tout dans le van et un petit coup sur le moteur aussi. Tout est au poil. Bon sang, si seulement j'avais le courage de le faire.

J'ai prévu de partir ce matin et au lieu de ça je suis en train d'écrire comme un abruti dans ce journal.

Il faut que je parte, sinon, franchement ? Le bon gueuleton que je me suis payé hier où j'ai claqué la moitié de ma paye du mois, eh ben ça aura servi à rien.

J'aurais bien voulu appeler quelqu'un, pas pour lui parler de mes projets, pas pour qu'on m'en dissuade. J'aurais voulu appeler quelqu'un pour parler, parler vraiment, une dernière fois.

Mais qui appeler, bordel ?

L'inspecteur Frazer m'avait laissé seul quelques instants pour aller se faire un café. Moi je n'en voulais pas. Il avait laissé imprudemment quelques pages concernant l'affaire qui l'avait fait me convoquer. C'est comme ça que j'avais parcouru les feuillets du journal de Balt Boller. Frazer est revenu avec un quart de litre de café noir tout serré dans un mug sur lequel était imprimée la couverture de l'album *Abbey Road* des Beatles. Je regardais ces quatre gloires traversant la rue, alignés comme des soldats. Frazer, la soixantaine bien cognée, portant le cheveux long et blanc ramassé en queue-de-cheval, me montra du doigt l'un d'entre eux. John Lennon.

— J'adorais Lennon étant môme. Il a été assassiné ici, à New York.

Ce n'était pas Frazer qui avait arrêté le meurtrier mais il était déjà flic à l'époque. 1980. L'assassin s'appelait Mark David Chapman et il serait bientôt libre. D'après Frazer, la peine de mort n'était pas une bonne chose en soi sauf pour Chapman qui aurait mérité qu'on le pende.

— Il lui a tiré cinq fois dessus, comment le pauvre John aurait pu s'en sortir ? Le pire de tout c'est que ce Chapman était un fan.

— Il lui avait refusé un autographe, c'est ça ?

— C'est ce que les journaux ont dit mais c'est plus complexe. J'ai une copie chez moi de l'interrogatoire de Chapman. C'est une affaire qui m'a passionné. Chapman faisait le pied de grue devant le domicile de Lennon et s'était peu à peu mis à détester le chanteur. À mes collègues qui lui demandaient les raisons de son geste, il expliquait que Lennon l'avait déçu. Que c'était qu'un sale hypocrite. Il disait en boucle : « Ce salaud condamne la faim dans le monde, mais il vit comme un pacha ! » Contrairement à ce qu'on a écrit ici ou là, c'était un meurtre prémédité. Alors bon cette histoire d'autographe… La vérité c'est que Mark David Chapman était un frustré. Il l'a expliqué aux juges à chacune de ses demandes de remise en liberté. Il a comme un sentiment d'indignité, le pauvre chéri. Tu te sens pas bien dans ta peau ? Et pourquoi t'irais pas assassiner un génie ? Chapman, c'est un tas de merde qui rêvait comme tout le monde aujourd'hui d'obtenir un peu de gloire. Il y a des types qui sont mal, monsieur Jefferson, ils ne trouvent rien de mieux à faire qu'une grosse connerie pour qu'on les remarque un peu.

Là-dessus, Frazer que je dépassais d'une bonne tête, même assis, posa la main sur ce dossier contenant les extraits du journal de Boller que je venais de lire. Est-ce que Frazer avait fait exprès de les laisser traîner, ces feuillets ? Je pense que oui. La salle dans laquelle nous nous entretenions dans ce commissariat de Brooklyn était un peu défraîchie mais pas délabrée. Des posters enchevêtrés les uns sur les autres à la gloire de quelques stars du sport américain servaient de cache-misère.

— Le « déicide ». C'est comme ça que la presse l'appelle.

Ce type ne m'intéressait pas du tout. Pour moi les choses ne s'étaient pas passées comme le racontaient les journaux.

— Vous devriez lire ça à l'occasion, monsieur Jefferson, me dit Frazer en désignant les pages du journal intime de son index. Ça fait froid dans le dos. Y en a qui ont été apitoyés par son histoire. Le pauvre gars qu'était tout seul, sans amour… Sans rire, ce salaud qui a décidé de se faire péter la carafe en attirant avec lui un max de monde ?

— Inspecteur Frazer, je peux savoir pourquoi vous m'avez demandé de venir vous voir ?

Frazer se leva sans oublier de prendre son mug qui paraissait être devenu une extension de sa main gauche. Il n'y avait pas de bon ou de mauvais flic comme dans les films, juste Frazer.

— On a retrouvé ces quelques notes écrites par Boller dans son appartement, et vous savez ce qu'il avait écrit sur son mur ? Une sorte d'épitaphe si l'on veut… : *Farrah Fawcett est morte le même jour que Michael Jackson, sa vie n'aura servi à rien.* Je suis allé vérifier : c'est vrai. Elle est bien morte le même jour que Jackson.

Je commençai à me lever pour sortir de la pièce. Rien ne m'obligeait à subir cet entretien. Je n'étais accusé de rien et nous avions tant de choses à faire, Dorothy et moi.

— Attendez encore un instant, je vous en prie, monsieur Jefferson. Ce que je voulais savoir c'est si par hasard vous connaissiez ce « déicide » ?

— Balt Boller ? Pourquoi est-ce que je l'aurais connu ?

— Il y a quelques coïncidences dans votre parcours. Genre, vous avez fait des recherches universitaires sur ce groupe religieux, l'Église du jour nouveau, non ? Et voilà que vous vous retrouvez embarqué dans cette histoire…

— Parce que vous croyez que c'est une coïncidence ?

— C'en est pas une ?

Avec une voix qui se voulait autoritaire et inspirée, je lui ai balancé un long laïus comme quoi il y avait mieux à faire que de savoir pourquoi ce pauvre gars s'était fait exploser avec son van contre le hangar de l'émission. Comment, après tout ce qu'il s'était passé, pouvait-on être encore terre à terre au point de vouloir connaître les vraies intentions de Boller ? Comment Frazer pouvait-il ne pas avoir compris que Boller n'était qu'un agent d'une volonté supérieure ? Un pauvre hère dont l'action était nécessaire à la révélation ? Je me suis retenu d'évoquer le dessin que Dorothy avait griffonné sur sa dernière lettre et qui annonçait explicitement l'impénétrable volonté du Seigneur. Il n'aurait rien compris. Pire, il aurait suspecté ma Déesse d'être de mèche. Il suffisait pourtant de lire ces pages du journal justement pour comprendre que Boller ne connaissait aucun des apprentis Messie et n'avait été que l'instrument du destin.

Est-ce que Frazer comprenait mon baratin ? Oui. A-t-il cherché à m'interrompre ? Non.

Je crois qu'il voulait voir jusqu'où j'allais aller. Il ne fut pas déçu. S'il n'avait jamais vu un grand barbu en pleine fièvre millénariste, c'était l'occasion. Je psalmodiais. C'était pourtant évident qu'à la fin c'était Dorothy l'élue. Au moment où les usurpateurs s'étaient ligués pour lui ravir son destin, d'un simple geste du doigt, elle les avait rappelés *ad patres*. Jésus ne se laisserait pas mettre en croix cette fois, ça non ! À présent nous devions prendre le sort du monde en main. L'histoire était terminée, chacun pouvait rentrer chez lui. Les morts allaient sortir de leur tombe. Comme prévu. Inutile de s'inquiéter pour son salaire, sa retraite ou sa couverture maladie. Il allait même revoir bientôt Lennon gratter sur sa guitare s'il n'y avait vraiment que ça qui l'intéressait.

J'ai parlé une bonne vingtaine de minutes sans discontinuer. Ce que je disais était à peu près cohérent d'un certain point de vue. Ce Balt Boller était un pauvre type dont on ne savait pas encore grand-chose. Il avait fabriqué une bombe artisanale qu'il avait installée dans une camionnette achetée d'occasion. Ses maigres économies étaient passées dans son projet meurtrier, et alors que la circulation était interdite aux abords du hangar, lui avait traversé la foule qui se massait autour des studios d'enregistrement de *He is Alive !* en klaxonnant comme un dingue. Il avait fait quelques blessés légers. On raconte qu'un des vigiles a tiré mais que la balle est venue se perdre dans la tôle sans même le ralentir. Boller et son van explosif avaient percuté le mur du grand salon où Mahoan faisait ses révélations. Il avait étudié les plans du hangar et suivi l'émission en direct. Il a donc frappé pour faire un maximum de morts. Il en fit vingt-trois.

Quelques-uns des pèlerins massés autour du hangar, un réalisateur de l'émission et un monteur, et Boller lui-même bien sûr, le reste, c'était presque tous les candidats de *He is Alive !* Mahoan, Joe Fisher, Lei, Johan, Steve et les autres, seul Scott s'en était tiré mais avec un bras arraché et de graves brûlures. Dorothy, parce qu'elle était loin de l'explosion et protégée par un axe de soutien du hangar, n'avait été que superficiellement brûlée. Le souffle de l'explosion lui avait fait perdre connaissance et depuis elle était en observation à l'hôpital. Cette histoire n'était pas si tragique que le croyait l'inspecteur Frazer, lorsque Dorothy le souhaiterait, tout ce monde se remettrait sur pied et peut-être en rigolerait un bon coup. Sans doute que Mahoan serait un peu penaud. Il fermerait quand même sa grande gueule et se rangerait derrière Dorothy.

Quand j'ai eu enfin terminé mon prêche, Frazer posa son mug et me raccompagna à la porte de la petite pièce dans laquelle nous nous entretenions depuis une heure. Il me dit d'une voix éteinte qu'il n'avait pas d'autres questions et me remercia d'avoir bien voulu venir le voir. À ce moment, j'ai compris que ce que je considérais comme une simple formalité – le ralliement du monde entier au panache de Dorothy – allait peut-être prendre du temps. Frazer ne paraissait pas prêt à se convertir, pas tout de suite.

Après mon interrogatoire, j'ai retrouvé le reste de la bande dans un Dunkin' Donuts. Clubber Grey emmailloté dans un costume trois-pièces vert bouteille en train de dévorer un gâteau de la même couleur, censé être inspiré d'une recette irlandaise. Il y avait aussi Walter Grimm qui attendait les mains croisées, engoncé dans sa vieille pelure de cuir noir. Kaythrone, lui, se tenait un peu à part, les yeux rougis, grommelant comme un vieux clochard. Il leva sur moi un regard incrédule qui me traversa, ce n'était pas le Jeff qu'il attendait, celui qui était en face de lui était comme transparent. Il s'affaissa de nouveau dans ses songes douloureux.

— Alors on va chercher Dorothy ? Elle sort aujourd'hui ?

— Non, me répondit Clubber tout en léchant ses doigts. Elle doit rester encore un jour en observation. Tu veux rien manger, Jeff ?

Je ne voulais pas. J'étais encore porté par l'exaltation du monologue que j'avais imposé à Frazer. Il fallait que je m'isole avec le pasteur Kaythrone. Je voulais partager un peu de mon bonheur et je n'avais pas assez d'empathie pour mesurer l'ampleur de la détresse du vieux bonhomme. Depuis l'explosion, il était éteint, prostré. Je n'avais pas encore eu l'occasion de lui parler. Et voilà que je le tirais un peu par la manche et me plantais en face de lui pour lui rappeler que cette fois c'était bien certain, Dorothy était notre sauveuse, ses pouvoirs étaient immenses, c'était la fin de la vie malheureuse. Elle allait sonner la trompette ! Vous avez attendu ça toute votre vie, réjouissez-vous, nom de Dieu ! Il ne reste plus qu'à danser dans les rues, frapper dans des casseroles pour faire un maximum de bruit, c'est à nous d'initier la grande kermesse, pasteur !

Les grands yeux bleus de Kaythrone me virent enfin. La mâchoire inférieure du vieux colosse se mit à trembler, il allait se remettre à pleurer mais il mordit très fort sa lèvre pour s'en empêcher.

— Tu n'es qu'un pauvre abruti, Jeff. Ils sont tous morts !

Ah le vieux était furax ? Moi aussi, je pouvais le sermonner. D'une colère froide et rentrée je lui ai dit :

— En fait, vous n'y avez jamais vraiment cru, hein ? Maintenant c'est là, et vous n'êtes pas à la hauteur. Vous

vous rappelez ce que vous m'avez dit un jour à propos de suivre son destin sur la pointe des pieds ?

— Mais qu'est-ce qui va pas dans ta tête ? Tous ces gamins sont morts, pauvre dégénéré. Joe Fisher est mort ! Même Joe !

Il venait de se lever les poings serrés. J'ai cru qu'il allait me cogner. Mais non. Ses yeux se sont embués de nouveau. Se mordre la lèvre, ça n'était plus suffisant.

— Merde. Ils ont retrouvé les dents de Joe incrustées dans le mur.

Puis le vieux pasteur s'est remis à grommeler. C'était de sa faute. Il les avait tous tués. Il décampa du Dunkin' Donuts et personne ne chercha à le retenir.

Quelques jours auparavant, voir le vieux pasteur dans cet état m'aurait fendu le cœur. J'aurais tenté de le prendre dans mes bras. Mais là ? Je trouvais que se laisser aller à un tel effondrement était inexcusable. Je me disais que chacun avait son moment dans cette grande histoire. Celui de Kaythrone avait été de lancer cette affaire, contre tous, sous les quolibets des ricaneurs que le monde contemporain avait enfantés. Des légions. Au moment de cet attentat contre le hangar de *He is Alive !* les ricanements s'interrompirent pourtant. L'acte était horrible. Il n'y a que le sang qui puisse éteindre l'incendie du ricanement.

Ça ne dure pas.

On chercha d'abord à comprendre : qui avait pu commettre cet attentat, et pourquoi ? Le jeu des devinettes s'était mondialisé, comme lors de la disparition du vol MH370 de la Malaysia Airlines qui allait survenir quelques semaines après. Les hypothèses les plus délirantes se diffusèrent sur toute la planète. Les Illuminati avaient voulu que le cirque cesse et avaient fait sauter la baraque, la CIA, le Mossad, le Vatican, le diable, des retombées de *chemtrails*, Oussama Ben Laden qui n'était pas vraiment mort, c'était lui, des nazis, les gaz de schiste, la biologie de synthèse, les nanotechnologies, la reine d'Angleterre. Il se trouve des crétins par paquets pour être aujourd'hui encore persuadés que c'est un *inside job*, un complot du gouvernement lui-même. Les raisons ? Il y en a toujours : l'émission avait pris trop d'importance, les audiences devenaient inquiétantes, les mouvements de foule, puis le retour de Jésus pouvait poser problème à la grande oligarchie… Les preuves, là aussi, en veux-tu en voilà ! Beaucoup abandonnèrent les jeux vidéo ou même l'espoir de connaître l'amour un jour pour se consacrer à cette affaire-là. Lorsque le réel dévoila ses misérables entrailles et mit Balt Boller sur la scène, avec ses frustrations, ses colères, sa misère sexuelle, tous ces malins de conspirationnistes rirent un bon coup en clamant qu'on les prenait vraiment pour des cons. Et pourtant c'était bien Boller qui, comme un grand, avait organisé toute son affaire. Sa solitude et les quelques ressources dont il disposait avaient suffi à ce qu'il produise l'acte le plus signifiant de sa vie. Quant à moi, je savais que ce n'était que l'écume, que la vérité du monde suivait un processus que même les mathématiques les plus poétiques ne pouvaient approcher, que l'alphabet du livre dont l'histoire nous enserrait variait à chaque instant, qu'il fallait considérer comme un message le moindre vol d'hirondelles, le moindre mot entendu dans une conversation. Je ne m'en rendais pas compte à cet instant mais j'étais revenu à l'exact endroit des interrogations abandonnées dans mon adolescence. La fièvre était là de nouveau, toute en armes.

Lorsque l'identité et les motivations de Boller furent rendues publiques, le gros des spéculations cessa un peu partout. On passa à d'autres questionnements avec la même passion. N'était-ce pas inconséquent d'avoir organisé un jeu de téléréalité sur un thème aussi sensible ? Était-il responsable d'avoir continué aussi longtemps alors que la production recevait quotidiennement des dizaines de menaces de mort ? Les conspirationnistes avaient eu leur moment de gloire, c'était au tour des donneurs de leçons. Beaucoup étaient mal à l'aise avec cette histoire, les sondages étaient contradictoires. Une partie de la population était tout de même intéressée par le retour du Messie. Ce que pensaient vraiment les Américains ? Difficile de le dire. Ce pays ayant toujours fayoté avec Dieu, les politiciens sentaient que la succession des événements avait fini par troubler la population. Ils restaient donc prudents, ne sachant s'il fallait applaudir ou conspuer. Ça bouillonnait. Les gens évoquaient les guérisons, cette explosion arrivée à point nommé et même l'affaire de Mike le poulet, que ma Déesse me raconterait plus tard. On commençait à trouver les réactions de Dorothy assez cohérentes, même les plus provocatrices, y compris celles qui avaient suscité des scandales durant l'émission. Bien sûr, il y avait de tristes sires qui gueulaient dans certains éditoriaux : « Personne n'a gagné ! Dorothy n'a pas été désignée par le public. » Ils ne voyaient pas, ces crétins, que le message était encore plus fort. Non seulement ma Déesse avait été désignée par les événements mais Dieu avait répondu à ceux qui pouvaient encore se poser la question : « Non, je ne suis pas démocrate. » Il fallait ne jamais avoir lu la Bible pour avoir des hésitations à ce sujet.

Pendant ce temps, la communauté de Californie qui avait soutenu Dorothy dès le début prospérait. Le groupe Facebook du nouveau Messie comptait plus de trois millions de soutiens. On commençait à organiser des journées d'étude sur les campus américains pour analyser le phénomène, comparer les déclarations de Dorothy avec celles de Jésus. L'émission avait fait la une des journaux du monde entier. Il a fallu des trésors d'astuces pour éviter les assauts des journalistes. Walter Grimm était à la manœuvre, ce type mystérieux et taciturne avait plus d'un tour dans son sac. Il paya des sosies (si l'on peut appeler ça comme ça) à qui il fit porter des lunettes noires et des perruques pour s'enfuir par des portes dérobées, poursuivis par une clique de reporters. Il organisa de fausses conférences de presse, tous les jours, qui finirent par lasser, lança de fausses rumeurs incessantes sur Twitter concernant les endroits où nous étions censés nous trouver… Bref, nous sommes passés entre les gouttes. Clubber Grey, qui surveillait tout cela comme le lait sur le feu, savait très bien que si l'on m'avait tendu un micro à ce moment-là, j'aurais beuglé que Dorothy était parmi nous, qu'il ne fallait plus avoir peur, qu'on allait danser sur des arcs-en-ciel. Clubber pensait à un plan média cohérent. Il fallait ouvrir un compte Twitter pour Dorothy et qu'elle s'exprime toutes les heures au moins, il y avait de la demande. Ce n'est pas elle qui écrirait ces tweets bien entendu, il avait quelques idées : extraits du Nouveau Testament, phrases sibyllines, maximes pleines de sagesse façon Dalaï-Lama ou Paulo Coelho. Grosso modo, son plan était de me les faire écrire à moi, à condition que Dorothy approuve évidemment. Dorothy s'en foutait. Mon rôle commençait à émerger plus clairement, je serais le scribe dans cette affaire. Il convenait aussi d'écrire une forme d'hagiographie sur la vie de mademoiselle Olsen : je m'en chargerais idem.

Clubber se leva d'un coup, il fallait qu'il aille passer des coups de fil, notamment pour savoir si « sa poulette aux œufs d'or » se portait bien.

Je suis donc resté seul avec Walter Grimm qui n'était pas un marrant. Sans lever les yeux de son journal, il me balança comme ça :

— Tiens, il y a une meute de chiens à New York.

— Une meute ?

— Ouais, des chiens sauvages qui se baladent la nuit à Manhattan. Sans doute qu'ils viennent du New Jersey. Ils attaquent plutôt au nord de Manhattan, près des Cloisters.

— C'est loin, je répondis, un morceau de donuts dépassant de mes lèvres comme un vieux mégot.

— Pas tant que ça. Ils disent qu'ils ont attaqué un gnou la nuit dernière, peut-être bien qu'il s'était échappé du zoo du Bronx, va savoir.

À ces mots, j'ai demandé à lire l'article. Walter a vu que mes mains tremblaient et que je regardais derrière mon épaule comme si quelqu'un m'espionnait. Il jubilait, le salaud. Ses yeux restaient fixes. Il ne lisait pas du tout. Il n'y avait pas d'article. C'était du bluff. Walter savait des choses sur moi. Mon père et son chien Bobby-one. J'ai tendu la main, je voulais le journal. Ni mon regard autoritaire ni ma grande taille ne l'ont impressionné. Il a rangé le quotidien dans la poche intérieure de son blouson en cuir. Et comme je me penchais au-dessus de la table qui nous séparait pour le lui arracher, son téléphone a sonné. Il m'a fait un geste de la main comme pour interrompre une conversation amicale. Je me suis rassis bien sagement. Walter jeta un coup d'œil à son téléphone sans prendre l'appel. Il le posa afin que je puisse voir qui était la personne qui l'appelait. C'était Dorothy. Il sourit en me toisant et posa ses mains larges et courtes sur le petit carré de bois laqué qui nous servait de table. Ses doigts blêmes étalés comme des instruments de torture me paraissaient être une menace et les quelques gouttes de café qui la maculaient, d'obscures prédictions.

Provocateur, Walter me fixa de ses yeux noirs et me demanda où on en était. Ce type qui avait l'expérience des hommes a vu que je commençais à tourner forcené et ce n'est pas sûr qu'il se délectait de ça. Peut-être voulait-il seulement m'évaluer. Il m'a regardé un moment, m'a jaugé une bonne fois et eut l'air de se dire : « Jeff est pas un type trop dangereux mais vaut mieux pas le pousser à bout. »

Chapitre 16

Nous nous sommes engouffrés dans la Pontiac Firebird et avons roulé en direction de l'hôpital Sloan-Kettering. J'avais un trac terrible à l'idée de rencontrer Dorothy. Sa chambre était gardée par deux policiers qui maintenaient les journalistes à distance. L'un des policiers nous regarda avancer avec une mine sévère.

J'ai respiré un grand coup avant d'entrer dans ce que je considérais comme un espace sacré. Je m'étais acheté une chemise pour l'occasion et j'avais taillé ma barbe. Dans le miroir de l'ascenseur, je m'étais trouvé un air vieux. La chambre était petite, banale mais garnie de dizaines de bouquets de fleurs. Dorothy a applaudi en nous voyant. Elle était si heureuse que nous soyons venus et c'était si chiant de rester là alors qu'elle se sentait bien. La jeune femme du Colorado était comme neuve, n'eussent été le bandage sur le bras droit et une compresse sur le front. Elle avait été légèrement brûlée par le souffle de l'explosion, rien que de superficiel. Le triomphe de sa beauté sur cette triste chambre était total.

À part ça, les rideaux occultants de la chambre étaient à demi tirés et tout était sens dessus dessous, draps au sol, serviettes roulées en boule. Clubber regarda le tout avec désapprobation. Sans y prendre garde, Dorothy s'est approchée de nous et a fait un *hug* chaleureux à Walter. Je n'ai su que rester derrière mes deux comparses tandis qu'elle jetait des petits coups d'œil malicieux vers moi qui souriais comme un grand timide. Je tenais dans la main toutes les lettres qu'elle m'avait écrites pour qu'elle puisse m'identifier. En tout cas, elle a tout fait pour dissimuler sa surprise lorsque le producteur m'a pris par le bras en disant :

— Et ce grand échalas, ma petite, c'est Jeff Jefferson, l'homme que tu as guéri.

— Salut, Jeff.

Moi, j'ai fait comme une sorte de révérence bizarre tout en montrant les lettres. Elle a souri d'un air attendri. J'ai lu tellement de choses dans son regard que je n'ai pas voulu les décrypter immédiatement. Des choses qui s'entrelaçaient subtilement et étaient nouées dans l'ombre par un sentiment qui ne me plaisait pas, quelque chose qui se rapprochait de la déception. Elle ne m'avait vu qu'une fois, la bave aux lèvres comme un chien enragé. Elle avait dû, en lisant les lettres que je lui envoyais, se faire une autre idée de moi. Ou peut-être seulement était-elle un peu timide comme moi, empêchée par la présence de nos deux chaperons…

— Ben, approche, elle m'a fait d'un air à la fois autoritaire et amusé.

J'ai obéi à ma Déesse. Je ne m'y m'attendais pas, ça m'a brûlé. Me tirant vers elle, elle a voulu me chuchoter quelque chose. Pour moi seulement. Je me suis penché et ses lèvres ont effleuré mon oreille. Son souffle tiède indiquait qu'elle cherchait les mots exacts qu'elle voulait prononcer. Sa lèvre inférieure s'est posée sur le lobe de mon oreille. Une brise, un oiseau aussi bien. Elle m'a demandé, comme on confie un secret, de la faire sortir de là. Alors je l'ai prise dans mes bras et lui ai dit que tout serait bientôt terminé. Et avant de demander à ce qu'on la laisse seule, elle a juste répondu : « C'est bien vrai ? » Le reste de nos échanges n'eut aucune importance, j'ai surtout laissé parler Clubber. Il lui a décrit longuement l'organisation qu'il avait mise en place sans évoquer la défection temporaire du pasteur. Depuis la veille et l'esclandre au Dunkin' Donuts, nous n'avions plus de nouvelles du vieux. Dorothy paraissait enjouée mais lorsque nous sommes sortis de la chambre elle m'a jeté un dernier regard comme une supplication, à moi, rien qu'à moi.

Je ne m'attendais pas à une première rencontre de ce genre et j'ai répété toute la journée les quelques mots qu'elle avait prononcés en y cherchant un sens secret.

Le soir, une réunion au sommet nous attendait. Nous nous étions réfugiés dans un immeuble appartenant à l'Église du jour nouveau, non loin de Meatpacking District. L'Église en avait fait l'acquisition pour une bouchée de pain dans les années 80, au moment où le quartier était vérolé par la violence et la prostitution. J'y avais consacré plusieurs paragraphes de ma thèse et c'était étrange de se retrouver là pour de vrai. Aujourd'hui, la secte louait assez cher les deux derniers étages du bâtiment. On y avait une vue imprenable sur la High Line. Le reste était dévolu au logement des adeptes de passage à New York. Il y avait aussi une salle de prière et un espace pouvant servir à des réunions. Le mobilier était celui des années 80, des canapés en feutre bleu électrique et des tapis faisant penser aux abstractions géométriques de Mondrian. Il y avait aussi de vieux posters jaunis alignés sur le mur de la salle commune représentant un Christ moderne habillé d'un jeans et d'un perfecto en cuir puis, à côté, la photo du pasteur Kaythrone lorsqu'il avait une cinquantaine d'années et encore quelques cheveux. Il portait un sobre costume en tergal vert bouteille et un col roulé noir sur lequel était agrafée la petite croix qu'il arborait toujours. Personne n'osait demander où était le vieux, de peur sans doute que quelqu'un sache et qu'il réponde qu'il s'était pendu dans une grange.

Clubber avait convoqué une réunion et s'était changé pour cette occasion. C'est lui qui mènerait la danse à présent. Costume en feutre d'un rouge d'Andrinople, chemise abricot et, oui, un chapeau de la couleur du trois-pièces qui l'enrubannait comme un nem. Il conserva son chapeau vissé sur la tête durant toute la réunion. Parmi nous, deux responsables de la communication de l'Église avaient été invités, puis le trésorier et Walter.

Clubber proposa un tour de table pour savoir ce qu'il convenait de faire à présent. Il rappela que nous marchions sur des œufs. La porte donnant sur le couloir avait été laissée ouverte, il n'y avait personne d'autre que nous dans les locaux et je jetais un coup d'œil de temps en temps pour voir si le vieux n'allait quand même pas finir par nous rejoindre. Les membres de l'Église étaient hors jeu et aucune de leurs suggestions ne fut retenue. En l'absence de Kaythrone, le mouvement religieux allait devenir marginal dans cette épopée.

C'était la fin de journée et nous nous sommes fait livrer des pizzas, la réunion commençait à s'éterniser et certains d'entre nous montraient des signes d'impatience. Clubber insistait : les choses étaient déterminantes à partir de maintenant, on allait rester ici à débattre aussi longtemps qu'il le faudrait, toute la nuit si nécessaire. Walter serra les dents.

Dorothy ne sortirait que le lendemain de l'hôpital et je ne suis pas certain que Clubber songeait à lui demander son point de vue tandis que les deux responsables de la communication avaient de plus en plus l'air de se demander à quoi ils servaient. Pour ce qui était de la constitution de ce mouvement, Clubber avait déjà beaucoup d'idées. Il fit sauter les élastiques de la petite pochette qu'il tenait devant lui depuis le début de la réunion. Il y avait des dizaines de lettres. Ce n'était qu'un échantillon.

— Des témoignages poignants de gamins enthousiastes ! Ça vient de communautés évangéliques d'étudiants. Ce sont de putains de lettres de soutien. Ça, ça sera notre base. Ces jeunes veulent voir de leur vivant le retour du Christ et ils disent : « Ok ! C'est Dorothy. On y va ! »

Il déroula une grande carte des États-Unis, il y avait des croix noires indiquant les campus américains où Dorothy pouvait facilement être invitée : Berkeley, Stanford, Duke University, Harvard… et puisqu'on était à New York, pourquoi ne pas commencer par Columbia ?

En entendant tous ces noms prestigieux, j'imaginais l'émoi de Dorothy. Celle qui devait devenir notre Messie avait grandi dans une ferme et les noms de Harvard ou Stanford résonneraient comme des épreuves. Il était convenu que je devais coacher Dorothy pour cet exercice périlleux. Certains l'attendaient au tournant, le couteau entre les dents. « D'un autre côté, ajoutait le producteur, on fera en sorte que les supporters de Dorothy soient présents et bruyants dans les amphis. » Qu'il y ait quelques chahuteurs, ce n'était pas le problème. Ce qui comptait, c'était que l'impression générale soit bonne. Sur le coup, ça nous a paru concluant.

Il était 23 heures lorsque que Clubber sonna la fin de la réunion. Nous sommes tous sortis de là le cœur léger avec l'envie d'en découdre. En état d'exaltation permanent, je ne pensais plus au vieux. Dehors, un vent terrible soufflait sur la High Line et la neige se plaquait, verticale, sur les murs. Le ciel était gros de nuages orangés dissimulant la noirceur de la nuit qui se tenait pourtant juste au-dessus. C'était l'épicentre de l'hiver et les rues de New York étaient désertes. Il ne manquait que Dorothy.

La Déesse nous rejoignit le lendemain. Les médecins étaient unanimes, elle était en mesure de sortir. Il faudrait juste être prudent compte tenu du traumatisme psychologique qu'elle avait subi. Dorothy est apparue dans le hall de l'hôpital escortée par un policier qui nous a prévenus que sa mission s'arrêtait là. Elle sauta dans les bras de Walter, l'embrassa chaleureusement et donna une belle accolade aussi à Clubber. À moi : rien, mais c'était super que je sois là aussi. « On y va, les gars ? » a-t-elle chantonné en cherchant du regard où était notre voiture tandis que je portais son gargantuesque sac à dos.

La période qui suivit fut un moment béni. Je me suis installé dans une petite chambre du quartier général de l'Église du jour nouveau à New York avec les autres. Clubber ne voyait pas très bien pourquoi étant donné que j'avais un appartement mais il était d'accord sur le fait que Dorothy devait se préparer et qu'on avait besoin du « professeur Jefferson ». On m'a donc trouvé une chambrette qui me permettait de n'être jamais très loin de Dorothy. Il nous arrivait, elle et moi, de travailler une partie de la nuit sur les fiches que je lui écrivais. Parfois elle me disait : « Attends-moi là un peu » et elle s'absentait pendant une heure ou deux. Était-elle encore dans l'appartement ? Allait-elle se balader par le froid insensé qui régnait à New York ces nuits de décembre ? À mes questions, elle rappelait qu'elle était majeure – même si j'avais l'impression que ça ne lui déplaisait pas que je joue les maris jaloux. Elle était anxieuse de rencontrer pour la première fois le public, c'était donc, la plupart du temps, une élève sage et consciencieuse. Il lui arrivait de m'embrasser avec beaucoup de générosité à la fin d'une de nos leçons et j'avais honte de ressentir un tel désir pour elle. Un soir, alors que nous nous apprêtions à rejoindre les autres pour le dîner, elle l'a bien senti en me prenant dans ses bras. Ça l'a fait sourire puis elle a pris une position explicite en miaulant : « Oh oui, Jeff, saccage-moi ! » et ensuite ? Eh bien elle s'est mise à rigoler sans se soucier de ramasser les morceaux de moi qu'elle avait éparpillés dans la pièce.

La première rencontre entre Dorothy et son peuple eut lieu douze jours plus tard dans l'Alumni Auditorium de l'université Columbia. Clubber avait fait en sorte d'obtenir une salle à la hauteur de l'événement. En fait, l'amphithéâtre qui pouvait contenir un peu plus de 700 personnes s'avéra trop petit. De nombreuses âmes durent assister à l'intervention de Dorothy sur écran dans des salles adjacentes. De ce point de vue, cette première rencontre fut un franc succès. Le tout commença avec une bonne heure de retard, une fouille minutieuse avait été jugée nécessaire. La foule du monde numérique et réel scrutait de son œil menaçant tout autant qu'elle adulait passionnément. Si l'on ajoute à cela les éditoriaux enflammés, les menaces et les acclamations, il régnait une atmosphère volcanique. La note avait été payée par l'Église du jour nouveau et, comme l'entrée était gratuite – nous avions beaucoup parlé de cela aussi –, c'était un investissement risqué. Heureusement, des jeunes gens d'une politesse et d'une patience angéliques constituaient le gros des troupes. Dans sa loge de fortune, Dorothy relisait toutes les fiches que je lui avais écrites. C'est à ce moment que j'ai découvert qu'elle n'avait jamais ouvert la Bible et qu'elle « n'y connaissait rien ». Qu'à cela ne tienne, je lui avais rédigé à la hussarde une « Bible pour les nuls » qui ferait bien l'affaire. Nous avions convenu avec Clubber que Dorothy devait rester très évasive, ne dire que des généralités, des choses qui donnaient confiance en l'avenir. Jésus avait dit un tas de trucs pas mal, Edgar Morin aussi : on avait fait un pot-pourri. Elle devait ajouter quelques phrases un peu provocatrices sur le sexe et l'amour libre dont elle avait le secret et le tour serait joué.

L'amphi était plein à craquer, aucun strapontin n'était disponible, seule les allées latérales étaient bien dégagées. Et lorsque Dorothy pénétra dans l'Alumni Auditorium ce fut un triomphe de plusieurs minutes. Au début, ma Déesse était seule sur l'estrade avec Clubber qui servait de monsieur Loyal. Puis, je fus moi-même appelé à la chaire au moment où ma guérison était évoquée. Je ne boudai pas mon petit succès. J'étais exalté, je racontai en détail les impressions prodigieuses que j'avais pu ressentir en taisant celles qui auraient pu me faire passer pour un cinglé. À force d'entraînement, car nous nous étions beaucoup préparés à cette première sortie dans le monde, Dorothy avait réussi à régurgiter son texte sans trop ânonner. Quel bonheur c'eût été si elle avait daigné s'envoler dans les airs devant cet amphithéâtre médusé ou ne serait-ce que léviter un peu. Réaliser en direct un miracle, même minuscule.

Lorsque la parole fut à la salle, de nombreux témoignages affluèrent qui attestaient des pouvoirs de Dorothy. L'un qui avait décidé de prier devant la photo de ma Déesse avait vu ses migraines ophtalmiques guérir totalement. Une autre avait retrouvé le sommeil et celui-ci l'appétit. Elle ne paraissait pas surprise, elle avait « senti » toutes ces choses et inventa ce geste incroyable d'envoyer un baiser en soufflant sur sa main vers ceux qui avaient apporté leur témoignage. Un baiser comme une bénédiction. La salle était gagnée par l'hystérie, Clubber souriait, c'était exactement ce qu'il voulait. C'était juste avant que ce type un peu gras ne prenne la parole, entouré de ses deux potes qui ricanaient. Ce type portait un tee-shirt *He is Alive !* reconnaissable de loin parce qu'il était violet. Rien à craindre, on pouvait lui faire monter le microphone, c'était un fan. Ses petits copains aussi, d'ailleurs, portaient le tee-shirt. Il devait avoir une trentaine d'années, une moustache noire et quelques boules de poils qui jaillissaient de ses joues sans faire une vraie barbe, l'air sympa. Sur le coup, je crois que je ne me suis pas rendu compte, même Clubber ne s'est pas rendu compte. Lorsque nous sommes sortis de l'amphithéâtre nous étions contents, même s'il était clair que l'intervention de ce gros type avait jeté un froid. On s'était juste dit : on ne peut pas plaire à tout le monde.

Il y a toujours des gars qui veulent jouer les malins, partout, tout le temps. Je suis d'autant plus passé à côté de ce moment que lorsque le micro était remonté doucement vers le moustachu, je le vis.

Il était finalement venu.

Loin de s'installer avec nous sur l'estrade, il assistait au show depuis la salle, anonyme. Kaythrone n'avait pas bonne mine. On aurait dit un grand oiseau replié dans une cage trop petite et qui souffrait mille morts. Durant l'interrogatoire qu'allait subir Dorothy, il ne fit pas autre chose que de me fixer, moi. Un fil d'acier incandescent nous liait.

Lorsque le gros type empoigna le micro, j'ai senti que quelque chose n'allait pas. D'une part, l'individu paraissait sûr de lui, alors qu'un étudiant lambda qui doit prendre la parole dans un amphithéâtre bondé n'en mène généralement pas large. Lui avait l'air d'avoir l'habitude. D'autre part, son tee-shirt ressemblait bien à ceux que la production avait distribués mais il n'était pas vraiment imprimé du nom de l'émission *He is Alive !* En fait, son tee-shirt à lui posait une question : *Is He alive ?* Je ne l'ai remarqué qu'au moment où il s'est levé pour faire son speech. Il avait un accent canadien et prétendait s'appeler Robert. Il demanda alors à Dorothy :

— Est-ce que vous accepteriez de tourner dans un film ?

J'ai d'abord cru qu'il s'agissait d'un apprenti réalisateur qui flairait le bon coup. Nous n'avions pas préparé Dorothy à ça.

Notre Déesse fut d'abord déconcertée puis, pouffant de rire, elle rebondit en déclarant que ça dépendrait du réalisateur et qu'elle ne tournerait certainement pas dans le genre de films que lui et ses copains devaient regarder trop souvent. Une partie de la salle applaudit, une autre, plus pudibonde, rit un peu jaune. Je vis passer dans le regard de Clubber une forme d'inquiétude. Kaythrone, quant à lui, après avoir semblé prêter intérêt à ce que Robert disait, se remit à me fixer. La pique de Dorothy fit rougir Robert. Il ne se démonta pas pour autant.

— Si je vous pose cette question, mam'zelle, c'est parce qu'il y a beaucoup de starlettes de téléréalité qui rêvent de faire du cinéma ou de la chanson après leur expérience.

Des sifflements se firent entendre. Clubber, qui tint à préciser que Dorothy n'était pas une starlette, lui demanda où il voulait en venir et le pressa d'en finir étant donné qu'il y avait encore un paquet de gens qui voulaient sans doute intervenir aussi.

— Ok, monsieur. Vous êtes le producteur de l'émission, n'est-ce pas ? J'aimerais aussi vous poser des questions sur le côté financier de cette affaire mais franchement, ce n'est pas le plus urgent. Ce que je voudrais savoir c'est : puisque Dorothy Olsen est le Messie, qu'est-ce qu'elle compte faire ? Elle ne va pas tourner de film ou chanter. Ok, quoi alors ? À part du prêchi-prêcha, pour le moment, je n'ai rien entendu de concret. Qu'est-ce que le nouveau Messie compte faire pour sauver le monde ? Envoyer des bisous, c'est super sympa, mam'zelle. Savez-vous bien qu'aujourd'hui même, à l'heure où nous parlons, 158 857 personnes sont mortes. De vieillesse, ou terrassées par une maladie, un cancer, un virus, une bactérie, égorgées ou brûlées vives, tabassées à mort. Il y a environ deux décès chaque seconde sur terre. Depuis que j'ai commencé à vous poser cette question, de pauvres enfants innocents sont morts de faim ou noyés dans une inondation, écrasés par une voiture. Hey, fit le gros Robert en prenant une pose, on dirait que depuis que vous êtes sortie du jeu, rien n'a changé du tout ! Ce qui est bizarre si vous êtes le Messie, parce que je croyais que, cette fois, ce serait l'apocalypse et tout ça. Je ne vois pas les morts ressusciter, au contraire.

Robert regarda autour de lui et se remit à cabotiner.

— Ok, supposons qu'on vous accorde cette journée, allez tant pis pour les 158 000 malheureux qui viennent de rendre l'âme, ne soyons pas tatillons, qu'est-ce que vous allez faire demain pour arranger ça ? Dites-nous ce qu'on doit faire, mon capitaine.

Et ce gros con se mit au garde-à-vous.

Dorothy ne pouvait rien répondre parce que nous n'avions pas du tout prévu une question de ce type. Ce qui était incroyable d'amateurisme à bien y réfléchir. Elle se tortilla un peu les cheveux, implora du regard mais je ne pouvais pas lui venir en aide et lui souffler une réponse devant tout le monde. D'ailleurs, qu'est-ce que j'aurais bien pu lui suggérer ?

Tout en gardant son naturel, elle dit au type qu'elle sentait bien qu'il avait un bon fond et qu'elle voyait son âme bientôt prête à accueillir le message. Il était juste encore trop tôt pour lui, ça viendrait. Et Robert à qui personne n'avait songé à retirer le micro se gratta un peu le ventre et rétorqua :

— Ouais, vous n'avez pas de plan, quoi.

Tout ça ne me paraissait pas si grave au moment où nous l'avions vécu. Ce dont je me souviens, moi, ce sont des yeux de Kaythrone qui continuaient à me fixer tel un oiseau de proie, comme si c'était moi le personnage le plus important de toute cette scène. Après quelques dernières questions et une dernière salve d'applaudissements, on pria tout ce petit monde de rentrer chez soi. Lorsque la foule s'écoula par les entrées principales, le vieux pasteur prit lui aussi la poudre d'escampette. J'ai alors fendu la foule pour lui dire un mot. J'écrasais des pieds en m'excusant, ça ne fâchait personne, on me reconnaissait et on me laissait passer en me tapant un peu dans le dos. Dans la nuit, devant la bibliothèque, j'ai aperçu sa carcasse. Il faisait un froid terrible et le sol était gelé. J'ai coupé par le gazon figé dans le givre pour avoir une chance de le rattraper. Il allait bon train et se déhanchait comme un marcheur de fond. Dans la précipitation, je n'avais pas pensé à prendre mon manteau et j'étais sorti en bras de chemise avec un pull sur mes épaules. Il avait emprunté l'allée longeant la bibliothèque et avait disparu par quelque maléfice. L'endroit était désert à l'exception d'un couple au loin qui cherchait où il avait pu garer sa voiture. On n'y voyait goutte à présent, la lune était pleine pourtant. Elle avait une couleur que je ne lui avais jamais vue : si rousse qu'elle paraissait ensanglantée. Mes pieds commençaient à s'engourdir et je ne me sentais pas en sécurité sous cet immense satellite pourpre. J'allais jeter l'éponge pour me réfugier dans les jupons de ma Déesse quand j'ai entendu :

— Je suis là, fiston.

Il était assis sur un banc, dans l'obscurité, et avait dû se lasser de me voir crever de froid à le pister sur le campus. Je suis venu me blottir à côté de lui. Il portait un grand manteau noir et épais. Il l'a ouvert pour moi et m'a pris contre lui comme si j'avais été son enfant.

— Oh, merde, pasteur, je suis désolé si je vous ai déçu.

— Chut, répondit-il sans agressivité.

Lui aussi avait les larmes aux yeux.

— Garde un peu le silence, fiston. Profite de cette nuit d'hiver. On est là tous les deux. On se réchauffe. Tu as compris que la fraternité n'est rien sans le corps ? T'as compris ça quand même ?

Je ne savais pas trop quoi répondre.

— C'est trop tard pour moi. L'aventure a pris fin.

— Mais c'est absurde, ça ne fait que… Regardez la couleur de la lune, elle est écarlate comme le disent les textes. Le royaume arrive, il arrive vraiment !

— T'es cinglé, fils. Je suis un vieil homme, il faut que je me repose. Je vais juste te dire une chose, une dernière chose.

Et il me chuchota une phrase à l'oreille que j'ai eu du mal à comprendre, d'abord. Ce qu'il m'a dit est resté comme un poing muet au fond de mon estomac. Un poing fermé, obstinément, jusqu'à ce que je puisse enfin l'expulser, bien après. De longs mois après. L'expulser comme on vomit, à la fois soulagé et dégoûté.

Il s'est levé et a disparu dans l'obscurité. Bien sûr je me suis mis à pleurer, merde, j'avais bien le droit. Cette impression de l'avoir connu trop tard, de ne pas avoir assez profité de lui. Ce pressentiment que je ne le reverrais jamais. Et, en effet, je ne l'ai jamais revu.

Deutérocanoniques, apocryphe
Évangile selon le pasteur Kaythrone, 2 : 13-21

Comme la commémoration de la naissance de Jésus de Nazareth était proche. Dorothy Olsen, notre Seigneur née deux fois faite jeune femme, s'approcha de New York. Dans le Temple, elle trouva installés de faux messies qui détournaient la précieuse attention de leurs sœurs et frères en prétendant faire des miracles et en usant de magie.

Une cour gigantesque s'était installée devant le temple attendant des usurpateurs quelque grâce et charisme. Dorothy Olsen prit le temps d'observer cette désolation et ordonna aux faussaires de quitter les lieux et de cesser de détourner les esprits faibles de sa voie lumineuse. Elle déclara : « Retirez-vous d'ici. Cessez de faire de la maison de ma Mère une maison de commerce et d'illusions. » Une fureur comparable à celle d'un volcan grondait dans ses yeux et les oiseaux s'enfuyaient dans le ciel. Les oiseaux mais non pas les pécheurs qui n'avaient cure des avertissements qui leur étaient lancés. Les disciples qui erraient apeurés l'interpellèrent : « Quel signe peux-tu nous donner pour agir ainsi ? » Dorothy leur répondit : « Je détruirai ce sanctuaire, et en trois jours je le relèverai. » Ils ne comprirent pas qu'elle parlait du sanctuaire de son corps. Et avant que l'on eût atteint le *Dies Natalis Solis Invicti*, et comme personne n'avait écouté les avertissements, elle les brûla tous et purifia leurs âmes et la maison du Seigneur.

Chapitre 17

L'embrasure de la porte était une frontière que je n'avais pas le droit de dépasser. Ce petit lit tout simple qui aurait fait mon bonheur était inaccessible. Dorothy a pris sa voix la plus douce pour me dire : « Je suis crevée, Jeff. » Cela signifiait qu'elle ne voulait pas de moi. Pas seulement sexuellement – de ça il n'était pas question –, c'était ma présence en général qui l'indisposait. C'est que je m'étais habitué à passer une partie de la nuit avec elle du temps où nous préparions cette première rencontre avec son public. Minuit à peine et cette fille qui ne dormait jamais avant l'aurore prétendait qu'elle tombait de sommeil… Je savais que je n'avais pas le droit de me plaindre mais j'ai quand même jeté un regard implorant. Je ne dirais pas que je ne l'ai pas fait exprès mais mon corps n'avait pas compris que l'imploration était inutile, voire contre-productive. Elle rouvrit la porte de sa chambre en grand pour me dire une chose qu'elle craignait d'avoir à me répéter un certain nombre de fois, c'était à propos de la place qu'elle m'avait attribuée dans le monde : je n'aurais accès à elle qu'épisodiquement. Ses cheveux étaient noués en un chignon approximatif qui laissait tomber des mèches sur ses épaules dénudées. Elle portait un chandail pour tout vêtement et masquait de son corps ce qu'une étoffe ajourée dissimule comme elle peut.

— Pourquoi es-tu si hostile ? Je t'ai déçue, c'est ça ?

— Déçue, mais non ! J'ai envie de dormir, t'es chiant à la longue !

— Lorsque nous nous sommes vus pour la première fois… Tu t'attendais à autre chose, non ?

— On pourrait pas parler de ça demain, plutôt ?

— S'il te plaît.

— Tu étais comme un animal la première fois. Tu hurlais. Je t'ai pris dans mes bras. Je te trouvais plus… sauvage.

— Et maintenant, non ?

— Enfin, Jeff, mais pas du tout ! Bah, fais pas cette tête, c'est bon, t'es quand même ok.

Elle fit une de ses adorables moues, qui était censée atténuer les reproches mais qui les aggravait en réalité.

— J'ai juste envie d'être seule, mon Jeff. Pourquoi est-ce qu'il a fallu que tu sois ce genre de pleurnichard ?

Elle me caressa la joue avant de refermer la porte. Je ne me suis pas couché par terre sur le paillasson mais suis resté là un moment, debout, pour reprendre un peu de force et retourner jusqu'à ma chambre. Nous allions bientôt devoir quitter l'immeuble de Meatpacking District, des badauds commençaient à traîner dans le coin pour nous débusquer. J'ai traversé le couloir qui nous séparait, tapissé d'un papier des années 80 à la gloire d'abjectes fleurs orange et marron. Ma chambre était petite mais confortable. Il y avait un vieux téléphone en plastique gris qui fonctionnait encore, une bibliothèque en contreplaqué vide, un lit à une place et une toute petite lucarne donnant sur Midtown. Dehors ce n'était que neige et vent, congères et quelques lumières de buildings qui résistaient à la défaite que la nature cherchait à imposer à la civilisation. Je n'avais pas sommeil, pas envie non plus de me mettre à la recherche de Clubber pour discuter et encore moins avec Walter. Mais passer ma nuit à scruter la moquette maculée de taches de café de cette chambrette me paraissait au-dessus de mes forces. C'est alors que je l'ai vu, ce grand chien noir et maigre qui m'observait d'en bas. Il se tenait sous un réverbère les pattes plantées dans la neige. Un chien, ça ne peut pas sourire, n'est-ce pas ? Je savais que tout cela était dû à mon état de nerfs, je frissonnais quand même. Heureusement, lorsque j'ai songé à tambouriner à la porte de Dorothy pour qu'elle fasse disparaître le mal, le peu d'orgueil qu'il me restait m'en a dissuadé et j'ai regagné ma chambre.

Nous approchions de Noël. Il fut décidé, à l'unanimité, qu'il fallait effacer les traces du Messie précédent. C'était son anniversaire à Elle qui devait prévaloir et rien d'autre. Elle était née le 15 du mois de mai. Pour Noël, nous n'allions rien faire de spécial, enfin si, se taper une bonne cloche et boire comme des trous mais ce serait tout. Durant cette période, j'ai tenté une fois de plus de joindre le professeur Corbin. Je me demandais ce qu'il allait faire, lui, pour Noël. Chaque fois, je suis tombé sur son répondeur. Je n'ai pas laissé de message.

Nous étions tous un peu sonnés, c'était sans doute pour ça que Dorothy souhaitait se coucher si tôt ce soir-là. C'était le lendemain de son intervention à l'université Columbia et la journée avait été horrible. Clubber avait gueulé « nom d'un chien ! », il était 11 heures du matin et j'essayais de tartiner des œufs brouillés sur des bagels en méditant sur la mystérieuse phrase que le pasteur Kaythrone m'avait léguée en testament. Notre producteur avait les coudées franches depuis que le vieux n'était plus avec nous et piquait des crises de plus en plus souvent. Mais celle-ci avait quelque chose de spécial alors je suis allé voir. Il était dans sa chambre, la porte était grande ouverte. Clubber y avait trouvé une place pour chaque chose, en particulier pour sa garde-robe impressionnante. Au cœur de cette petite caverne de textile, il était assis à tapoter sur son ordinateur. Il a tourné l'écran vers moi pour que je voie bien.

— Tiens, regarde ce désastre.

C'était une vidéo de Dorothy. Elle avait déjà été vue 250 000 fois. Elle était intitulée *Dorothy avoue tout !* Et avant que Clubber tente de la faire retirer de YouTube, d'autres avaient essaimé avec des titres plus aguicheurs : *Le secret caché de Dorothy, Ce que Dorothy ne voulait pas que vous sachiez, Dorothy mise à nue, Dorothy à poil…*

Étaient-ce d'anciennes photos de ma Déesse qui avaient ressurgi, une *sextape* ? Pas du tout, juste un habile montage de la soirée de la veille à l'université Columbia où Dorothy répondait maladroitement à la question du fameux Robert qui se révéla être Robert Dusseuil, le président de l'Association des sceptiques du Québec, des types se réclamant du rationalisme et de l'esprit critique. Pas vraiment le genre de gars enchantés à l'idée que le Messie revienne. Le charme de Dorothy n'avait pas opéré sur le gros Robert. Il avait posté le lendemain même son petit montage qui la tournait en ridicule et avait intitulé ses vidéos de façon qu'on ne pouvait plus faire de recherches web sur Dorothy sans tomber dessus. Tous les malades qui voulaient voir s'il ne traînait pas des photos d'elle un peu salaces sur la toile, moi par exemple, tombaient sur Dorothy gloussant comme une dinde à la question de savoir ce qu'elle comptait faire pour sauver le monde. Des formules avec sous-titres étaient proposées – il n'y avait pas de raison que les Français, les Allemands, les Japonais n'en profitent pas. À mesure que la popularité de ces vidéos progressait, notre moral s'effondrait. Nous avions notre propre vidéo mais elle était trop longue, et dans la concurrence effrénée pour capter le temps de cerveau disponible, nous avions perdu d'avance. Vers la fin de la journée, alors que la catastrophe se confirmait, Dorothy proposa un truc qui nous parut complètement dingue.

— Et si on postait des photos de mes fesses ? Il faudrait qu'on me reconnaisse. Je me mettrais un peu à quatre pattes… Quoi ? Pourquoi vous me regardez comme ça ? Je suis pas obligée de me doigter comme une cinglée non plus. Juste moi, mon cul… Un truc propre.

Nous avons désapprouvé. À bien y réfléchir, je crois bien que c'est elle qui avait raison, c'eût été la seule façon de faire diversion. Les jours qui ont suivi ont confirmé l'impact désastreux de cette vidéo. Les quelques autres réunions universitaires programmées se déroulèrent de la même manière : une majorité d'étudiants pieux et convaincus et quelques mauvais esprits moqueurs qui finissaient par gâcher la fête. Le pire fut au MIT où les rationalistes militants empêchèrent ma Déesse de parler. Furieuse, elle n'envoya aucun de ses baisers éthérés. À partir de là, les coups de fil que Clubber passait ne servirent à rien. Le résultat était toujours le même : on préférait différer la venue de Dorothy. On avait toujours autant d'intérêt pour ce qu'elle avait à dire mais le climat était un peu tendu, il valait mieux attendre. Le président de l'université Duke, notamment, expliqua à Clubber qu'ils venaient de recevoir dans son bureau quelques opposants très remontés. Il y avait aussi des croyants sincères qui étaient choqués par toutes ces histoires de téléréalité et certains membres du corps professoral, plus terre à terre, pensaient que c'était tout simplement se foutre de la gueule du monde que d'accueillir Dorothy. Il prit le temps d'expliquer à notre producteur qu'une minorité d'activistes pouvaient faire tourner au chaos une réunion paisible. Clubber ne voulait rien entendre alors le président lui rétorqua sèchement : « Ça ne vous a donc pas suffi, Columbia ou le MIT ? » Là-dessus, notre producteur dit qu'il comprenait et qu'on verrait sans doute plus tard, lorsque les choses se seraient calmées. Après avoir raccroché, il se retourna vers nous et imagina à voix haute que la maman du président lui faisait des choses relativement osées.

Durant cette période assez ennuyeuse, je téléphonais de temps en temps à Harry qui me remontait le moral parce que les choses étaient en train de décoller pour lui et ça me faisait plaisir. Tout en me donnant des nouvelles de l'East Village, il ne manquait pas non plus de me convaincre d'appeler Suzanne, qui ne cessait de lui parler de moi. « Appelle-la, vieux. » Suzanne, quant à elle, me racontait un peu l'avancée de son roman, puis elle glissait au passage que George avait retrouvé quelqu'un. Il était bel et bien parti. Cela ne l'avait pas rendue triste, elle était plus chagrinée par le fait que j'avais déserté le joyeux trio que nous formions avec Harry. Malgré cela, elle se sentait bien, libre, « disponible plutôt ». Cela ne lui ressemblait pas du tout de se tenir de cette façon, comme un objet sur une étagère, à ma disposition. Elle qui était une fille si brillante et vive paraissait avoir perdu sa fougue, celle-là même qui me terrorisait et m'enchantait par le passé. Ma théorie est qu'elle avait été victime, dans sa relation avec George, de ce que nous autres psychologues nommons le « sophisme de la dépense gâchée ». Cette impression que ce serait trop bête de partir maintenant alors que nous attendons notre bus depuis trente minutes. C'est ce sophisme qui nous fait nous enfermer dans des décisions absurdes et maintenir le cap coûte que coûte. Suzanne avait dû comprendre que sa relation avec George le désinvolte ne mènerait à rien, mais elle n'avait accepté de le croire que tardivement parce que quelque chose en elle ne voulait pas renoncer à tout ce temps qu'elle avait investi en lui. Mon retour à New York l'avait aidée à exhumer notre passé et à prendre conscience du gâchis. Ça et son horloge biologique qu'elle évoquait parfois, elle voulait être mère. Ce qu'elle ne pouvait pas comprendre, c'est que je ne voie pas moi aussi cette formidable opportunité que nous offrait la vie. Suzanne se rappellerait peut-être bientôt que je n'étais pas un type si super et que je ne saurais la contenter. En attendant, elle évitait soigneusement d'évoquer Dorothy. Elle faisait littéralement comme si elle n'existait pas. Elle me demandait bientôt quand s'arrêterait ma folle aventure et quand je reviendrais vers elle. Quand donc reviendrais-je à la raison ? Moi vivant avec elle, en toute raison : j'imaginais un monde fait d'une froide géométrie. Pourtant Suzanne était à sa façon un feu follet, pleine d'intelligence et de drôlerie. Elle aimait que la vie soit une fête mais pas trop désordonnée. De là où je me trouvais, sa lumière était celle d'un soleil d'hiver. Elle ne me réchauffait pas assez quand je ne savais que chercher, anxieux, le brasier ardent que représentait Dorothy. Nos conversations s'interrompaient toujours de cette façon. Mon silence l'exaspérait mais elle savait qu'elle devait baisser la tête et attendre que passe ce qu'elle croyait être une folle et brève tempête. Quelques instants après avoir raccroché, son image s'estompait pour laisser place à ma Déesse.

Dorothy n'était pas au mieux, elle semblait absente d'elle-même. Un de ces soirs où nous étions rentrés tard de l'aéroport, je la retrouvai dans sa chambre couchée dans la position d'une petite fée à qui l'on vient d'arracher les ailes. Je n'osais pas entrer « chez elle » comme elle disait mais je n'arrivais pas à m'empêcher de l'espionner un peu. Là je m'étais juste permis de jeter un œil par l'embrasure de la porte. Elle paraissait prostrée, une lettre était posée sur son lit, ce n'était pas l'une de celles que je lui avais envoyées tandis qu'elle était dans le hangar de *He is Alive !* Lorsque le parquet a craqué sous mes pieds et qu'elle s'aperçut de ma présence, elle ne me réprimanda pas mais enfourna avec précipitation le morceau de papier dans une grande sacoche fleurie. Sans plus faire attention à moi, elle reprit sa position de Déesse déchue. Je réussis à vaincre ma crainte et pénétrai dans sa chambre pour la couvrir de la couette qu'elle avait jetée sur le sol. Comme elle se laissa faire, je la pris dans mes bras. Sa peau exhalait une fragrance d'amande et était douce comme du lait. Elle ne s'offensa pas que je la touche alors et même ses jambes, et même ses fesses. J'étais terrorisé par mon audace. Nous avions échangé quelques baisers sans que je sache ce que cela signifiait pour elle. La première fois, je n'en avais pas dormi de la nuit. L'idée même de la pénétrer me plongeait dans un abîme. Lorsque j'ai caressé les lèvres lisses de sa vulve, et bien qu'elles fussent humides, elle m'a retiré doucement la main en feulant : « Pas maintenant, mon Jeff. » Elle caressa mon sexe qui était sur le point d'exploser et elle ajouta gentiment : « Bientôt. » Comme un chien qu'on renvoie à la niche, je me suis retiré sans protester, presque soulagé en un sens. Ce qu'il m'avait fallu de courage pour oser l'approcher de cette façon. Les lignes de sa chambrette en étaient devenues courbes et les chuchotements qui exsudaient des murs mêmes m'inspiraient des craintes indicibles. L'un d'entre eux venait de son petit sac dans lequel elle avait rangé cette lettre et il disait : « Lis-moi ».

« Lis-moi ».

Je ressortis de là bouleversé et une fois de plus incapable de fermer l'œil.

Chapitre 18

Après deux ou trois jours de cette farine, Walter passa dans les chambres et nous invita à faire nos bagages. Nous allions nous ressourcer sur la côte Ouest, on pourrait passer faire un « coucou » à cette communauté qui vivait en Californie et soutenait Dorothy depuis le début. Nous avons pris un avion pour San Francisco, Clubber, Walter, Dorothy et moi. De là, nous avons loué une vieille Buick Park Avenue gris métallisé. Il y avait beaucoup d'avantages à faire ce périple. Le plus immédiat était de fuir l'hiver hostile qui sévissait sur la côte Est. Tout à coup, ça allait beaucoup mieux. Clubber ne cessait de disserter sur le soleil et ses bienfaits. « On dira ce qu'on veut, les gars, mais le corps humain a besoin de lumière. » Nous approuvions tous, cependant nous aurions voulu que notre manager la ferme un peu. Et c'était vrai que la lumière était très belle en cette saison dans la baie de San Francisco. Nous n'avons fait qu'apercevoir San Jose et ses trois montagnes. Nous nous rendions dans la banlieue lointaine de la capitale de la Silicon Valley. La nature dans les environs ne marquait pas vraiment l'hiver, elle ne faisait pas plus qu'effeuiller les arbres et caresser l'herbe, la terre et les collines d'une douceur d'ambre. Dorothy entama un tour remarqué de Leggett à Sonoma jusqu'à Santa Cruz. Elle imposait ses mains et donnait son amour aux foules qui se massaient pour voir le nouveau Messie, et guérissait, ici et là, de pauvres éclopés qui à son contact allaient mieux. Lorsque le prodige se produisait, les gens se mettaient à applaudir et chanter des chansons. Certains s'agenouillaient même devant Dorothy. Ma Déesse ne se sentait jamais aussi bien que lorsqu'elle était au milieu de ses fidèles.

En revanche, il apparut que nous n'étions plus les bienvenus dans le réseau de l'Église du jour nouveau. Lorsqu'on daignait nous recevoir, on prétendait n'avoir pas de place pour nous loger, rien de prévu pour le dîner. Ça mettait Clubber dans tous ses états car une partie de la logistique qu'il avait conçue pour le *Fantastic and Irresistible Tour* de Dorothy était fondée sur le réseau de l'Église du jour nouveau. Cette trahison de la secte ne pouvait venir que de la décision d'un seul homme, nous le savions tous et moi je portais le secret de cette phrase qu'il m'avait chuchotée à l'université Columbia. J'avais gardé ça pour moi. Me rongeant les sangs dans ma chambre de motel à Salinas, je m'en voulais de n'avoir pas tout dit à Dorothy. Ma Déesse avait dû le sentir : elle savait. C'était pour cela qu'elle se montrait distante avec moi, me jugeant insincère.

À présent que Kaythrone nous lâchait, il fallait que je me confesse. Je traversai la courette qui me séparait de sa chambre à elle, la numéro 12. Un rai de lumière sous sa porte m'indiqua qu'elle ne dormait pas encore. Sans doute allait-elle me reprocher de la déranger une fois de plus. Lassé d'attendre à sa porte sans réponse, j'ai pris le risque d'entrer. Il y avait une masse sous la couette, endormie et il m'a fallu un peu de bravoure pour prendre le risque de la réveiller. En fait de Dorothy, je ne trouvai que trois oreillers disposés pour faire croire qu'elle se reposait. Où pouvait-elle être alors ? Les voix chuchotèrent de nouveau, me dirent que c'était une pute, que je savais très bien où elle était, connasse, non ma Déesse, cette traînée, pardon mon cœur immense. Puis dominant toutes les autres voix, il y eut celle que j'avais entendue quelques jours auparavant et qui répéta son injonction : « Lis-moi » et à côté de son lit se trouvait abandonnée sur le sol sa grande sacoche fleurie. Je ne sais pas ce qui m'a fait penser que j'avais le droit, sans doute le sentiment de tristesse et de colère mais je me suis mis à fouiller. Je trouvai facilement cette lettre datant d'une vingtaine d'années et protégée par une chemise de plastique.

Fruita, 14 janvier 1992

Mon cher Henry,

Tu dois bien m'en vouloir d'être partie comme ça et je voudrais te demander mille fois pardon. Je t'écris ces mots pour

que tu ne m'attendes pas. Surtout pas. Je ne reviendrai pas, mon tendre Henry. Je sais que ce sera dur pour toi d'élever cette enfant tout seul. Je devrais être folle de bonheur, heureuse à l'idée d'avoir ce joli poupon en bonne santé, toute rose mais non. Je sais que ce n'est pas ma fille, Henry. Je le sens dans mes tripes. C'est sans doute une merveilleuse enfant mais elle n'a pas grandi dans mon ventre. Une mère, ça sent ce genre de choses. Personne ne veut me croire, même pas la police que je suis allée voir et plus d'une fois. Mon bébé à moi a disparu, on me l'a remplacé par ce bébé tout roux. Ma fille à moi, elle était pas comme ça, je le sais, je l'ai vue. Toi aussi, tu l'as vue. Les médecins m'ont dit de ne pas m'en faire, que ça allait me passer, que ça arrivait même. Ça ne me passera pas, Henry. Même quand ils m'ont expliqué que la petite avait une tache de naissance que tu avais aussi, que c'était bien la preuve. Moi, je leur ai répondu que c'était bien ta fille à toi mais pas la mienne. Je sais juste que je dois partir, loin de cette enfant. Sans quoi je sais bien qu'elle fera mon malheur.
On m'a dit que tu l'avais prénommée Dorothy et c'est parfait, c'est le nom que nous avions choisi ensemble. Je voulais te remercier pour ça aussi. Tu as été le plus parfait des compagnons, je suis sûre que tu seras un merveilleux père pour Dorothy. Donne-lui si tu peux une meilleure éducation que la nôtre. Donne-lui de l'amour. Elle n'y est pour rien. Je sais bien que c'est moi le problème.

Ton Alicia

J'ai relu cette lettre sans bien comprendre, si ce n'est qu'elle avait été écrite par Alicia Olsen, la mère de Dorothy, à son père Henry. Était-ce l'audace dont j'avais fait preuve pour lire sans permission cette lettre sacrée ? Je me suis comme évanoui, la lumière de la lampe de chevet allumée et cette lettre à la main. Lorsqu'on m'arracha à ma nuit sans rêve, j'avais mal au crâne et la bouche sèche. C'était ma Déesse qui me caressait la nuque, elle porta à ma bouche un verre d'eau fraîche.

— Bois, mon Jeff.

— Dorothy, quelle heure est-il ?

— Tu as fouillé dans mes affaires ?

Là, je peux dire que je me suis réveillé d'un coup. Je ne pouvais quand même pas nier alors que je tenais encore le courrier dans ma main. J'ai failli me jeter à ses pieds et implorer pardon. Je me suis seulement confondu en excuses. J'ai dit que c'était nul mais qu'elle m'intriguait tellement...

— Calme-toi, m'a-t-elle répondu agacée, c'est qu'une lettre. Y a rien de secret, je te l'ai déjà dit que j'avais pas de mère. C'est nul de fouiller dans les affaires des gens.

Est-ce que j'ai senti que je pouvais reprendre la main ? Quoi qu'il en soit, j'ai voulu revenir sur le contenu de cette lettre. À présent que je l'avais lue, pourquoi ne pas en discuter ? Je n'avais qu'à me rappeler que c'était une cul-terreuse du Colorado et moi un docteur en psychologie et ça irait.

— Tu sais, Dorothy, lorsque tu m'as expliqué que... contrairement à Jésus toi tu avais un père mais pas de mère, je n'avais pas compris les choses comme ça. Les choses sont sans doute moins mystérieuses que tu ne le crois. Ce dont souffrait ta mère c'est une variante du syndrome de Capgras ? Ça donne au malade l'impression que ses proches ont été remplacés par des sosies.

— Tu veux dire que je m'imagine tout ça ?

— Non, toi tu n'imagines rien, tu hérites juste d'une situation difficile, lui dis-je, protecteur, en posant ma main sur sa cuisse.

Le regard de Dorothy s'est terni, elle m'écoutait sans m'interrompre et tout ce qu'elle entendait paraissait la rendre infiniment triste. Je ne comprenais pas alors que cette tristesse n'était pas celle du patient qui se voit révéler une vérité essentielle. La jeune femme du Colorado était triste à cause de ce que j'étais en train de nous faire. Elle m'a laissé terminer mon diagnostic et par une forme de sagesse étrange elle a dit :

— Si tu dis des choses comme celles-là, je vais disparaître.

Était-ce une menace ?

— Non, je vais disparaître vraiment, m'évaporer comme un mirage. Et ce ne sera pas pour te punir, mon Jeff. Ça ne dépendra pas de moi.

Il fallait que j'oublie cette histoire de syndrome de cap-je-sais-pas-quoi immédiatement, comme si je n'avais jamais prononcé ces mots. Elle avait bien une tache de naissance qui prouvait que son père était bien son père. Oh, oui, ce bon et tendre Henry était bien son petit papa. Alicia, cette femme qui avait écrit cette lettre, n'était pas sa mère, voilà tout ce qu'il fallait que j'accepte de rentrer dans ma tête de grand nigaud. Alors qui était sa mère ? Dorothy me fit le genre de sourire que l'on adresse à un enfant qui vient de comprendre. « Mais c'est Elle ! » s'est-elle exclamée en désignant de son index le ciel au-dessus de notre petite chambre, au-dessus de la charpente d'acier de la maison, au-dessus des nuages. Là j'avoue que j'ai lâché un instant et j'ai eu peur que la grâce ne m'abandonne. J'ai fermé les yeux et lorsque je les ai rouverts, Dorothy était toujours là, un peu différente, le souffle animal et pleine d'un désir soudain. Elle sourit étrangement et prit ma main pour la porter sur son sexe. Elle était trempée. Le message était clair. Pour le cas où je n'aurais pas compris, elle lécha mon cou et tenta un mouvement vers ma queue.

Je retirai sa main.

— Non, Dorothy…

— Merde, Jeff, on s'en fout de cette lettre et de tout ça pour le moment, je te veux, mon Jeff. Dévaste-moi.

J'étais tiraillé entre la terreur de la profanation et l'irrépressible désir que j'avais d'elle. J'ai tenté alors une manœuvre dilatoire en lui demandant si c'était pour voir Walter qu'elle s'était absentée. Le regard de Dorothy changea et ses lèvres se pincèrent. Qu'est-ce qui n'allait pas chez moi ? Nous ne nous sommes rien dit qui ait le moindre intérêt, rien que nous ne sachions déjà. Elle ne m'appartenait pas, jamais de la vie. J'étais chiant et pleurnichard, tellement, que je devais me considérer comme bienheureux qu'elle ait eu envie même un instant d'ouvrir ses cuisses pour moi. Peut-être qu'il valait mieux que je me tienne à distance d'elle pour quelque temps. Je ne me sentais que la force de me prosterner, de m'excuser. J'implorais encore son pardon parce qu'en me comportant ainsi je montrais que je doutais d'elle. Comment pouvais-je en même temps considérer qu'Elle était l'élue et ne La vouloir que pour moi ?

Dorothy glissa ses deux mains agiles sous sa jupe en stretch rouge et retira sa culotte. Je n'en aurai pas besoin, a-t-elle chuchoté. Et c'est comme si elle m'avait assassiné. La minuscule pièce de dentelle vermillon qui flotta dans l'air et se posa sur le sol prit une pose insolente tandis que ma Déesse s'en allait rejoindre je ne sais qui. Je suis resté dans sa chambre quelques minutes à fixer un point dans le vide. Je me serais bien rué sur elle pour la battre comme plâtre mais j'avais peur qu'un mur de feu ne surgisse et me brûle jusqu'aux os. Avant de refermer la porte, elle m'adressa un sourire qui n'avait rien d'affectueux. Peut-être n'y avait-il rien d'autre que le mal, tout là-bas, au fond de l'univers, au fond de son ventre. Sur le sol, sa culotte me narguait encore.

Chapitre 19

La communauté que nous rejoignions comptait près de trois cents fidèles et avait beaucoup grossi ces dernières semaines. Lorsque tous ces gens avaient décidé de se réunir il y a quelques années, à l'origine une cinquantaine de personnes, ils n'avaient jamais entendu parler de Dorothy. Ils étaient tous logés dans une immense ferme prolongée par des dépendances parfois d'origine, parfois de simples bâtiments préfabriqués où l'on entassait les nouveaux arrivants comme on pouvait. Le toit de la ferme était surmonté d'une immense soucoupe volante. La nature de leur croyance avait beaucoup changé depuis que Dorothy avait fait son apparition dans leur vie, mais la soucoupe, elle, était restée. Ils n'avaient pas encore eu le temps de la désolidariser du corps principal du bâtiment. L'un des adeptes m'expliqua le lendemain qu'il fallait faire venir une entreprise spécialisée pour cela. Un vrai merdier. L'engin intergalactique faisait plus de dix mètres de long et pesait ses trois tonnes, le tout monté sur des pylônes de soutien pour ne pas endommager les fondations de la ferme. Alors on évitait de parler de la bête en tôle accrochée au toit. C'était pourtant la première chose visible lorsque vous quittiez l'Interstate Highway pour rejoindre le quartier général de Heaven's Gate. Lorsque notre Buick s'engagea sur le sentier menant à la ferme, une centaine de personnes nous firent une haie d'honneur. Et ça chantait et ça tapait sur des tambourins. Dorothy riait aux éclats dans la voiture. « Ah les cons ! » pouffait-elle, et ça lui plaisait beaucoup d'être fêtée de cette manière. Ti et Do, les deux leaders de la communauté, firent leur apparition les paumes levées vers le ciel pendant que, comme un rideau de scène, les adeptes s'écartaient sur leur passage. La dentition de Ti, une femme blonde au visage rond d'une cinquantaine d'années, laissait vraiment à désirer. Ses dents étaient partiellement rongées, elle avait dû consommer beaucoup d'acides plus jeune, tandis que Do présentait mieux, un homme assez grand, les cheveux mi-longs et gris argenté. Ils portaient tous des survêtements noirs et des baskets blanches. Dorothy, toute à son enthousiasme enfantin, m'embrassa à pleine bouche. C'était assez inattendu. Le peu qu'elle acceptait de me donner à ce moment-là, je le chérissais.

D'une certaine façon, tous ces gens devaient la vie à Dorothy. Avant d'avoir eu *in extremis* leur révélation, Ti et Do avaient pour projet de se flinguer avec l'intégralité de leurs disciples comme cela arrive parfois dans les sectes. À ce moment-là, cette communauté était composée de gens venant de la Silicon

Valley, chercheurs, informaticiens essentiellement, tous avaient voulu rompre avec leur vie d'avant. C'est alors qu'ils avaient rencontré Ti et Do. Do était né Marshall Herff Appelwhite. Fils d'un pasteur presbytérien, il avait grandi à Corpus Christi au Texas. Comme beaucoup de mômes de son époque, il avait lu pas mal de science-fiction. Et comme certains d'entre eux, ça lui était monté un peu haut et il s'était mis à croire que nos frères extraterrestres nous surveillaient et viendraient nous sauver. De quoi ? De l'apocalypse bien sûr. Il faut dire que ces frères de l'espace n'étaient pas trop contents de ce qu'ils voyaient sur notre terre. Alors ils n'allaient pas sauver tout le monde. Seuls quelques-uns seraient sauvés, les élus, et ça tombait bien parce que Marshall Herff Appelwhite était l'un d'entre eux.

Par le truchement d'une histoire d'amour qu'on devinait platonique, Do avait convaincu Ti, qui jusque-là n'avait rien fait que des conneries de hippie sur la côte Ouest, que ça valait le coup d'essayer de communiquer avec les frères de l'espace. Une idée en amenant une autre, voilà que les messages arrivent, par télépathie, écriture automatique, ce genre de choses. Do, un beau parleur, arrive à convaincre toute une communauté qu'il est possible de suivre les frères de l'espace en empruntant les voies que seules les âmes pures peuvent connaître. Tout cela serait resté un peu flou si, en 1997, le passage de la comète Hale-Bopp n'avait pas excité l'imagination de Ti et Do. C'était le signe patent qu'ils attendaient depuis plusieurs années. Un vaisseau spatial gigantesque, plus grand que la Terre elle-même, se cachait dans la queue de la comète et il fallait le rejoindre. Les choses se sont sans doute gâtées lorsqu'un astronome amateur du nom de Carl Shramek prétendit avoir photographié, cliché à l'appui, ce vaisseau spatial. L'homme fut invité dans tous les talk-shows et Ti et Do se sont emballés. Ils ont convoqué toute leur troupe, ont revêtu leur survêtement réglementaire et ont collectivement signé leur testament. Il s'agissait ni plus ni moins que de bénéficier de cette extraordinaire occasion en abandonnant leur corps, ces conteneurs temporels de l'âme, pour se réincarner plus tard, sur une autre planète via le vaisseau spatial… Ils étaient trente-neuf, le jour du grand départ. Ti et Do n'étaient pas d'accord sur le déroulement des événements si ce n'est qu'ils avaient prévu de s'empoisonner. Quoi qu'il en soit, l'un des deux a entendu à la radio des astronomes dire que le vaisseau gigantesque photographié par Carl Shramek n'était autre que l'étoile SAO141894. Est-ce que cela les a convaincus ? Ti, celle qui recevait les messages intergalactiques, prétendait en tout cas qu'elle avait entendu une voix très douce, féminine, lui dire de renoncer. Elle avait mal interprété les signes précédents, lui expliqua la voix. Il fallait qu'ils attendent sa venue. De qui donc ? D'Elle. Longtemps, ils ne l'ont désignée que par le terme « Elle » qu'il convenait d'écrire avec une majuscule. Le 4 avril 1997, le groupe commença à envoyer des messages via Internet pour témoigner de la venue prochaine de la Messie. Il a donc fallu attendre un paquet d'années mais lorsque Ti l'a aperçue à la télévision pour la première fois, elle n'eut aucun doute. C'était Dorothy. Elle s'est mise à pleurer à torrents, pendant deux jours, affirmait-elle. À tel point que Do la veillait jour et nuit pour la réhydrater. Elle connut une joie intense, un orgasme sans commune mesure pendant quarante-huit heures. Plusieurs adeptes qui avaient déserté, déçus que les prophéties ne se réalisent jamais, revenaient se pelotonner dans le refuge et d'autres arrivaient par dizaines.

Tout cela, je ne l'ai appris qu'au fur et à mesure, durant les trois jours de notre séjour à Heaven's Gate. Si bien que lorsque Do et Ti s'avancèrent vers nous les bras écartés, radieux, serrant Dorothy contre eux, en bramant qu'elle était leur sauveuse, ils ne blaguaient pas du tout. Dorothy leur avait bien sauvé la vie, à eux et quelques dizaines d'autres.

Cette histoire ressemblait un peu à celle que Leon Festinger avait raconté dans son célèbre livre *L'Échec d'une prophétie*. Son équipe et lui avaient intégré incognito une secte qui croyait aussi à ces histoires de soucoupes volantes. Une apocalypse se préparait qui éradiquerait l'espère humaine mais les êtres de l'espace viendraient sauver la veille au soir les méritants membres de la petite secte. Seulement, le jour dit, personne ne se pointe et surtout pas une soucoupe volante comme il était prévu. Le groupe est désemparé, il ne sait pas quoi faire. Certains ont tout abandonné pour être là. Le jour de l'apo calypse arrive, il ne se passe rien non plus. La tension est à son comble, le groupe forme un cercle et chacun se tient la main avec intensité toute la nuit. Lorsque l'aurore arrive, le moral est au plus bas. Soudainement, la dame qui faisait office de gourou et recevait les messages extraterrestres se lève, irradiant de bonheur. C'est incroyable ! s'exclame-t-elle. Nous avons prié si fort et si sincèrement que nos frères de l'espace ont renoncé à éradiquer l'espèce humaine ! En un instant, les paroles de cette dame avaient transformé une bande de losers pathétiques en sauveurs de l'humanité. Chapeau bas. Et c'était un de mes exemples préférés pour introduire la notion de dissonance cognitive auprès de mes étudiants de première année dans mon cours d'introduction à la psychologie sociale. Cette notion désigne la tension que ressent tout individu lorsqu'une partie de sa vision du monde est contredite. Il se sent alors en danger et va tout faire pour réduire cette dissonance, soit en niant les faits qui contredisent sa croyance, soit en abandonnant celle-ci (ce qui est rare), soit encore en tentant de rendre plus consonants ces éléments. Souvent les croyants, expliquais-je à mes étudiants, aménagent leur système de représentation face à la contradiction. Les chrétiens par exemple ont eu beaucoup de mal à accepter la réalité de la théorie de l'évolution parce qu'elle contredisait le récit de l'Ancien Testament. Beaucoup ont opté alors pour une interprétation symbolique des textes, ce qui leur a permis d'accepter la modernité de la science et de préserver l'essentiel de leurs croyances. Si l'Ancien Testament ne devait pas être lu de façon littérale, il n'était pas contredit réellement par la théorie de Darwin. La notion de dissonance cognitive est l'une des plus puissantes de la psychologie sociale pour décrire pourquoi les croyants n'abandonnent pas facilement leur système de représentation même lorsqu'il est démenti par les faits. Je me revoyais dans mon amphithéâtre, réciter pour la nième fois pendant ce cours les grands éléments de la théorie de Leon Festinger. Tout cela me paraissait avoir à peine existé.

Le soir, ils avaient prévu un repas collectif. Comme tout le monde ne tenait pas dans la salle à manger principale, on ne convoqua que les lieutenants du mouvement : le cercle restreint des fidèles qui n'avaient jamais déserté. Dans la journée tout le monde avait voulu toucher ou embrasser Dorothy qui se lassa très vite de ces élans de tendresse. À peine cinq heures que nous étions là et elle se sentait déjà enfermée.

Le corps principal de la ferme avait été aménagé comme un vaisseau spatial futuriste, un souvenir de leurs anciennes croyances. Disons, futuriste à la façon d'un épisode de *Star Trek* des années 60. Les murs étaient capitonnés de skaï beige et on avait ajouté des boîtiers à voyants lumineux sans aucune utilité. Nos chambres étaient composées comme des cabines de couchage de l'an 3000. La salle du dîner où nous étions convoqués pour 19 heures était du même tonneau : un canapé circulaire enserrait une table basse faite d'acier brossé et d'une sorte de polymère thermoplastique orangé. Il y avait aussi une multitude de guéridons roboïdes mais ce n'était pas du tout des robots, rien que des meubles inertes. Entourés de gens bienveillants et qui ne doutaient pas de la mission de la Déesse, nous passions tous un bon moment. Tous sauf Walter qui était parti faire une balade de reconnaissance pour son jogging du lendemain matin. Il en revint avec un bouquet de fleurs bigarrées qu'il offrit à Dorothy. Il avait cueilli ça au passage. Ce n'était pas grand-chose. Ça lui valut tout de même un baiser plein de reconnaissance de la part de la jeune fille du Colorado.

« Qu'est-ce que t'as à me regarder comme ça, Jeff ? » m'a-t-il lancé d'un air mauvais quand il s'est assis à côté de moi. Je lui ai répondu que j'irais bien courir avec lui demain matin pour une fois, si ça ne le dérangeait pas. Il s'en cognait pourvu que je ne le ralentisse pas.

À ce moment-là, disons-le, je perdais la raison. Ma dispute avec Dorothy m'avait beaucoup affecté. Mon cerveau malade oscillait entre l'idée qu'elle était le Messie ou l'incarnation du démon. Le soir, je n'ai même pas cherché à partager un moment avec elle et me suis enfermé dans ma chambre, résolu.

Le matin, ma dégaine fit sourire Walter. J'avais déniché un short affreux et une paire de baskets éventrées. Après à peine quelques kilomètres, j'étais déjà essoufflé bien que nous fussions restés silencieux, Walter et moi. Des années que je n'avais plus fait de sport et c'était comme si une ombre malveillante nous accompagnait. J'entendais des chuchotements derrière les bosquets, une voix ou plusieurs qui me donnait des ordres dans une langue incompréhensible. Un figuier psalmodia à mon passage, le chemin de terre sur lequel nous trottions paraissait s'enrouler comme un serpent. J'avais l'impression à chaque foulée d'avoir fait une erreur quelque part, mais où ? Le monde redevenait hostile. La terre noire, le schiste, l'agate ou le quartz, le cuivre ou le soufre et encore le carbone ou la magnétite, les ondes et les roches à la ressemblance de masques qui grimacent, eux-mêmes à la ressemblance, et derrière ces masques eux-mêmes, le prurit de fruits sauvages et la broussaille. Je sortis de sous mon tee-shirt un couteau de cuisine que j'avais dérobé une heure plus tôt et je fis face à Walter menaçant.

Là je lui ai fait peur à cet enfant de putain. Là il fermait sa grande gueule.

— Alors, mon vieux, hein !

Walter s'arrêta net, les mains écartées en signe d'apaisement. Il n'y avait pas même une goutte de sueur sur son front.

— Oh Jeff, qu'est-ce que tu fais ?

Cette question, il me l'a posée comme un dernier avertissement. Le soleil se dégageait à peine du grand à-plat de lumière qu'avait été l'aube. Je m'approchai de lui tandis que la brise orientait mon bras vers sa gorge. Là, il arrêterait de se foutre de moi, cette salope. Là, il arrêterait de fourrer sa langue dans la bouche de ma femme, de la baiser quand j'avais le dos tourné.

— Jeff, tu vas m'obliger à te faire du mal.

Il se mit en garde. Je pourrais lui sectionner d'abord les tendons des mains, j'ai pensé, puis après je l'achève.

— Je te donne une dernière chance, Jeff, je le répéterai plus.

Il a relevé les épaules pour faire disparaître son cou comme le font les pugilistes. J'allais le couper, ce salaud, et on allait bien voir s'il jouerait longtemps les durs à cuire. La lumière, sans être aveuglante, nous donnait un air figé, dramatique. Walter m'a regardé d'un air dépité et m'a dit que j'étais aussi cinglé que mon père. Ce qui me pétrifia. Il en profita dans la foulée pour me glisser un crochet dans les côtes qui me fit hurler et lâcher mon arme. Il m'en a remis une ou deux pour que j'aie mon compte et que je tâche de ne jamais recommencer une connerie pareille. Il fallait que je m'estime heureux qu'il appelle pas les flics. Qu'est-ce qui n'allait pas avec moi, nom de Dieu ? À genoux, j'ai craché un bout de joue tranché par mes dents sous la violence du coup. Je n'aurais pas utilisé le couteau, c'était un geste de désespoir pour qu'il me dise si…

— Si quoi ? Si je baise Dorothy ? T'es con ou quoi ? Tout le monde baise Dorothy, même Clubber si ça se trouve. La gamine t'a dit qu'elle appartenait à personne. On va repeupler la terre avec des bébés de Dorothy qui seront rien que des petits anges, ça te paraît pas bien comme plan ?

Qu'est-ce que je pouvais répondre ? J'ai juste demandé ce qu'il savait sur mon père en essayant de me remettre debout. Il me tendit l'une de ses mains pour m'aider à me relever puis un mouchoir en papier et m'invita à m'asseoir sur un rocher massif en contrebas de la route. Nous sommes restés les pieds rasant les pâturins, à discuter. Il ne savait pas grand-chose sur mon père, m'a-t-il dit. Il avait enquêté sur moi, à la demande de Kaythrone qui voulait savoir si je n'étais pas un de ces journalistes infiltrés. « Le pasteur t'aimait bien mais il se méfiait. Au début en tout cas. J'ai gratté un peu, j'ai fait mon travail. »

Je lui ai demandé alors ce que c'était que son putain de travail. Il était détective privé, tout simplement. Il avait fait la première guerre du Golfe, était spécialisé dans le renseignement et le close-combat. Rien de bien terrible sur le terrain mais assez pour être un dangereux prédateur parmi la fiotasse des civils. À son retour, il avait fondé une société de sécurité. Franchement, botter le cul de jeunes délinquants dans les centres commerciaux, ça ne l'avait pas distrait longtemps. Alors il avait fait privé et travaillait pour l'Église depuis trois ans. C'était Clubber qui l'avait payé, donc il suivait Clubber.

Il avait retrouvé la trace de mon père de plusieurs façons. D'abord, le paternel avait fait appel au commissariat de quartier pour mentionner la disparition de son chien, persuadé qu'on le lui avait volé d'après le procès verbal. Puis deux articles dans le *New York Times* de l'époque mentionnaient cette meute de chiens. Il ne savait pas si monsieur Jefferson père avait fini par retrouver Bobby-one mais il avait quitté New York. La dernière utilisation de sa carte de crédit avait été faite aux confins de l'Alabama. Puis plus de traces de lui jusqu'à l'annonce de son décès, il y a douze ans de cela.

— Ton père est mort, il a fait une attaque. C'est tout.

Walter me tendit sa gourde. J'avais la gorge desséchée, de fatigue et d'émotion, mais n'avais pas envie de pleurer. Il y a certaines réponses qui creusent au plus profond, plus que les questions que vous pouvez vous poser. C'est tout ? Il était mort ? Il y a douze ans. Merde. J'ai bu trois grandes gorgées de la boisson énergétique que Walter se préparait tous les matins. Sans doute essayait-il de manifester une forme de compassion.

— Qu'est-ce qu'il est allé foutre pendant douze ans dans l'Alabama. Attends, il avait une autre famille là-bas, c'est ça ? J'ai des demi-frères et des demi-sœurs ? C'est une histoire de ce genre ?

— On pourrait dire ça comme ça, une sorte de famille, lâcha Walter embarrassé. En fait, si j'ai bien compris, il a fini sa vie dans un monastère. L'ordre de saint Benoît. Comme moine. Les douze dernières années de sa vie. Ces gars-là n'ont pas le droit de parler, ils font vœu de silence. Je suppose que c'est pour ça que t'as jamais eu de nouvelles de lui.

— C'est dégueulasse.

— Je juge pas, Jeff. Tu veux savoir : je te dis. Pour sa défense, je sais pas si ça va t'aider, ton père était rentré dans les ordres à dix-huit ans, avant de connaître ta mère, avant que tu naisses. Je peux pas te dire pourquoi il a quitté son monastère pour finir par y revenir. Ça je peux pas te dire et t'en sauras jamais rien, sauf s'il a laissé un journal intime ou un truc du genre.

— Non, il a rien laissé.

— Alors tu sauras jamais.

Mon père avait eu ce rapport charnel à la foi comme une maladie, comme l'alcoolique retourne à la bouteille. En fait, il était en exil dans notre famille. Du temps que je l'ai connu, c'était un exilé. Après avoir accumulé un petit pécule pour assurer mon indépendance, il m'avait abandonné. Il était retourné dans son pays, dans son royaume. Et moi aussi j'étais en exil. J'ai regardé le ciel en me demandant s'il y avait vraiment un taré caché derrière le soleil qui se jouait de nous de cette façon. Si c'était bien Lui qui avait rendu notre Bobby-one à son état sauvage, pour envoyer à mon vieux le signe qu'il avait attendu toute sa vie. Un chien qui redevient sauvage, qu'est-ce que ça peut bien vouloir dire ? Qu'est-ce qu'on peut faire de ça ? Pour quelle raison ne parle-t-Il pas clairement de temps en temps ? Et pourquoi avait-Il décidé de me purifier le ventre il y a quelques semaines sur ce terrain vague de Brooklyn ? En s'incarnant dans cette étrange créature qu'était Dorothy, que voulait-Il nous dire ?

— Hey, calme-toi, Jeff.

Je tremblais de tout mon corps.

— Je vais rentrer Walter, il faut que je m'alite. J'ai besoin de dormir. Continue, toi, ne te soucie pas de moi.

Je ne me suis pas retourné. J'ai juste imaginé que l'ancien privé me regardait m'éloigner incrédule. J'ai retrouvé le chemin de ma chambre comme un rat son labyrinthe après avoir croisé quelques adeptes préoccupés de mon état. La nouvelle a-t-elle couru un peu ? Toujours est-il que mon visage était une porte ouverte sur ma détresse. Quelques minutes après que je me fus recroquevillé dans mon lit, accablé de sanglots et de deuil, Dorothy se pelotonna gentiment contre moi en m'embrassant la nuque. En un instant, elle fit disparaître le poids de notre dispute, pas celui de la mort de mon père. Elle me dit : « Viens, célébrons la vie. » D'un regard, elle ferma la porte de ma chambre et d'un sourire elle se dévêtit entièrement. C'était une brindille de lumière, les cheveux flamboyants. Jamais corps ne m'avait ainsi inspiré tout à la fois la terreur et la luxure. Je tremblais de tout mon être, des voix odieuses me donnaient des ordres contradictoires. La Déesse porta son index sur ses lèvres roses et fit : « Chuuut. » Et les voix se turent, c'est la vérité. La prendre était une profanation, je ne pourrais pas, je voulais le lui dire, je n'y arriverais physiquement pas. « Je vais m'occuper de tout, ne t'en fais pas, pour cette première fois. » Elle ondula. Comme mes yeux étaient noyés de larmes, je la vis irisée de délicatesse. Puis elle chantonna : « C'est bien réel, grand nigaud. » Elle claqua des doigts et j'étais nu. Elle ordonna alors à mon sexe de se dresser. Et le reste je ne le dirai pas, même si ce fut un instant glorieux comme il s'en trouve dans les manuscrits alourdis d'enluminures. Ce que je pourrais dire de mieux est que j'avais vécu en deux heures l'un des moments les plus terribles de ma vie et l'un des plus heureux. J'accompagnerais cette femme jusqu'à la fin des temps pour qu'elle accomplisse son destin. J'en faisais le serment devant Dieu, devant Elle, à la mémoire de mon père.

Les choses n'allaient pas au mieux pour notre entreprise messianique selon les dires de Clubber qui nous réunit pour faire le point. Il adorait ça, dérouler une carte des États-Unis avec des villes entourées, des flèches indiquant celles qu'on devait faire, celles où nous étions déjà passés. On était tous d'accord sur le fait qu'on devait protéger la Déesse, lui éviter qu'elle ne se fasse chercher des noises par quelques puceaux qui adoraient couper les cheveux en quatre. Fini le truc des universités, c'était trop incontrôlable. Il fallait qu'elle fasse des miracles, des trucs de ce genre. Pour toute réponse, Dorothy s'est mise à bien rigoler. Pour la calmer un peu, Clubber aligna quelques données qu'il avait glanées : les recherches concernant Dorothy sur Google étaient à la baisse, les retweets de ses posts idem. Elle avait chaque jour de nouveaux fans sur Facebook, cependant la courbe s'écrasait lentement. Et ce n'était pas tout, la demande pour les produits dérivés étaient plus basse que prévu, les 150 000 tee-shirts à l'effigie de Dorothy venaient d'arriver en provenance du Bangladesh et ils étaient pour le moment stockés dans un hangar de Hampton en Virginie. J'ai vu la peur passer dans le regard de Clubber. Il se voyait vivant sous les ponts. Un peu hystérique, il conclut :

— Le retour du Messie, les gens commencent déjà à en avoir marre. Il faut réagir, là ! Ce qu'il faudrait, c'est que Dorothy fasse un truc énorme.

Dorothy exhiba fière d'elle le dernier numéro de *In Touch Weekly*. On y disait – en couverture s'il vous plaît – qu'elle m'avait quitté pour Johnny Depp. Oui et ? « Eh bien, je n'ai qu'à coucher pour de vrai avec le beau Johnny ! »

Devant notre mine déconfite, elle nous rabroua en gloussant : on était des vieux schnocks et il n'était jamais possible de rigoler avec nous. Et comme nous restions silencieux, elle proposa timidement de « passer encore une fois dans les hôpitaux pour guérir des gens ».

Clubber n'était pas convaincu, elle l'avait déjà fait, ça, et les gens se lassaient des guérisons miraculeuses. Qu'est-ce qu'il leur fallait alors aux gens, nom de Dieu ? « Bref, reprit Clubber, on pourrait faire ça, au pire. Tu pourrais pas plutôt faire repousser des membres ou un machin dans le genre ? Ça claquerait bien, ça. » Dorothy n'en était pas certaine. En plus, elle n'aimait pas trop les moignons et les trucs dans ce style. Je caressai la main de ma Déesse pour lui faire comprendre que je la soutenais. Ce qui inspira une moue moqueuse à ce connard de Walter.

— Les amis, il va falloir m'aider, dit Clubber. Je sais que je suis là pour anticiper et donc voir les choses plus noires qu'elles ne le sont mais je sens qu'il y a un problème. Il faut frapper un grand coup.

Il regarda Dorothy, implorant : « Tu ne pourrais pas faire quelque chose, ma chérie ? » Et alors que la Déesse était enjouée et blagueuse, elle regarda Clubber soudain pleine de compassion, son beau regard vert était devenu un peu triste. Et elle dit : « Ouais, Clubb', je peux sans doute faire quelque chose. » À ce moment précis, le téléphone du producteur retentit. Il racla sa gorge comme avant une audition et croisa les doigts. Il répondit « Oui ? », puis conserva le silence un long moment pendant que nous étions suspendus à ses lèvres. Il ponctua par des « bien sûr » pour conclure par : « Nous vous donnons notre réponse ce soir. Ça ira ? Merci beaucoup pour votre proposition. » Dorothy regardait le sol, elle paraissait savoir de quoi il était question et ne quittait pas cet air mélancolique. Notre producteur, quant à lui, entama une petite danse de victoire lorsqu'il eut raccroché son combiné puis balança à la cantonade : « Les gars, très chère Dorothy, votre attention s'il vous plaît… La Déesse est invitée dans le *Tonight Show* ! »

Si le producteur avait pu lancer des feux d'artifice et des confettis, il l'aurait fait et nous obligea d'une certaine façon à accueillir la nouvelle par une salve d'applaudissements. Il y avait de quoi jubiler, c'était une tribune très prestigieuse aux États-Unis, regardée par des millions de personnes. À part le défunt show d'Oprah Winfrey, on ne pouvait rêver mieux. Barack Obama lui-même avait participé à l'émission de Jimmy Fallon. Bien sûr, on pouvait se demander si le come-back de Jésus ferait autant d'audience que celui de Tom Cruise. Comme je sentais ma Dorothy fébrile, j'ai quand même tenté de tempérer les ardeurs. Que savait-elle qu'elle ne nous disait pas ? Jimmy Fallon ne risquait-il pas de chercher à ridiculiser le Messie ? Le genre de cette émission, c'était quand même pas mal de mettre en boîte les invités, était-ce le ton qui convenait à notre affaire ?

Comme toujours, Walter avait écouté jusque-là d'un air goguenard mais, cette fois, il nous surprit tous en me coupant la parole. Il replia la belle carte de Clubber d'un air dédaigneux puis lâcha en finissant son thé à la cannelle :

— Il faut que notre Dorothy fasse le *Tonight Show* et une fois dans son siège en cuir, devant ce bon vieux Jimmy Fallon, elle plantera son regard d'émeraude au creux du cœur de nos concitoyens. Oui, elle regardera bien la caméra et c'est l'Amérique tout entière qu'elle va guérir ! Avec des millions de téléspectateurs et presque autant de gars frustrés, isolés et malheureux, toutes ces loques qui vivent au crochet de l'oncle Sam à chialer pour un oui pour un non, à croire qu'une guerre peut se gagner en cinq jours, avec leur tube digestif nécrosé, leur paquet de graisse qui les maintient au fond de l'eau, à pouvoir à peine respirer, à crever c'est tout comme, tous ces tarés vont faire une haie d'honneur à notre princesse. Dorothy va les choper par le bas-ventre et, là, les choses vont vraiment commencer.

Chapitre 20

Le jour J est arrivé un mois plus tard. Nous avions continué notre tournée à travers les États-Unis sans prendre de risques. Ce n'était pas le triomphe des premiers jours mais les gens se déplaçaient, curieux et pleins d'espoir. Souvent par centaines. Les télévisions câblées locales couvraient les déplacements de Dorothy et de notre petite équipe. Finalement, ma Déesse ne prononçait que quelques mots, ce qui intéressait les gens était qu'elle bénisse les foules, en particulier les malades qui se déplaçaient parfois de très loin pour ça. Nous sommes passés à Springfield et à Lincoln dans le Nebraska, à Saint Paul, Charleston ou même Austin. Tous les deux jours, une ville nouvelle en évitant soigneusement à Dorothy d'être confrontée aux militants rationalistes, aux fanatiques religieux, aux mystiques de tout poil. Clubber, qui scrutait quotidiennement les baromètres numériques, n'était pas rassuré mais cet agenda bien rempli nous aidait à ne pas nous focaliser sur le fait que la fièvre du début retombait. Il suffit de quelques centaines de personnes autour de vous pour croire que vous êtes avec le monde entier.

La machine allait repartir. Le *Tonight Show*, c'était ce qui allait marquer le début de l'histoire. Apposer ses mains miraculeuses sur une foule d'une centaine de personnes ici ou là, ça n'allait pas suffire. Il y avait une entente tacite entre nous pour éviter ce genre de sujets qui auraient pu miner notre motivation. Parfois, lorsque nous évoquions tout de même un peu la chose dans la salle commune d'un motel de bord de route, à massacrer de la cuillère les restes d'une tarte aux pommes, nous nous disions : Jésus, après tout, il n'a réuni qu'une douzaine de types au départ et l'un d'entre eux était pas très fiable. Pas vrai ? Et c'était vrai d'après nous. Alors il fallait se laisser un peu de temps. Lorsque nous avions ce genre de conversation, Dorothy nous regardait avec ses grands yeux verts écarquillés sans dire un mot. Je me demande à quel point on lui foutait la trouille, surtout moi.

Toutes les questions possibles furent envisagées. Le scribe que j'étais devenu avait conçu des réponses pour tout. Sans doute que Jimmy, malin comme un singe, lui reposerait la question de savoir ce que Dorothy comptait faire pour sauver le monde. Tout était au point. J'avais écrit plus de trois cents pages de texte qui couvraient l'arborescence des possibles. Des questions personnelles, y compris sur sa sexualité, ne seraient pas escamotées. Dorothy pourrait dire tout et avec beaucoup de décontraction. Elle était le Messie. C'était à elle de juger ce qui était inconvenant ou pas. Il fallait que certaines de ses réponses soient choquantes, pas trop, juste ce qu'il fallait pour que les téléspectateurs se sentent en confiance et en même temps déstabilisés. Il ne fallait pas se tenir trop loin de leur sens commun et de leur sentiment religieux mais pas trop près non plus. Un Messie ça se mérite, il faut faire un pas vers lui. Bon c'était un truc de ce genre. Le discours de Dorothy devait inviter à une révolution intime en utilisant des mots simples, modestes. Ma Déesse n'aurait aucun mal à parler le langage de la vérité. Si la Messie était venue de nouveau d'un milieu populaire, c'était pour être capable de parler la langue universelle du cœur sans être empêtrée par un amoncellement de références, sans être intimidée par les labyrinthes de la pensée.

Nous devions aussi lui choisir un vêtement, sans faire dans la provocation. Il ne fallait pas non plus que Dorothy s'habille en petite fiancée de l'Amérique. Pas son genre. On choisit donc une robe noire et plutôt courte. Elle était bouleversante de beauté lorsqu'elle émergea de sa loge, coiffée et maquillée, le regard un peu angoissé, fragile, enfin. Ma toute petite fée, abandonnée dans le monde des adultes, elle aussi, elle encore. L'ampleur de l'enjeu. Que ne l'ai-je prise dans mes bras pour toujours ? Que ne l'ai-je sortie de là ?

L'émission avait commencé par un éditorial impertinent de Jimmy Fallon que nous avons à peine écouté. Nous tourbillonnions autour de Dorothy comme des abeilles, mon bel amour était livide de trac. Un coup d'œil sur le sketch qui précédait l'arrivée de la Déesse sur le plateau : Will Smith, le célèbre acteur américain, et Jimmy en personne présentaient en une chorégraphie synchrone toute l'histoire des façons de danser sur la musique rap. L'un et l'autre portaient une salopette, débraillés comme pouvaient l'être les jeunes des années du hip hop. Le temps de laisser Jimmy se changer et revêtir un costume gris plus de circonstance et l'interview de ma Déesse allait commencer…

On l'avait donc prémâchée ensemble, cette émission. Plusieurs scénarios étaient possibles. On avait même imaginé que Jimmy Fallon pourrait convoquer une marionnette ou un personnage de dessin animé pour interroger Dorothy, du type Homer Simpson. C'était le genre de trucs qu'ils faisaient dans cette émission, si vous n'étiez pas décontracté, vous passiez pour une truffe. On supposait qu'au pire la créature lui ferait des remarques déplacées, voire des propositions grivoises. Dans ce cas, Dorothy jouerait l'offusquée mais lui glisserait son numéro de téléphone pour une rencontre discrète hors plateau. Nous avions même suggéré ce scénario à la production qui nous avait poliment écoutés. Ils avaient une autre idée en tête.

L'interview de Dorothy fut précédée d'un petit film bien monté rappelant les différentes étapes de *He is Alive !* On apercevait Kaythrone lors d'un entretien où il annonçait le concept de l'émission. Des extraits du casting, notamment celui de Dorothy où elle expliquait sans ciller que sa mère était la Déesse. Ces milliers de personnes qui s'étaient amassées aux alentours du hangar à Coney Island. Les derviches tourneurs, les agités, les convulsés, les hystériques, et ces processions de malades, d'estropiés, de pauvres âmes espérant encore, et même moi, un court moment, animal beuglant, dansant et enivré. Puis cette horrible explosion. Le film s'arrêtait là. On n'apercevait pas Dorothy lors de sa tournée américaine. Nous savions que nous aurions à nous expliquer sur l'hostilité rencontrée dans certaines universités et nous étions bien préparés. Trop malin, Jimmy évita ces questions évidentes. Il venait de reprendre en main cette émission mythique qui pesait sur ses épaules comme un globe de plomb sur celles d'Atlas. Jimmy voulait son coup d'éclat.

Il prit un air grave, lui qui tenait à ce qu'on le trouve drôle à crever et laissa un instant de silence long comme un couvercle suivre les images de l'explosion du hangar. Dorothy fit une petite moue désolée, elle avait un minois de grenouille, ses taches de rousseur se dispersaient autour de son regard vert en attente.

— Dorothy, vous vous êtes sortie de cette explosion.

— Comme vous voyez.

— Je vois, oui.

Jimmy servit un verre d'eau à son invitée, geste peu banal, comme si elle allait en avoir besoin. Son brushing impeccable était couronné par le décor en fond de plateau présentant un New York de carton-pâte. Les premiers immeubles étant couleur sable tandis que ceux se situant en second plan étaient teintés d'un violet sombre.

— Dites-moi, reprit Jimmy, vous avez perdu pas mal de personnes dans cette histoire. Je veux dire, ne serait-ce que Martin Schnapper. Vous étiez assez proche de lui.

Dorothy resta silencieuse. J'ai toujours su qu'elle était d'une intelligence exceptionnelle même si le peu d'éducation qu'elle avait reçu ne lui permettait pas de l'exprimer comme il aurait fallu. Cette intelligence se manifesta dans son regard et la détresse qu'on pouvait y lire. Elle venait de comprendre. Il était trop tard. Elle s'est un peu agitée sur sa chaise, a regardé vers les loges où nous nous trouvions. Nous n'avions pas encore compris. Dorothy s'est cramponnée à son fauteuil et à son verre d'eau qu'elle but d'un trait.

— Vous en avez voulu à Balt Boller ? Je rappelle pour nos téléspectateurs qui auraient hiberné durant l'hiver que c'est ce fou meurtrier qui s'est fait exploser avec son camion contre le hangar dans lequel se déroulait *He is Alive !*

Cette question parut rassurer Dorothy. On la lui avait posée plusieurs fois déjà. Était-elle capable de pardonner même à Boller ? Franchement, il n'était pas dur de savoir ce que Jésus aurait répondu.

— Ce que Balt Boller a fait est horrible, Jimmy. Je crois qu'on sait aujourd'hui que ce type souffrait beaucoup. Tout le monde mérite le pardon, même lui.

— Vous êtes pleine de compassion, c'est bien. Vous n'avez pourtant pas eu l'air très affectée par la disparition des autres concurrents de l'émission.

— Pourquoi vous dites ça ?

— Regardez ces images, assena Jimmy tandis que des photographies défilaient à l'écran qui montraient ma Déesse quelques jours après le drame. Vous êtes tout sourire, vous vous esclaffez même lors de votre première conférence à l'université Columbia. Pas un mot pour tous ces morts.

— C'est que je répondais aux questions qu'on me posait… Ça ne signifie pas que je n'ai pas pensé très fort à eux.

— Oui, très fort, Dorothy. Au point de ne pas même vous déplacer à leurs obsèques. Vous étiez trop occupée, je suppose… à conquérir le monde. C'est vrai que le boulot de Messie, c'est pas à temps partiel.

Jimmy lui resservit un peu d'eau.

— Vous savez, les gens se sont beaucoup interrogés sur les réseaux sociaux sur votre légitimité. Après tout, les règles stipulaient qu'il fallait être choisie par le public. Ce qui n'était pas du tout votre cas. Vous étiez loin derrière Mahoan et Joe Fisher d'après les chiffres que…

— Oui, j'ai lu ça mais j'y ai répondu sur Twitter : les voies de Dieu sont impénétrables. Ceux qui n'ont pas compris, je peux leur redire autrement.

— C'est ça Dorothy, comment le diriez-vous à nos téléspectateurs ?

C'était un bon point car nous avions préparé cette réponse à la virgule près. Dorothy l'avait apprise par cœur.

— Je voudrais dire à tous mes concitoyens, à mes frères et mes sœurs des États-Unis et à tous ceux qui écouteront cet entretien que les voies que le destin choisit pour consacrer un berger, et en l'occurrence une bergère, sont vastes et sinueuses. La main de la Mère a toujours agi dans l'histoire des hommes, parfois de façon brutale. Je suis le produit de sa volonté, ici parmi vous, Jimmy. Vous voudriez me crucifier ?

Les maxillaires de monsieur Fallon se contractèrent, il sourit en levant les mains, un sourire en coin à la caméra d'un air de dire : « Ouh là, doucement ma petite demoiselle », comme le font parfois les hommes pour disqualifier une femme qu'ils jettent en pâture au procès de l'hystérie.

— La main de Dieu… vous voulez dire celle de ce cinglé de Boller ?

— C'est ce qui s'est passé, oui, vous l'avez vu Jimmy, tout le monde a vu ce qui s'était passé.

— Oui, Dorothy. En même temps *cui prodest* ?

De nouveau, elle se retourna vers nous. Cela se voyait à la caméra.

— Quoi ?

— Ah, ah, pardon. C'est du latin. Je veux dire : à qui profite le crime ? Vous sortez de cette boucherie et la première chose que vous proclamez, ou que la production proclame pour vous, c'est que le monde a un nouveau Messie.

— Il y a tant de choses à faire, Jimmy.

— Oui, ça nous le savons tous. Nous vivons dans le même monde, n'est-ce pas ? Moi, ce qui me préoccupe le plus c'est… je peux vous parler franchement, Dorothy ?

Elle acquiesça comme on plie l'échine.

— Je trouve que vous avez formidablement manqué de compassion. Je veux dire, ces poupées de vous...

Et Jimmy Fallon montra l'un de ces personnages en caoutchouc à l'effigie de ma Déesse que Clubber avait fait faire.

— J'ai promis à votre agent que je montrerais à l'écran ces jouets « pour les 7 à 77 ans », ricana le présentateur soutenu par le rire du public.

Dorothy voulut rétorquer mais il l'interrompit brutalement. Il fallait à présent que Jimmy affecte d'être en colère.

— Non, Dorothy, je veux bien montrer ces poupées à notre public pour votre petite épicerie mais c'est un drame national que nous avons vécu et vous êtes sortie de là comme une fleur. Vous vous souciez des autres ? Comment croire ça quand vous ne vous êtes même pas déplacée aux funérailles de ces « si chers et tendres amis » ?

C'était la vérité. Aucun d'entre nous n'était allé à ces funérailles collectives. Clubber avait fait envoyer une couronne et s'était fait représenter par un membre anonyme de la production de l'émission. Il craignait plus que tout, dans le climat volcanique qui avait suivi cet attentat, d'être pris à partie par les familles ou, pire encore, que Dorothy le soit, et ça devant les caméras. Et comme notre producteur conçut très vite qu'elle devait être le nouveau Messie, faute de combattants, elle devait être protégée au maximum. Est-ce que Jésus se rendrait à un enterrement ? Est-ce qu'il s'habillerait en noir, verserait une larme ? Après tout, pour le Messie, ces gens n'étaient pas vraiment morts, ils devaient être au paradis ou quelque chose de ce genre. Il fallait dire le moins de choses possible là-dessus, avait décidé Clubber, c'était trop scabreux.

— Leur disparition m'a beaucoup affectée, Jimmy, je les porte dans mon cœur. Ils sont là.

— Très affectée… hum hum. Et pour les vivants ?

— Quoi, les vivants ?

— Tout le monde n'est pas mort dans cet attentat, Dorothy. Certains pèlerins devant le hangar ont été brûlés, des vigiles… et puis surtout Scott, votre ami Scott Grey.

Ma Déesse se décomposa, elle chuchota le prénom de celui qui avait été le lieutenant de Mahoan.

— Vous n'avez pas déjà oublié Scott ?

— Je me souviens très bien de Scott.

— J'espère bien, parce que vous avez eu des rapports assez intimes avec lui lors des premiers jours de l'émission. Il faut dire qu'il était beau garçon, Scott. Il a beaucoup changé depuis l'attentat. Beaucoup.

Les yeux de Dorothy s'emplirent de larmes. Elle le savait pourtant qu'un Messie ne pleure pas.

— Ça, vous ne pouvez pas le savoir puisque vous ne l'avez pas revu, n'est-ce pas, depuis ce jour horrible. Je me trompe ? Seriez-vous allée le voir à l'hôpital pour le soulager de ses peines comme l'aurait fait n'importe quelle personne ayant un cœur ?

Elle pleurait à présent et ne pouvait plus rien répondre. Elle fit bien de ne pas mentir car un écran noir s'alluma brusquement, montrant une chambre d'hôpital filmée en direct. Il y avait là le pauvre Scott amaigri. L'ombre de lui-même. Son bras droit avait été arraché par l'explosion et une partie de son visage emportée. Le spectacle était presque insoutenable. Il était en colère et il avait raison. Aucun d'entre nous n'était venu le voir. Sa vie était foutue à cause de toutes ces conneries, affirmait-il. Il demandait que Dorothy le regarde bien en face et lui dise si, d'après elle, elle était vraiment la Messie dont le cœur était empli d'un amour si immense qu'on ne pouvait le dire.

— Mon Dieu, pourquoi m'as-tu abandonné ? hurlait Scott dans une scène qui allait devenir un moment d'anthologie de la télévision américaine.

Dorothy resta prostrée un moment, puis demanda à ce qu'on veuille bien l'excuser. Elle quitta la lumière du projecteur en larmes.

— Pourquoi vous m'avez tous laissée tomber ?

C'en était fini.

Chapitre 21

La boutique avait des allures de caverne d'un Ali Baba des années 80 : vieilles consoles de jeu Atari 2600, Furby, figurines des Chevaliers du Zodiaque, Tamagochis, parasol de l'Incroyable Hulk version Lou Ferrigno, boîte *vintage* de Monopoly, un seau de pâte à modeler Play-Doh encore sous blister…

La boutique se trouvait à Ashland, une petite ville du sud de l'Oregon. C'est Walter qui avait tenu à ce que nous fassions une halte ici. Walter, entre autres bizarreries, collectionnait les magnets ayant trait au monde de la bande dessinée. Il préférait les héros de la ligne claire belge : Blake et Mortimer et même les Schtroumpfs qu'ici on appelle les Smurfs. Et c'est vrai que cette boutique avait une belle collection de magnets disposés sur une immense plaque métallique : Mohamed Ali, Spider-Man, l'oncle Sam, le Gigaman… pas grand-chose côté bande dessinée belge. Walter avait notamment une singulière passion pour Tintin. Il regardait ces alignements de petites pièces magnétiques avec méticulosité comme s'il risquait d'en rater une et n'a rien trouvé pourtant. Impassible, il avait toujours ce regard qui oscillait entre la fatigue et la menace.

Je jetai un coup d'œil panoramique aux 80 mètres carrés dévolus à cette nostalgie bon enfant : affiche du film *Cobra* avec Sylvester Stallone, jeu de société des *Goonies*, porte-clés de Michael Jackson, buffet en formica vert amande, une boîte tirage limité de spirographe *Star Wars* ou encore un View-Master doré spécial *Bernard et Bianca*. Ce qui était frappant dans cette boutique, c'est que les objets d'un passé si récent soient sujets à ce type d'adoration. Avant, on prenait son temps pour installer le quotidien au rang de la dignité que confère la nostalgie. Là, il y avait une accélération de la célébration du passé, comme si nous prenions le risque de laisser le présent même être bientôt contaminé par ce virus de la nostalgie. La *nowstalgie*. Le passé nous rattrapait, il était sur nos pas.

Clubber était talonné par quelque chose, lui aussi. Il serrait contre sa poitrine la version *black* du Big Jim. Qu'avait-il imaginé en jouant, enfant, avec Big Jack dans le recoin d'une chambre trop étroite dans l'atmosphère angoissante d'une maison où résonnaient les cris des parents ? Pensait-il qu'un jour, lui aussi aurait un corps de dieu grec comme Big Jack, qu'il ferait le bien et punirait les méchants ? Pressentait-il, le petit Clubber, que la nature l'affublerait de ce corps pas si disgracieux mais trop large en tout point, épaules et mains, maxillaires et boîte crânienne ? Et que faire lorsque la loi des gènes ayant exercé son empire vous dépose à la maturité dans ce corps qui évoque si peu les héros de votre enfance ?

Clubber tenait son gugusse en plastique comme si ça avait été une authentique relique et il sanglotait comme un bébé. Merde, Big Jack pouvait rappeler quelques bons souvenirs mais pas à ce point-là quand même. Était-ce parce que les tee-shirts de Dorothy ne se vendaient pas bien ? Était-ce parce que depuis cette maudite émission de Jimmy Fallon, rien ne se vendait plus, pas même les tours de magie de la Déesse ? Si, aurait ajouté Clubber, un truc se vendait bien malgré tout, c'était le vagin en latex de Dorothy. Seulement c'était un produit pirate et on ne touchait pas un rond là-dessus. Il était question de faire un procès, mais quoi, attaquer devant la loi d'improbables Chinois ? Et devant quel tribunal ? Il s'était tant vendu de ces vagins qu'on pouvait estimer qu'à chaque instant une dizaine d'hommes de par le monde besognaient la jeune fille du Colorado. Ce n'était pas non plus parce que les indices que Clubber relevait chaque jour pour évaluer la popularité de Dorothy étaient en berne… C'était autre chose. À un moment, le propriétaire du magasin, un vieil homme voûté, penchant peut-être sous le poids d'une paire de lunettes dont les verres étaient d'une épaisseur spectaculaire, demanda à Clubber s'il avait besoin d'aide. D'une quelconque façon, a-t-il précisé avec délicatesse. Notre producteur qui n'arrivait pas à se calmer fit un geste pour demander qu'on lui foute la paix. Il a quand même bien voulu du mouchoir que lui tendit le gentil bigleux.

— Bon sang, j'ai l'air d'une vraie gonzesse à pleurer comme ça, pas vrai ?

Personne n'a répondu, même Walter était solidaire. Il posa sa main d'égorgeur sur l'épaule de Clubber. Sans doute Dorothy aurait-elle su mais elle avait préféré rester dans la voiture. Ça ne l'intéressait pas « nos trucs de mômes ». Il est vrai que son âge ne lui permettait pas de faire la différence exacte entre une figurine de 70 centimètres de Goldorak et un vieux vide-poche Art déco.

Dorothy avait reçu un coup de fil le matin même. C'était quatre mois après le calamiteux *Tonight Show*. Nous longions l'Emigrant Lake, un gigantesque espace nautique encadré par des montagnes élimées par le temps. Notre équipée était bien solitaire et nous avions des problèmes logistiques considérables. La tournée messianique commençait sérieusement à devenir pathétique. Nous étions seuls et nos réserves s'amenuisaient. Il n'y avait pas tant de gens que cela qui avaient le numéro personnel de la jeune fille du Colorado. J'ai pensé que ça pouvait être Kaythrone et je me suis mis à écouter du mieux que je pouvais les bribes de conversation. Je crois bien que Clubber et Walter firent de même. Le bruit du moteur et le son de la radio diffusant des vieux tubes de Billy Munro rendirent cet espionnage un peu compliqué. À vrai dire, Dorothy, sans doute parce qu'elle entendait mal son interlocuteur, parla assez fort pour que nous comprenions ce qu'elle était en train de dire.

À la façon dont elle a répondu, j'ai compris tout de suite qu'il ne s'agissait pas de Kaythrone.

— Oui ? C'est moi. Je vais bien merci. Vous êtes qui ? Ah oui. Je sais pas, il faudrait que j'en parle à mon équipe avant. Y aurait qui d'autre ? Ah, je les connais pas. Ah si lui, eh il est super beau gars, non ? Là, ça tombe bien parce que…

Je voyais dans le rétroviseur les sourcils de Clubber se froncer.

— Bon ben, d'accord, je vous embrasse…

Et Dorothy gloussa en raccrochant.

Comme nous la regardions tous, elle se mit à scruter le paysage en souriant et en se mordant la lèvre inférieure comme elle aimait le faire. La lumière du soleil qui traversait par intermittence les branches des arbres que nous croisions à toute allure cinglait son visage épanoui.

— Devinez quoi, les gars ? a-t-elle fini par nous lâcher triomphale, c'était les gens de *Stars Earn Stripes*. Et… ils me proposent de faire la prochaine saison ! Ça commencerait en juin prochain. Ça tombe hyper bien non ? Les affaires reprennent !

Puis elle est partie d'un rire enfantin. Un rire qui ne comprend rien. Un rire amoral. *Stars Earn Stripes*, c'était une émission de téléréalité où des « stars », aidées par un militaire professionnel, devaient réaliser des missions très physiques. Quelque chose était atteint dans l'âme de Clubber. Ses joues tremblaient.

En le voyant serrer son Big Jack dans ce magasin, je comprenais tous les efforts qu'il avait déjà faits dans la voiture pour ne pas pleurer. Avant cela, je ne le croyais motivé que par son appétit mercantile. Un refuge intime s'était effondré en lui lorsque la petite s'était déclarée prête à reprendre du service. Il devait repenser à son père qui avait dû lui dire de toujours bien se comporter dans la vie, de ne pas se laisser marcher sur les pieds mais de rester correct. Ce père dont les paroles l'accompagnaient comme un sacrement. Et le voilà avec cette bécasse sur le siège arrière de sa voiture. Un monstre qu'il avait contribué à fabriquer. Peut-être que la seule trace qu'il laisserait dans ce monde serait cette marque indélébile sur l'honneur de son nom. Celui qu'il tenait de son père.

Dans cette voiture qui traversait tranquillement l'Oregon, j'avais vu quelque chose se gangrener dans le regard de Clubber. Dans un autre monde, il s'était mis à sangloter en bavant, il s'était arraché les cheveux en hurlant qu'il n'avait pas pu se tromper à ce point sur Dorothy, que tout cela ne pouvait pas se terminer en une farce aussi sinistre. Voilà tout ce à quoi aspirait cette petite pute à qui on avait tout donné ? Refaire de la téléréalité ? Et combien son vieux pote le pasteur Kaythrone lui manquait et combien il s'effondrait là et ne se relèverait jamais, autant appeler la maison des cinglés, qu'on vienne le chercher, direct, toutes sirènes dehors. Il n'en sortirait pas de la baraque des maboules et il raconterait à l'infini comme on est bien malheureux quand on a espéré aussi bêtement. Mais dans ce monde-là, Clubber ne fit rien de plus qu'avoir les larmes aux yeux.

Serrant ce Big Jack, il s'affaissa sous le poids de l'évidence que toutes les promesses finissent par être trahies, toujours. Dans la voiture, il songeait au choix qu'il avait à faire, et rendu à ce magasin d'Ashland, il avait pris sa décision.

Lorsque ce fut fait, remontant dans notre véhicule, il se mit à nous parler à tous avec beaucoup de tendresse. Comme un type qui va crever et fait ses adieux à tous ses vieux potes dans son lit d'hôpital, les uns après les autres. La décision est comme un point culminant : avant la colère, après la tristesse. Il a tenu à nous inviter dans un « restaurant gastronomique » qui n'était pas beaucoup plus qu'une table honorable. Le cadre, cependant, vous enrobait dans un cocon d'intimité bourgeoise. À part ça, la carte des vins, assez garnie, proposait des crus californiens, chiliens et même français et les plats à la carte faisaient la part belle à la cuisine européenne. Notre bon Clubber ne toucha presque pas son assiette, un *osso buco façon madame*, était-il écrit en français sur le menu. Il voulait nous parler au moment du dessert mais ne dit pas un mot. Puis au moment du café, pas plus. On a dû attendre d'être arrivés à la voiture pour qu'il se mette à table. Il savait bien que c'était une sale affaire. De nouveau, ses lèvres charnues se mirent à trembler. Fallait-il donc qu'on fasse cela sur un parking dans le Montana ?

— Je vais garder la Buick, il a fait.

Puis il a désigné un motel de l'autre côté de la route nationale. Un ensemble de petites maisons en tôle jaune et verte, accolées autour d'une sorte d'agora et d'un bassin pour poissons morts.

— J'ai réservé pour trois nuits. Une chambre pour deux, a-t-il ajouté.

Puis il me tendit une enveloppe dans laquelle il y avait 3 000 dollars.

— C'est tout ce que je peux faire. Cette histoire m'a asséché. J'y ai foutu tout l'héritage de mon oncle, putain. Presque tout. Alors Jeff, la caisse, je la garde.

La Messie regarda la scène incrédule. Elle ne comprenait pas encore tout à fait.

— Tu vas où, Clubber ? Pourquoi on doit attendre trois jours ici ? demanda-t-elle inquiète.

— J'arrête, ma chérie.

Et il l'embrassa tendrement sur le front.

— T'es une super gamine mais on perd tous notre temps et pas mal de notre argent. Adieu, ma belle. Et toi, Jeff, je te fais confiance. T'as intérêt à veiller sur elle sinon je reviens illico pour te botter les fesses.

Walter de son côté approuva du chef, il adressa un sourire gêné à Dorothy et tourna les talons. Walter suivait Clubber, c'était lui qui le payait. Point. Ils allaient partir tous les deux. Retour à New York sans doute, pour d'autres aventures. À ce moment-là, la petite rousse fit un truc dingue. Après un moment de stupeur et avoir susurré : « Vous me laissez toute seule ? », elle se mit à cavaler derrière eux. Et moi aussi du coup, en serrant bien fort l'enveloppe de fric qu'on venait de me donner, comme en pleine mer je l'aurais fait d'une bouée. Elle parlait surtout à Walter aux pieds duquel elle se jeta comme une esclave. Tout en s'accrochant à son pantalon, elle haletait :

— Ne me laisse pas toute seule, je t'en supplie. Il ne saura pas me protéger, reste avec nous, Walt ! Jeff ne pourra pas !

Elle pleurait. Clubber aussi, sans doute, caché dans l'habitacle de la voiture. La scène fut brève, et c'est comme si on m'avait retiré ce qu'il y avait de solide en moi. Je devins un mollusque, pour toujours. Le petit homme trapu fit une pause sur le parking. Il paraissait avoir des remords et revint vers moi d'un pas rapide, laissant Dorothy comme une poupée sur le bitume. J'ai cru qu'il voulait me serrer la main ou me prendre dans ses bras. Non. Il m'a juste tendu un flingue. Ça pourrait servir, il m'a dit, avec toutes ces histoires qu'il y a eues autour de *He is Alive !* et ils ont disparu dans la Buick. Les points rouges des phares sont restés suspendus le long de la route qui les éloignait de nous pour toujours. Je tenais dans ma main droite un Walther P38 datant de Mathusalem, de l'autre, une enveloppe pleine de billets.

Dorothy fut inconsolable. C'était une autre jeune femme. Une petite bécasse du Colorado sans estomac, ai-je bêtement pensé. Ce qui faisait ordinairement d'elle une impératrice était donc le regard dont les autres la couvaient, et mon regard à moi tout seul ne suffisait pas à ce qu'elle se tienne haut dans le monde. Venu de nulle part, un son grave et mélancolique s'est fait entendre. On aurait dit celui d'un orgue au fond d'une cathédrale fantôme. Mais il n'y avait pas le moindre temple à l'horizon, pas même un autel. J'ai relevé le visage. Il n'y avait que le ciel et j'ai senti une pluie tiède que n'avait annoncée aucun nuage. Cette eau ce n'était pas de la pluie en réalité, je l'ai compris lorsqu'elle a coulé sur mes lèvres. Elle était plus salée que celle d'un océan. Comme je regardais mes paumes se remplir du liquide, Dorothy me dit que c'étaient des larmes, celles de sa mère : « Lorsque je pleure, elle pleure aussi. »

Alors je l'ai portée dans mes bras jusqu'à notre chambre. Ça avait l'air propre. Un lit, une table de chevet, un petit écran plat et au bout une salle de bain tout aussi dépouillée et fonctionnelle.

Une fois posé ma Dorothy sur le matelas, je l'ai observée. Tout portait à croire que sa dignité et son éclat naturel avaient disparu. J'étais dévasté. J'ai entendu ses sanglots toute la nuit, elle appelait sa mère. À un moment, nous avons fait l'amour pour tenter de chasser notre désespoir. Et ce désespoir, nous ne pouvions le partager l'un avec l'autre, car il tirait sa source d'une eau bien différente pour elle et moi.

Nous avions été une armée et les lumières insensées avaient jailli. Comme jamais. Je les avais vues, ces flammes fabuleuses. Je les avais entendues, ces voix, ces chuchotements. Je le jure. Elle avait jailli, la fontaine aux quatre sources. Et des millions d'hommes et de femmes auraient pu se serrer les uns contre les autres. Et nous nous serions réconciliés. Et nous aurions oublié comme un mauvais rêve toutes ces années, ces milliers d'années, ces membres arrachés, ces vies gâchées, ces os gonflés par les métastases, on aurait ri d'un grand éclat qui vous lave à jet d'eau claire. Pourquoi ce que nous attendions tous ne pouvait-il advenir ? Comme une lumière qui nous fait voir. Nous avions été une armée. Et nous étions à présent tout seuls. Là, 145 Siskiyou Boulevard.

Nous voyez-vous ? Là, ces petites cabanes tout enroulées autour de cette cour. Nous sommes ici dans la chambre 211. Envoyez-nous des secours.

S'il vous plaît.

Évangile selon Clubber, 7 : 3-12

Nous fûmes peu nombreux à avoir la grâce d'approcher notre Messie Dorothy Olsen. Longue fut la route sur les chemins arides de la grande Amérique et nombreux furent les obstacles. Et notre Messie avait dit : « Vous douterez de moi et serez emportés par vos ruminations. » Et nous n'avions pas compris. Et nous doutâmes mille fois de notre Seigneur faite jeune fille. Et sur la route, tenaillés par la faim et les insuccès, nous ouvrîmes nos cœurs aux démons qui les prirent en retour. Et c'est en la ville d'Ashland au sud de l'État de l'Oregon que Satan en personne s'est emparé de moi et il a pris mon cœur et mon esprit. Alors j'ai entendu ma bouche rejeter notre Messie, alors j'ai senti mon cœur qui lui fermait la porte mais c'est à moi en vérité que je fermais la porte du paradis. Et comme l'avaient annoncé les Écritures, une pluie de grands malheurs s'abattit sur moi et les miens et je ne pouvais blâmer personne d'autre que moi-même. Les terres noircirent et ne donnèrent plus, l'eau pris un goût âcre et inspirait le dégoût. Ceux qui tournèrent le dos au Messie connurent la maladie et le chômage, la déflation et la méfiance envers toutes les autorités. Et lorsque j'eus consommé la liqueur amère de mes erreurs, il n'y avait plus personne vers qui me retourner. J'ai cherché aux quatre coins des continents. Pas un n'avait aperçu la Déesse, pas un même ne se souvenait d'elle. Elle avait plus que disparu. Elle avait choisi de se retirer de nos vies comme si elle n'y avait jamais pris part.

Chapitre 22

On ne peut pas lutter contre l'entropie. Se débattre, oui. Il y a tout de même cette histoire de sable mouvant qu'on me racontait lorsque j'étais môme : si tu t'y enlises, surtout ne te débats pas, tu t'enfoncerais plus vite encore. Alors que fallait-il faire ? Les adultes ne répondaient pas à cette question, ils savaient juste ce qu'il ne fallait pas faire.

Lorsque l'attention des autres se retire, il est difficile de la faire revenir autrement qu'en se ridiculisant ou en sombrant dans l'outrance. C'est comme ça que survivent sur Internet ceux que les médias conventionnels ont chassés. Ils se débattent dans le sable mouvant. Outrance et ridicule. Dorothy et moi avons opté pour les deux tout à la fois. Dès lors que Clubber et Walter nous eurent abandonnés sur ce parking du Montana et que nous ne pouvions plus compter non plus sur le réseau de l'Église du jour nouveau, nous n'avions guère d'alternative pour survivre. Au moment où nous avons commencé à être à court de tout, nous étions dans le

Midwest, étouffés par la chaleur de l'été et affligés par des paysages agricoles et plats. Nous avions épuisé les derniers billets de 20 dollars que notre ancien producteur nous avait laissés. Nous n'avions pourtant pas été dépensiers. J'avais consacré toute mon énergie à convaincre des journalistes de continuer à s'intéresser à la petite Messie du Colorado. En vain. Et Dorothy m'avait regardé faire. J'avais obtenu de Clubber une rallonge de 500 dollars au début du mois de juin par Western Union. Un peu avant cette déroute, nous cherchions encore un second souffle dans le Montana. En réalité, nous regardions la télévision presque toute la journée, nous guettions le moindre signe d'intérêt pour Dorothy sur Internet. Ils étaient rares. J'avais commencé par lui écrire des prêches et on postait ça sur YouTube. Au début, ils étaient encore pas mal regardés, puis peu à peu nous avons été dépassés, et de loin, par des chats très mignons, des chiens forniquant et tout un cortège de choses plus intéressantes que les discours ânonnés par Dorothy et mal écrits par moi. Surtout des chats, par centaines, par milliers. Bientôt les tweets de Dorothy ne furent plus repris sauf lorsque nous insérions des hashtags osés : #nudité #corps #fairelamour ; voire carrément putassiers : #baise #dorothymontretout.

Est-ce que nous avons fini par poster des photos de Dorothy nue ? Oui. Est-ce que ça a marché ? Oui aussi, mais c'est incroyable comme les choses se dévalorisent vite sur ce marché de l'attention. Bientôt, personne n'en a plus rien eu à foutre du corps magnifique de Dorothy.

La petite rousse était même prête à publier une *sextape*. Nous l'avons même tournée. La lumière était trop crue, on voyait trop mes fesses et pas assez celles de Dorothy. Il y aurait sans doute eu des clients, ceux qui aiment la blancheur et la disgrâce furtive du réel. J'ai pensé à Kaythrone, à Corbin aussi… J'ai effacé ce film avant d'être tenté.

De quoi vivions-nous ? De l'argent de Clubber dans un premier temps. Puis nous avons continué à traîner de petite ville en petite ville à gratter comme on pouvait quelques dollars de mendicité miraculeuse. Je me souviens du comté de Jackson, de Klamath, des villes d'Omaha et de Lincoln, de Topeka et de Wichita et de petits trous dans la banlieue de Dodge City sur la route de transhumance des anciens cowboys demeurés là pour des motifs plus touristiques que commerciaux. Il y avait ce bronze d'un bovin à la taille d'éléphant et aux gigantesques cornes, des hangars mangés par la rouille qui, jadis, furent des abattoirs prospères, et ailleurs, cette impasse miséreuse magnifiée pour un instant par un rayon de soleil. Puis tous ces visages, semblables presque, malheureux, sûrement. Et de moins en moins nombreux, qui n'attendaient plus grand-chose de Dorothy, qui repartaient quand même déçus. Dans le meilleur des cas, nous obtenions un article dans le canard local et une autorisation de la mairie qui nous prêtait une salle municipale. Le plus souvent, nous n'avions ni l'un ni l'autre, alors nous avons acheté une table de camping et Dorothy se mettait là à faire un petit sermon et on faisait la quête. Une fois sur deux ces déplacements nous coûtaient plus cher en essence qu'ils ne rapportaient. Parfois aussi le shérif du comté nous conseillait de ne même pas essayer de nous installer parce qu'il risquait de nous déloger sans ménagement.

Quand nous avons englouti les 500 dollars de bonus, j'ai retenté le coup avec Clubber. Il avait changé de numéro de téléphone.

À ce moment-là, nous n'existions plus du tout et Dorothy se montrait incapable du moindre miracle.

Un *clash* entre rappeurs, un lama prenant le tramway tout seul, un homme tentant de se faire avaler vivant par un boa… tout suscitait plus d'intérêt que n'importe laquelle des déclarations de Dorothy. Nous étions rôtis. Parfois, je soutenais ma Déesse, souvent c'était elle. Elle me soufflait : « Tu ne perds pas la foi, n'est-ce pas ? N'est-ce pas, grand nigaud ? » Et un jour que je répondis mollement, elle me chuchota tendrement à l'oreille : « Tu sais quoi. Tu as besoin d'être un peu remonté. Notre histoire, ce peut être toute l'histoire du monde. Tu piges pas, n'est-ce pas, monsieur le professeur. Tu sais que tout dépend de toi ? Sais-tu que tu es le monde entier ? Regarde, on va prendre cette route-là, puis cette autre et je te dirai. Là-bas, nous trouverons un palais pour nous deux, tu verras. Ce sera un petit réconfort. » J'ai dit oui.

En juin 2014, nous avons atterri, suivant les intuitions de Dorothy, dans la petite ville de Creston, à peine 7 000 âmes, son minuscule musée installé dans un ancien wagon peint en rouge, ses éoliennes sur le flanc des monticules verdoyants, son clocher blanc, aveuglant, et toutes ses couleurs irradiant d'un autre âge. Il nous restait une cinquantaine de dollars en poche, la chambre du motel payée. Nous étions assis sous un abribus, ma petite rousse et moi, à discuter de ce que nous allions faire de nos derniers billets. Nous pouvions nous contenter d'hamburgers pourris à un dol l'unité, mais Dorothy ne transigerait pas sur le Lavomatic. Ses habits sentaient « la chèvre » d'après elle. Heureusement, nous étions en été et nous pouvions nous en tenir au minimum vestimentaire. Peut-être pourrions-nous revendre le tas de tôle que nous avions acheté d'occasion chez Motorlegend. Qu'est-ce qu'on pourrait bien en tirer ? Et après ça, comment se déplacerait-on ? Si on gardait la voiture, ça nous épargnerait les frais d'hébergement. Dorothy n'aimait pas trop l'idée. D'après elle, avec les chaleurs à claquer qu'il faisait dans le coin, autant dormir dans un sauna et puis, pour la baise, c'était trop chiant. « Et à part la baise, mon Jeff, il nous reste pas grand-chose. » Bref, elle a réussi à me convaincre de dépenser la moitié de notre pécule le soir même dans une sorte de boîte de nuit. Elle avait envie de s'amuser. On verrait demain pour le reste. « Emmène-moi danser, mon amour. »

Je trouvais aberrant qu'elle puisse passer de cette demande raisonnable de Lavomatic à celle d'aller claquer le peu qu'il nous restait dans un bouge à siroter un mojito, et sans doute pas deux. Elle n'avait pas vingt-cinq ans. Nous irions donc brûler la vie, le peu qu'il nous restait, le soir même.

Contrairement à toute attente, ce fut une de nos plus belles soirées d'errance. D'abord, Dorothy était tout de même sublime et avait tenu à revêtir pour l'occasion sa jolie robe noire achetée pour le *Tonight Show*. Je trouvais touchant qu'elle s'apprête de cette façon. En même temps je me disais, merde, ce n'est qu'une pauvre gosse. J'étais en train de traverser les États-Unis avec une jeune paumée, je l'empêchais de vivre, elle m'empêchait de survivre. Je l'aimais si tendrement que l'idée que notre balade s'interrompe me paraissait être la chose la plus triste qu'on pût imaginer. Nous nous tenions la main comme des adolescents en entrant dans *Le Palace*. Il s'agissait en fait d'un sous-sol aménagé en bar plutôt qu'en discothèque. Il y avait malgré tout une minuscule piste de danse parsemée de dalles lumineuses. Le lieu n'était pas désert, il y avait là quelques joyeuses équipes de jeunes autochtones qui contribuèrent beaucoup à la bonne ambiance de la soirée. Je n'avais pas bu d'alcool depuis longtemps et mon whisky me fit un sacré effet. À demi ivre, je commençais à trouver tout cela très drôle. Après tout, c'était une vraie aventure, la seule de ma vie. De quoi me plaignais-je ? J'avais une chance incroyable. Je pouvais embrasser cette beauté à pleine bouche. Ce que je fis à la seconde même où l'idée me vint. Dorothy rit. Nous étions bien. Et j'ai esquissé quelques pas de danse assez gênants et assez drôles aussi. Pour le reste, les murs étaient tapissés d'un lambris en sapin et ornés de panneaux lumineux à la gloire de telle marque de bière ou de bourbon. Le lieu n'était fréquentable que parce que les lumières étaient très tamisées, au grand jour, tout cela devait être assez dégueulasse.

Nous avons tout remis à plat ce soir-là. On devait en finir avec ces prêches publics qui ne nous rapportaient rien. Ce qu'il fallait, c'était reprendre l'écriture de la biographie de Dorothy. Voilà. Ça se vendrait à coup sûr et la remettrait sur le devant de la scène. Le lendemain elle me raconterait des choses que je ne savais pas encore sur elle. Je prendrais des notes, je mettrais en forme. Cela ferait un bouquin incroyable. Pour le moment ma petite fée voulait danser. Elle était de ces êtres qui passent de l'idée au geste avec aisance. Occuper l'espace avec ambition et délicatesse. Ceux qui savent par le corps savent bien. Dorothy était de ceux-là. Je ne me serais jamais lassé de la voir évoluer dans le monde.

Au milieu de la nuit, Dorothy et moi avons pris un peu de repos sur un long canapé noir et blanc qui imitait les touches du clavier d'un piano. Nous étions moites tous les deux. Cela ne nous a pas empêchés de nous caresser tout en faisant des signes amicaux à nos nouveaux amis de la piste de danse. Nous étions très excités et allions prendre la décision de rentrer dans notre chambre pour poursuivre la nuit lorsqu'un type d'une soixantaine d'années nous a demandé la permission de s'asseoir à notre table. Il tenait deux coupes de champagne dans la main. C'était pour nous. Il s'agissait du propriétaire des lieux. Sans être répugnant, il se dégageait tout de même quelque chose de lui qui ne faisait pas envie. De taille moyenne, légèrement prognathe, il portait une perruque, c'était peut-être ça. Il y avait aussi des lentilles qui donnaient à ses yeux une couleur difficilement identifiable dans cette demi-obscurité. Il se dégageait de ses pupilles une sorte de brume laiteuse. C'était donc un type qui tentait de s'arranger mais mal, pire que s'il n'avait rien fait. Ce n'est pas qu'il paraissait plus vieux, ni plus jeune, il avait juste l'air plus sale. Il n'empêche, ce bonhomme, qui s'appelait Terrence, était vraiment sympathique. Il nous demanda si nous nous amusions bien, voyait bien que nous n'étions pas du coin. Puis, tout de go il lâcha :

— Je peux vous poser une question idiote ? Vous ne seriez pas Dorothy Olsen ?

Ma petite rousse répondit d'un oui cristallin qui était comme un cri de joie.

— Ah, je me disais bien. Je me disais : Eux, Terrence, je crois bien que c'est Dorothy et Jeff, pas vrai ? Ben ça fait plaisir de voir des célébrités dans le coin. Vous aimez bien rigoler alors ?

Bien sûr que nous aimions bien rigoler.

Terrence garda le silence un moment et nous demanda en souriant :

— Et pourquoi vous reviendriez pas demain ?

— C'est que demain nous serons partis, j'ai répondu. Vous savez, Terrence, Dorothy n'a pas que des fans. Généralement on essaye de pas trop s'attarder. Attention, on a adoré cette soirée, et *Le Palace*, franchement, bravo mais…

— Si vous reveniez demain, ce serait chouette. J'aurais le temps d'avertir un peu aux alentours de votre présence. Je vous donnerais un petit dédommagement bien sûr.

J'ai senti la main vénale de Dorothy serrer la mienne. J'ai demandé à Terrence ce qu'il entendait par dédommagement.

Il a fait une petite moue et comme une virgule avec sa bouche, ça voulait dire qu'il fallait qu'il réfléchisse. D'un air décidé, il a sorti un stylo de sa poche et un carnet et a écrit quelque chose sur la première page. En regardant un peu autour de lui comme s'il allait trahir un secret il nous a tendu la feuille.

Il avait écrit zéro.

Je ne comprenais rien.

— Ça, il a fait, c'est ce que je vous ai payés aujourd'hui. Et je vous donnerai pas plus. Mais demain…

Et il se remit à écrire quelque chose sur le carnet, déchira la page et nous la tendit.

— C'est pas grand-chose, je peux pas plus.

Il y avait écrit cinq cents dollars.

Sans consulter ma princesse, j'ai dit :

— C'est ok, Terrence, on sera là demain. Ça inclut les boissons et les en-cas ?

— Vous pourrez boire tout ce que vous voulez et on fait des hot-dogs comme vous voyez.

— On peut avoir une avance ?

— Écoutez, Jeff, sans vous offenser, non, répondit-il en se grattant ses faux cheveux. Je vous donne le tout demain dans une enveloppe en liquide dès que vous arrivez, pas de souci. Autre chose, vous restez au moins jusqu'à 3 heures du mat'. Ça vous paraît correct ?

— C'est correct.

La journée du lendemain fut longue car nous n'avions pas même un dollar pour manger et nous avons dû attendre 22 heures, l'ouverture du *Palace*, pour nous goinfrer de sandwichs à la saucisse et au pain brioché. Terrence avait mis des affiches en ville et fait une annonce sur la radio locale. Il avait rondement mené sa petite affaire et il y avait plus de monde encore que la veille. Beaucoup étaient venus pour voir la fille de *He is Alive !* en personne. J'étais un peu tendu en début de soirée, le flingue avec moi, on ne sait jamais. Parmi tous ces péquenots, qui pouvait savoir s'il n'allait pas y avoir un Balt Boller ? La soirée s'est finalement déroulée au mieux. Les gens étaient collants mais ça allait. Certains s'intéressaient même à moi, comment j'allais, ma barbe commençait vraiment à être longue, j'étais plus grand qu'ils ne l'auraient cru, est-ce que je faisais des trucs magiques moi aussi ? Sympa, quoi. Nous sommes restés jusqu'à l'aube, très au-delà de notre engagement contractuel et nous avons bu un dernier verre avec Terrence qui était ravi lui aussi. Il ne restait plus que nous et une jeune femme qui s'était endormie sur une table.

— Hey Terrence, c'était vraiment bien ce soir.

— Sûr. Merci à vous deux, vous avez eu la bonne attitude.

— Et pourquoi on reviendrait pas tous les soirs, Terrence ? On a un bon arrangement, non ? Qu'est-ce que tu en dis, mon Jeff ? demanda Dorothy enthousiaste.

Je n'en pensais que du bien. Terrence, lui, avait l'air embarrassé.

— C'est que… Non, ça ferait trop. Une fois, ça va. Je sais pas, vous pourriez repasser dans six mois par exemple. Ça, ça serait bien. Le temps que les gens aient envie encore. Les gens se lassent vite par ici même s'ils ont pas grand-chose pour se divertir. Pas que par ici, d'ailleurs, c'est les gens en général qui sont comme ça. Par exemple, j'ai des nains catcheurs qui sont super mais je peux pas les faire venir plus qu'une fois l'an. Ça userait leur potentiel commercial, voyez ? Pourtant je peux vous dire que les gars, par ici, ils adorent, reprit Terrence en rigolant. Même qu'on peut leur mettre des billets dans leur « slip de boxe » – j'sais pas trop comment appeler ça. Les nains ? Ça les dérange pas du tout, au contraire. C'est en plus de leur cachet que je leur donne ici de toute façon. Gagnant-gagnant. Oui, revenez vers février de l'année prochaine par exemple.

Un peu déçus mais avec cinq cents dollars devant nous. Et nous avions une piste sérieuse pour subsister un peu mieux. Nous sommes passés dans toutes les villes de taille moyenne où on trouvait des établissements comme *Le Palace* et le plus souvent les patrons étaient intéressés. Watertown, un demi-litre de vodka, Mobridge, trois litres de mojito en deux jours. Yankton pareil. Sturgis pis que pendre. Sisseton le caniveau. Nous sombrions peu à peu dans l'alcool tandis que l'écriture de la biographie de Dorothy avançait. Tous les jours au milieu de l'après-midi lorsque nous émergions de notre nuit d'ivresse et lorsque nous trouvions un restaurateur assez généreux pour nous préparer un petit déjeuner tardif, alors nous

nous installions sérieusement et elle me racontait. J'enregistrais et tentais de tout retranscrire dans un langage compréhensible, avant que nous ne rejoignions quelque boîte de nuit où « ce soir la Déesse de la téléréalité sera parmi nous… DOROTHY OLSEN ! »

Dorothy avait affreusement manqué de tendresse étant enfant. Né dans une famille d'agriculteurs du Colorado, son père, qui avait dû s'occuper de cette merveilleuse petite fille tout seul, ne s'en était pas bien sorti. Il ne savait pas réconforter. Il ne connaissait pas le secret des baisers qui retirent la douleur, ni comment on chasse les cauchemars d'un souffle, ni aucun des mots qui emplissent le cœur d'une petite fille sans maman. Il parlait le langage des bêtes d'élevage, des poulets, des vaches. Il avait toujours été doux avec Dorothy, pourtant. N'ayant pas beaucoup de désirs, elle ne manqua de rien, mais comme personne ne la prenait jamais dans ses bras, elle manqua de tout. Son père était un brave homme silencieux qui ne voulait rien ajouter au vacarme du monde. La petite était toujours collée à ses basques. Il allait dans l'écurie, la petite Dorothy aussi. Allait-il remplir l'abreuvoir, et la voilà qui était juste derrière lui sans rien dire. Elle voulait dormir avec lui le soir et demeurait devant la porte en silence lorsqu'il occupait la salle de bain. Henry Olsen sentait bien que sa petite fille avait besoin de quelque chose. Il ne savait pas y faire et ne pouvait rien lui donner de plus qu'une assiette bien pleine et la confiance d'un père qui regarde sa fille partir seule à l'école. Dorothy n'avait jamais été intéressée par la nourriture, elle ne s'était pas intéressée beaucoup à l'école non plus. Ça allait très bien à Henry qui ne soupçonnait pas qu'un membre de la famille Olsen puisse faire autre chose que de l'élevage. Et en cette matière, il ferait le meilleur professeur que Dorothy puisse avoir. Dire que le père Olsen ne comprit rien à ce qu'il se passa dans la tête de son adorable petite fille à la préadolescence est peu dire. Il ne desserra pas les mâchoires pendant toute cette période. Ce qu'il voyait, il ne l'approuvait pas mais il était incapable de dire, de s'opposer même. Sa fille disparaissait de la ferme familiale, carrément. Ce n'était pas une vraie fugue, juste l'expression d'une inaliénable liberté. Oui, le vieux Henry souffrait et l'attendait toujours, les bras fermés, le cœur grand ouvert, condamné à aimer de façon mutique. Il revoyait cette petite fille aux cheveux bouclés et abondants qui courait en riant, à qui il fallait ordonner sans cesse de s'habiller. Qui n'était épanouie que toute nue. Elle sautillait, ses minuscules fesses comme une irrévérence. Chaque instant, une profanation. Et il rigolait bien de temps en temps lui aussi, Henry, mais le plus clair de son temps, il était juste sidéré par la créature qu'il avait enfantée. Elle lui paraissait dotée de tant de qualités inutiles que c'en était beau. Il la voyait cette beauté incandescente qui naissait devant lui. Si bien qu'au moment où s'est produit le miracle, il fut étonné, mais pas plus que cela. Dorothy avait sept ans et était encore si sensible au sort que l'éleveur réservait à certaines de ses bêtes. Il fallait bien vivre. À cela la petite princesse abandonnée répondait qu'elle se demandait pourquoi il était si important de vivre. Malgré les supplications de sa fille, Henry empoigna un poulet. Il recevait de la famille le soir même et leur servirait son poulet de la ferme. Dorothy pleurait, le coup de hache tomba quand même.

En larmes, elle caressa le poulet sans tête comme s'il pouvait être réconforté. Et là, la bête acéphale s'était dressée sur ses pattes ! Et s'était mise à courir.

Tout en me racontant ça, Dorothy me souriait d'un air triomphal. Elle paraissait se venger des doutes que tous les hommes de peu de foi avaient eus à son propos.

— Ok Dorothy, mais tous les poulets font ça non ? Ils courent après qu'on leur a coupé la tête. Bon, c'est quand même pas une résurrection.

— Ah oui ? Et dis-moi, combien de temps ils peuvent courir comme ça ?

— Je sais pas, j'ai répondu. Peut-être cinq minutes, peut-être plus… sans doute moins.

Le poulet en question avait un nom, un vrai nom : Mike. Et croyez-le ou non, Mike vécut sans sa tête pendant dix-huit mois. Ainsi, il alla de par le monde, décapité. Ma première réaction a été l'incrédulité. Je suis allé vérifier immédiatement sur Internet. « Mike the headless chicken » avait une page Wikipédia. La famille Olsen dans la petite ville de Fruita, Colorado, avait bien vu ce miracle se réaliser. C'était écrit. De nombreux sites parlaient de ça. Il y avait même une photo de Mike, assez dégueulasse. Il avait été exhibé de fête foraine en fête foraine et avait rapporté un petit pactole à la famille. Dorothy avait ressuscité un poulet, nom de Dieu !

Ma Déesse partit d'un rire enfantin. Satisfaite. Elle a dit : « Alors tu vois ? »

J'ai regardé une fois encore la photo de Mike sur un site qui lui était dédié. C'était donc ça qu'avait insinué Scott Grey, le vendeur de cheminée qui avait fini démembré ? Je me souviens, je regardais l'émission à New York, on l'avait interrogé dans la salle de recueillement sur les raisons qui l'avaient poussé à se ranger derrière Mahoan plutôt que continuer à tenter sa chance. Il avait dit qu'il ne se sentait pas à la hauteur et il avait évoqué certains candidats qui avaient fait des trucs extraordinaires comme ressusciter des bestioles. La pauvre bête était nourrie à la paille par son propriétaire. Elle avait fini par mourir, tout de même. Quel incompréhensible miracle ! Je partageais la table d'un être qui gardait le seuil, ouvrait la porte. Je pris son visage entre mes mains, là, par-dessus nos assiettes de bacon et d'œufs brouillés, par-dessus les *Belgian waffles* au sirop d'érable. Elle était la lumière du merveilleux jetée sur mon monde empesé.

— Pourquoi tu ne m'as rien dit avant ?

— Je te le dis aujourd'hui, mon grand amour. Tu ne m'as rien demandé avant.

Je l'ai embrassée. J'embrassais le Christ. J'étais en face de Dieu. Je sentais qu'il allait se produire quelque chose. Et pourquoi pas quatre chevaux fabuleux, et pourquoi pas la chute monstrueuse des astres ? Et pourquoi pas au contraire un gentil bonheur éternel, sans embrouille ou punition pour personne ?

Évangile selon Jeff, 4 : 1-11

Dorothy après sa désignation lumineuse fut conduite à traverser les longs déserts de l'Arizona, de l'Utah et autres lieux de solitude pour y être tentée par le diable. Après qu'elle eut jeûné quarante jours et quarante nuits, elle eut faim. Le tentateur s'approcha d'elle et lui dit : « Si tu es la fille de la Déesse, et la Déesse toi-même, ordonne à ces pierres de se changer en victuailles. » Dorothy répondit : « Il est écrit : Ce n'est pas seulement de pain que la femme doit vivre, mais d'attentions sincères et de paroles véritables. »

Alors, le diable l'emmena à la ville royaume de New York, la plaça au sommet de l'attention de tous et lui dit : « Si tu es la Fille de la Déesse, abandonne tout et cesse de vouloir qu'ils croient en toi, les anges te viendront en aide et ne te laisseront pas être oubliée. » Dorothy déclara : « Il est encore écrit : Tu ne demanderas pas de preuves à la Déesse et ne la mettras pas à l'épreuve. »

Le diable la conduisit encore sur la très haute montagne de la gloire et lui dit : « Tu y as goûté, si tu en veux encore et toujours, je te donnerai tout cela. Je te le donnerai si tu te prosternes pour m'adorer. » Alors Dorothy lui dit : « Arrière, Satan ! » Car il est écrit : C'est devant le Seigneur, ta Déesse, que tu te prosterneras, et quand le diable croira la posséder, c'est Elle qui le possédera. Et elle prendra le risque de se retirer incomprise en laissant le trésor des traces qu'elle aura laissées.

Chapitre 23

Malgré mon pressentiment, il ne s'est rien produit. Ni le jour même. Ni plus tard. Nous avons continué notre longue procession à travers les États-Unis et la sarabande de discothèques médiocres qu'offraient ces vastes contrées. Il y en avait des légions, nichées au cœur de ceintures périurbaines, plantées au milieu de nulle part, cerclées seulement par un immense parking, sur des toits de centre commercial, n'importe où. Et durant un temps nous étions les bienvenus. Puis là encore… l'entropie. Chaque semaine qui passait effaçait un peu plus le souvenir de la Déesse dans la mémoire du public ingrat. Je tentais d'accélérer l'écriture de sa biographie pour retomber sur nos pattes. Nous n'en étions qu'à ses dix-sept ans et nous devions faire à présent en moyenne deux cents kilomètres au moins pour trouver un établissement intéressé par notre présence. Les trajets diminuaient d'autant notre maigre capital et le temps d'écriture. Toujours plus d'efforts chaque semaine pour trouver un nouvel établissement dont le propriétaire se souviendrait de nous, au moins un peu. Si peu, qu'à la fin on ne nous proposait plus que le gîte et le couvert lorsque c'était possible. Bientôt, nous serions de nouveau confrontés à la question de la faim. Comme toujours, nous pouvions revendre la voiture d'autant que nous en avions changé durant les moments d'aisance, une Chrysler 200, en bon état. Les internautes ne prenaient plus la peine de mentionner qu'ils nous avaient croisés en boîte de nuit sur Twitter, comme ils le faisaient quelques mois auparavant. Il y aurait une sorte de nostalgie, un jour, on se demanderait ce qu'avait bien pu devenir Dorothy Olsen, en espérant qu'elle soit désormais obèse, aveugle ou atteinte d'une maladie neurologique incurable. Alcoolique. Au moins. Ce qu'elle avait été, comme elle était belle, et ce qu'elle était devenue aujourd'hui.

Comment vivre jusque-là ?

Se rappeler du destin misérable qu'avait été celui de Jésus ne me réconfortait pas. Je ne mangeais pas assez pour nourrir ma grande carcasse, donc je dormais plus que de raison, l'énergie me manquait. Je restais asthénique dans quelque chambre d'hôtel lorsque nous pouvions nous l'offrir. Ma Déesse sortait pour faire je ne sais quoi, et parfois, prodige parmi les prodiges, elle revenait avec de la nourriture. Une pêche miraculeuse, une multiplication des pains. Je ne peux me souvenir sans sangloter de cette fois où si tendrement, parce que j'étais trop faible, parce que j'étais si triste, elle m'a nourri, bouchée par bouchée, d'un plat mexicain qu'elle avait obtenu on ne sait comment puisqu'il ne nous restait plus un dollar, un plat trop épicé mais qui avait été comme un festin à mes papilles, comme un onguent sur mon âme. Parfois, Dorothy posait quelques billets de 20 dollars sur le matelas de notre lit. Elle était sortie un moment, je m'étais endormi et il y avait cet argent. Je n'étais plus capable de la protéger, c'est elle qui veillait sur moi. Ce jour-là, elle m'obligea à me redresser sur le lit. Elle en avait assez de mon état dépressif. J'ai rabattu sur mes jambes le drap-housse poisseux de ma sueur de malade imaginaire. Personne n'avait cherché à dissimuler le tamis épais de la toile de verre qui recouvrait les murs beiges. À peine y avait-il une reproduction du *Down the Garden Path* de Robert Duncan pour masquer la plate laideur de la chambre. Elle prit mon visage entre ses mains. Et donc, ce jour-là, elle m'a dit comme ça :

— Tu vas en mourir, mon bel amour. Tu vas finir par en mourir.

Là je me suis remis sur mes jambes. Paniqué. J'avais l'impression qu'elle essayait de me préparer à quelque chose. Ça faisait peut-être vingt heures que je ne m'étais plus levé. J'avais le tournis, pas de souci je pouvais me remettre au travail, là, tout de suite. Elle n'était pas obligée de me dire des trucs comme ça.

— Je peux accélérer l'écriture du bouquin.

— Ça ne sert plus à rien, mon Jeff. Ça va te tuer, je te dis.

Là, je me suis mis à chialer, marmonnant des supplications. Pitié. Pas ça. Il arrivait que Dorothy se mette dans de terribles rages lorsque je lui faisais ce genre de scène ou qu'elle soit au contraire très tendre et me rassure. Cette fois, elle ne dit rien du tout.

Nous avions une petite chambre au septième étage d'un hôtel hard discount. Pour ce prix-là, les toilettes étaient communes et maculées d'une merde que personne n'avait nettoyée depuis une bonne semaine. C'était à Fairfield, une ville modeste du Connecticut, qui me parut avoir pour seul intérêt le fait que Meg Ryan y était née et qu'on y proposait l'un des meilleurs hot-dogs des États-Unis.

Le soir, après une douche pour tout repas, Dorothy m'a convoqué solennellement, elle m'a dit : « Prends le flingue et suis-moi. » Mon cœur battait la chamade mais je ne voulais pas paraître pleutre une fois de plus. Il fallait que je sache ce qu'elle comptait faire. Je la suivais et nous marchions traversant la pelouse de l'entrée principale du motel tandis que je tentais de la raisonner. Nous méritions mieux, ELLE méritait mieux. Elle s'est juste retournée vers moi et m'a intimé l'ordre de faire silence tandis que nous nous dirigions vers l'orée du bois. C'était un moment onirique. Arrivée devant la forêt grosse d'obscurité, elle est restée immobile, ses cheveux lui faisaient comme une couronne lumineuse tandis que le ciel bleu roi nous laissait distinguer assez clairement les abords de la nature sauvage. Entre chien et loup, réalité et rêve. Dorothy a tourné ses paumes vers la forêt, je craignais qu'elle ne s'envole et ne réapparaisse jamais. Au contraire, les pieds arrimés au sol, elle tenait sa position comme une druidesse cherchant à communiquer avec la nature. Nous avons attendu un temps et des craquements de brindilles et le souffle d'une bête se sont fait entendre. J'ai vu les yeux noirs du chevreuil d'abord, apeurés et résignés, puis ses pattes maigres comme des os le conduire presque malgré lui devant nous. Il semblait contraint par une force supérieure à laquelle il ne pouvait que céder. Ce souffle, si fort, ses lèvres qui tremblaient. « Tire-lui dedans, a dit la Déesse, nous avons besoin de manger. » Ce gibier s'offrait à nous, il n'y a pas d'autres mots. Et même ça nom de Dieu, je n'ai pas pu le faire. Je brandissais le pistolet tandis que mon doigt n'appuyait pas sur la détente. Le gibier a attendu puis, comme j'étais paralysé, s'est senti autorisé à s'en revenir en son refuge d'écorces et de feuilles et a totalement disparu dans la nuit qui était tombée. Dorothy a juste dit : « Ce n'est pas grave, mon Jeff. Rentrons. »

Nous n'avons plus parlé jusqu'à ce que l'heure soit suffisamment avancée pour que nous tentions notre chance dans un établissement nommé *Le Valet de cœur*. Presque un mois que nous n'avions pas fait l'amour. Un homme dans mon genre ne peut éprouver de désir lorsqu'il est tombé si bas dans l'estime de soi. Nous ne pouvions plus nous autoriser ne serait-ce qu'un verre d'alcool, même à trois dollars le godet. Généralement, nous n'avions pas à payer l'entrée de la discothèque. Le truc, c'était de se présenter comme « Dorothy Olsen et Jeff Jefferson de *He is Alive !* ». Il fallait ajouter qu'on voulait parler au patron. Le portier ne voulait pas prendre le risque de nous refouler, il se rappelait vaguement, nous confondait, se disait… ouais, peut-être qu'ils sont connus. Le patron ne nous recevait pas dans son bureau, le patron n'avait pas de bureau. Il faisait plutôt le barman derrière le comptoir. Nous arrivions tôt, ce qui facilitait notre entrée. Nos démarches étaient plus professionnelles, à force.

Cette boîte-là avait conservé une déco des années 90. Sur la thématique du poker, les enseignes lumineuses figuraient de belles paires d'as ou une quinte flush. Ça clignotait un peu, mollement en début de soirée. Des tables basses rondes, disposées devant tous les canapés d'angle, étaient surmontées d'un plateau de verre imprimé par tampographie du logo de l'établissement. Le patron rangeait les verres qui sortaient du lave-vaisselle. Il aurait dû faire ça bien avant mais il avait fallu qu'il lave le sol lui-même car cette connasse de femme de ménage était tombée malade. Qu'est-ce qu'on voulait ?

Nous lui avons expliqué notre affaire. Il n'était pas intéressé, pas le temps de regarder la télé. Il voyait pas qui on était et il y avait tellement de trucs qui passaient sur toutes ces chaînes. Non, vraiment, merci, désolé. On pouvait rester là si on voulait, et tiens, il nous payait même une bouteille. Nous n'avons pas dit non, nous ne disions plus jamais non. Je ne souhaitais pas danser, encore moins que d'habitude. La tristesse des événements ne paraissait pas affecter à Dorothy. Elle s'est mise à tournoyer sur la piste. J'aurais voulu que nous

nous en allions. Nous étions enfermés dans un espace sans limite, celui du Massachusetts et de Rhode Island, du New Jersey et de la Pennsylvanie et même au-delà, même plus loin. Je n'arrivais plus à me figurer le monde autrement que comme une vaste étendue semi-aride de banlieues pavillonnaires. Où que vous regardiez tout n'était que magasin de bricolage, de Walmart Supercenter, de Winn-Dixie, de Piggly Wiggly, de Dunkin' Donuts, de stand de tir, de Domino's Pizza, de Taco Bell… le paysage était devenu fractal, la reproduction à l'infini du même, du pas grand-chose. Et dans cet univers monotone, notre seule ambition était de survivre. On ne peut pas trouver d'intérêt à cette géométrie sans surprise, même s'il y a cette adorable luciole qui sautille sur la piste de danse. Même si tous les hommes la désirent sur cette piste, même si l'on peut se réconforter un peu en se disant que ce petit corps magnifique viendra se lover contre nous lorsque l'aube paraîtra.

Je suis allé prendre un peu l'air, un peu parce que j'avais trop bu, un peu parce qu'il y avait ce jeune type qui serrait Dorothy de très près et qu'elle ne le repoussait pas. Dehors, il y avait une centaine de voitures sur le parking. Laquelle de ces voitures appartenait à ce petit enculé ? J'ai rayé quelques véhicules avec le canon du colt .38. Je me suis mis à rigoler comme un con, puis j'ai pleuré un peu avant de m'assoupir contre une boîte aux lettres.

Lorsque j'ai rouvert les yeux, il faisait encore nuit noire. Je ne devais pas avoir dormi trop longtemps. Je n'avais pas dessaoulé. J'ai regardé mon pantalon, je ne m'étais pas pissé dessus, c'était toujours ça. *Le Valet de cœur* s'était bien vidé et Dorothy avait disparu de la piste de danse. Ni au bar ni dans les toilettes, nulle part. J'ai tourné dans les environs telle une hyène autour d'une carcasse pendant une bonne heure, histoire de la surprendre en train de sucer la queue de ce jeune type dans un pick-up. Je te les aurais plombés, les salauds, de la tête aux pieds. Je les aurais traversés de pointes d'acier. On aurait vu alors qui avait l'air d'un con. Heureusement, je n'ai trouvé personne. Dans ce moment de grande faiblesse, j'ai fait n'importe quoi. N'importe quoi, c'était en l'occurrence téléphoner à Suzanne. C'était son répondeur. J'ai bredouillé un message. Étant donné l'heure et mon débit de parole, elle aurait pu croire que j'étais à l'article de la mort. Elle aurait eu raison. À défaut d'échanger avec Suzanne, il fallait que je parle à quelqu'un ou alors j'allais faire une connerie. Je composai sans y croire le numéro de Corbin. Je reconnus sa voix, presque éteinte. J'avais essayé de joindre mon vieux maître à plusieurs reprises. Jamais il n'avait répondu.

— Allô, oui. Corbin à l'appareil.

J'inspirai un bon coup.

— Professeur, c'est Jefferson.

— Ça par exemple !

Je sentais qu'il n'avait pas l'énergie de s'étonner. J'étais trop préoccupé par mes histoires pour me demander s'il allait bien. Corbin n'allait jamais tout à fait bien alors… Sans préambule, je l'interrogeai à propos de la photocopie d'article qu'il m'avait donnée lors de notre dernière rencontre dans mon petit bureau de Paris-Descartes.

— Pourquoi, ah, je ne sais plus… De quel article parlez-vous, Jefferson ? Et pourquoi est-ce si important ?

Je tentai de lui expliquer une fois encore, dix fois. Il ne voyait pas. Il m'avait fait la copie de tant d'articles. Des centaines.

— Oui mais c'était un article très spécial qui annonçait la préparation d'une émission : *He is Alive !* Vous aviez l'air de tenir beaucoup à ce que je l'aie.

— Je suis désolé, mon cher Jefferson. Je vois bien que cela vous tient à cœur. J'aimerais vous aider un peu. Je regarderai dans mes archives, voulez-vous ?

Ce n'était pas possible qu'il ne se souvienne pas ! Cette secte sur laquelle j'avais réalisé ma thèse. C'était cette secte qui avait organisé l'émission de téléréalité.

— Eh bien, la voilà votre raison, mon jeune ami. C'est sans aucun doute pour cela que je vous ai fait passer cet article. Parce que votre thèse. Voilà.

— Vous savez bien ce qu'il m'est arrivé professeur, ici aux États-Unis.

— Vous êtes retourné aux États-Unis ?

Je restai sans voix. Il s'était à ce point retiré du monde qu'il n'était au courant de rien. En revanche, il avait entendu parler de mon éviction de l'université, du conseil de discipline. Alors que je m'attendais à ce qu'il s'insurge contre la décision, il se déclara éberlué que j'aie pu commettre un tel acte de violence. Je bredouillai quelques mots pour me défendre mais lui répondit :

— Non, Jefferson, une telle violence. C'est inacceptable. Dieu sait que ce Pomavol pouvait être insupportable avec son moralisme de mauvais goût. Vous vous souvenez que je trouvais qu'il ressemblait à Michel Rocard jeune ? Oui ? Eh bien il ne lui ressemble plus du tout. Vous lui avez brisé le visage en trois, c'est assez horrible je dois dire. Il paraît qu'on a dû lui greffer une mâchoire en plastique. Vous vous êtes acharné, Jefferson. C'est horrible ce que vous avez fait. Vous auriez pu aller en prison. Vous auriez dû.

Après cela, nous n'avions plus grand-chose à nous dire. C'était pour cela qu'il ne m'avait jamais rappelé et que je n'avais pas de nouvelles de lui. J'ai raccroché. Décidément, je ne trouverais aucune aide. On allait me laisser asphyxier. Lorsque je suis rentré à l'hôtel, l'ascenseur ne fonctionnait plus. J'ai gravi les sept étages jusqu'à notre chambre, le flingue toujours à la main. Je promettais à voix basse de ne pas faire de bêtise mais je ne rangeais pas pour autant le calibre dans ma veste. Il était 3 h 15 du matin. Notre chambre, c'était la 709. Lorsque je m'en suis approché, j'ai entendu Dorothy et la voix de ce type. Il était là, avec elle, dans notre chambre. Je me disais qu'en frappant à la porte, le mec s'évaporerait, comme par magie. J'avais la clé mais j'ai juste attendu qu'on me réponde. Et comme rien ne se passait, j'ai ouvert. La chaînette de l'entrebâilleur avait été passée, je pouvais juste apercevoir le pied de notre lit avec probablement un fils de pute dedans. Dorothy ne s'en faisait pas du tout que son Jeff soit là, dehors. Je l'ai entendue soupirer lorsque la chaîne a retenu dans un claquement sec l'ouverture de la porte.

— Dorothy, je t'en supplie. Je m'en fous de qui est là. Ouvre-moi, mon amour. Je ne veux pas rester dans le couloir.

Je les ai entendus pouffer tous les deux. Il y avait de quoi. C'était assez pathétique. Et ce n'était plus la colère, c'était une incroyable peine, une affliction au-delà du supportable. L'arme dans ma main, plus question de m'en servir. Je tremblais comme un chaton et j'exhalais des odeurs inédites et âcres. On se tue peut-être par tristesse mais sans tuer personne d'autre.

J'ai entendu la voix hilare de Dorothy dire comme elle put :

— Oh, Jeff, calme-toi, mon grand nigaud. Reviens plus tard. Là je suis en train de recevoir des consignes divines. Reviens dans une heure, mon Jeff.

Et ils gloussèrent tous les deux derechef.

Redescendre dans la rue, c'était trop, sept étages, non. Et pourtant il me fallait de l'air, vite. Alors je suis monté sur le toit qui était plat comme un court de tennis, couvert d'une sorte de sable. Au ciel, les étoiles étaient aménagées comme pour une suite nuptiale. J'avais toujours le .38 bien calé dans ma main droite.

Je me répétais comme un mantra « c'est le Messie, elle ne t'appartient pas ». Combien de fois avais-je récité ça depuis le début de ma mésaventure ? Si ça n'était pas rentré jusque-là, pourquoi faudrait-il que je comprenne justement ce soir ? Je me suis mis à gueuler. Je ne sais plus très bien ce que j'avais en tête, en finir ici maintenant, avec le monde, tirer tout l'univers avec moi dans le gouffre, ce grand salaud de bon Dieu qui avait laissé faire tout ça, avec mon père par la même occasion, quelque chose dans ce genre. Il était hors d'atteinte, le chien céleste. Pour toute réponse, le silence terrifiant haut dans le ciel. Du mépris ? De l'hostilité ? Pire, de l'indifférence comme celle de la nature qui recouvre par couche le théâtre des génocides. L'univers me tournait le dos. Peut-être les choses se passaient-elles ailleurs. Ici rien. Seulement un imbécile sur un toit, un triple cocu, une buse. Je me suis mis à défier mon père, cette ordure qui laissait faire, il m'avait laissé rouler dans le caniveau. J'aurais voulu lever une armée contre lui. Je savais que des anges rebelles avaient déjà échoué. J'avais lu les textes. Alors j'ai convoqué la légion des morts comme un chaman, un prêtre vaudou. Je voulais être leur prophète. De leur tombe, qu'ils se lèvent ! Au paradis, au purgatoire ou en enfer, qu'ils se lèvent ! Faites-lui du tort, je vociférais, faites-le souffrir, même un peu. Harcelez-le ! Si ce ne sont les morts, au moins les mourants, au moins eux, qui sont là, presque partis. Ils ont des raisons d'être en colère. Ils se souviennent. Alors rendez-vous là-bas. Faites-lui voir. Je leur disais que j'étais l'élu, que c'était moi. Je continuais, j'étais sur cette terre au ras du sol, avec eux. Comme Dieu nous a abandonnés et qu'il est quelque part peut-être, ou nulle part, il est tout seul lui aussi.

N'ayez pas peur, je suis la colère de Dieu et je suis comme vous, dépossédé.

Je suis coincé moi aussi, regardez, dans cette petite ville. Moi aussi.

Et je scrutais le ciel et il ne se passait rien.

J'étais comme le doigt impuissant d'un insensé, désignant à la cantonade tout et n'importe quoi.

Puis j'ai déchargé. J'ai tiré toutes mes balles dans le creux de la nuit, entre les étoiles, là où il devait se cacher le salaud, à l'abri de l'obscurité insondable.

Il ne s'est donc rien passé en somme.

Jamais on ne vit déicide plus minable.

Chapitre 24

Un rapport inconditionnel au merveilleux, nous connaissons tous cela. Ça dure sept ans en moyenne. Les sept premières années de la vie. Elles dansent devant nos yeux les lumières, les guirlandes féeriques et le Père Noël et la petite souris, les cloches, les lutins, un cortège baroque qui ouvre tous les possibles. La terreur, aussi. Toutes ces fois on l'on s'est planqué sous sa couette, suant la peur, même en été, où l'on ne s'est pas levé pour aller aux toilettes. Tout ça n'est quand même pas grand-chose comparé au bonheur d'un monde sans limite. C'est un prix très raisonnable à payer. Étant môme, je rêvais d'aller vivre avec le Père Noël. Je ne pouvais me l'imaginer autrement qu'éclairé par des flammes orangées dans un paysage de meringue et de pain d'épices. Ce n'est pas ce que disait la légende, c'était moi qui m'imaginais les choses comme ça. De mon point de vue, confusément, les fées, les géants, les pierres parlantes, les pégases et même je ne sais trop quel bon Dieu cohabitaient dans un pays qu'on devait pouvoir visiter. Le genre de pays où tous les gamins du monde auraient voulu vivre, et moi, moi plus que tous les autres. Je me souviens d'une émission qui passait lorsque j'étais môme, *Sesame Street*. Elle faisait un peu toc leur rue, en guise de merveilles on devait se contenter de créatures en peluche comme Big Bird, un grand volatile jaune et affable, ou le Cookie Monster que j'adorais, une sorte de monstre gentil et terriblement goinfre. Si on m'avait demandé mon avis, moi ? J'aurais fait mon paquetage tout de suite pour aller vivre là-bas. C'était mieux que rien. C'était mieux que ce que j'avais. Disons qu'à cinq ou six ans, j'avais l'intuition que les choses allaient merder d'une façon ou d'une autre. Quand je demandais à mon père : et pourquoi on n'irait pas vivre dans cette rue Sésame ?, il ne répondait pas. J'aurais préféré qu'il dise non, qu'il me batte même, qu'il fasse quelque chose qui n'indique pas aussi clairement que cette rue n'était rien d'autre qu'un truc à la noix, une émission de télévision avec des bonshommes transpirant dans leur costume en guise de monstres gentils. Quelquefois, je me dis, si tu t'étais barré à ce moment-là, on ne sait pas, tu aurais peut-être trouvé un chemin de briques jaunes et tu vivrais pépère là-bas. Mais le chemin s'était effacé. Sans doute le jour où j'ai compris pour le Père Noël. Si j'ai pleuré de cette façon, papa, ce n'était pas parce que le cadeau ne me plaisait pas, c'est parce que tant de gens sont morts cette nuit-là, tant de compagnons à qui je n'avais pas eu le temps de dire adieu. Et voilà que je me retrouvais seul avec un père cinglé. Un moine qui retournerait dans son monastère en m'abandonnant.

Tout le monde a la chance de vivre cette période une fois. À moi cette chance avait été donnée deux fois. Alors je dis merci, à la vie, au hasard. Dorothy, ma petite fée, si tu m'entends, si tu m'écoutes, j'ai tant de gratitude. Je n'ai pas eu le temps, pas l'esprit surtout de te le dire. Ma Dorothy, que tu m'as rendu heureux, que je me suis senti vivre sous l'abri de ta féerie.

Bienheureux ceux qui ont pu être enchantés deux fois.

Voici deux ans que je suis revenu en France à présent. Mon corps s'est remplumé et mon syndrome du côlon dépressif est bien dompté. Je ne ressens plus la présence de cette créature obstinée dans mes entrailles. Tous les jours je repense à cette histoire, à elle, à nous, à nous tous. Nous avions été les acteurs involontaires d'une splendide mythologie moderne.

Ce matin, j'ai acheté *Le Figaro* et je bois un café. Je traîne, il faudrait que je termine ce manuscrit qui raconte notre histoire. J'ai mon carnet, j'écrirai quelques lignes mais comment tout dire ? Je m'installe sous la véranda vert amande du *Rostand* qui fait face au jardin du Luxembourg, il fait encore doux et la lumière est belle. Il n'y a pas grand monde ce matin. Je n'ai pas touché au double express que j'avais commandé. Pourquoi ? Parce que je viens de lire le titre de cette colonne de l'avant-dernière page. Je sanglote avec une telle sincérité qu'autour de moi, les autres clients gênés s'interrompent un instant pour se recueillir en silence. Même que le serveur me demande s'il peut faire quelque chose pour moi. Un grand type maigre à l'air triste qui se déboîte le corps par des hoquets de larmes, je pense que c'est normal de vous approcher et de lui demander ce que vous pouvez faire. Le vieux pasteur est mort à presque cent ans. C'est ce que je viens d'apprendre en lisant le journal. Je ne l'ai jamais revu depuis cette fois à l'université Columbia.

Il se passe un moment, le temps de me remettre puis je rentre chez nous, dans le XVe arrondissement, rue Pétel.

Je n'écris pas une ligne de la journée.

— *Darling ?*

Suzanne m'appelle.

Je me perds souvent, comme dit Suzanne, lorsque je regarde la rue de notre troisième étage. Ce n'est pourtant pas qu'il y ait grand-chose à voir. Ce restaurant japonais, le *Matsuyama*, avec son menu du midi à 9,60 euros. Ce camion de location garé une patte sur le trottoir devant une laverie dans laquelle sont entassés de gargantuesques engins la bouche grande ouverte. De là où nous vivons, il faut que je me torde un peu le cou pour apercevoir le ciel mais j'y arrive.

Le repas est chaud, *darling*. Et Suzanne se glisse derrière moi et je m'accroche encore quelques instants à mes rêveries. Son ventre s'est arrondi de l'enfant de la dernière chance. À nos âges, nous sommes tombés tous les deux d'accord pour l'appeler comme ça, ce gosse. C'est elle qui partageait ma vie à présent. Elle avait été mon retour à la raison et m'avait sauvé sans doute.

Ce soir-là, lorsque j'étais redescendu du toit de l'hôtel, il n'y avait plus personne dans notre chambre, Dorothy avait disparu, le type aussi. Il ne restait plus que mes affaires. Pas une trace de ma Déesse, pas même son odeur. Elle s'était littéralement évaporée. Il me restait à peine un souffle de vie. Je l'ai employé à appeler Suzanne, encore, mais cette fois elle avait décroché, ensommeillée. Ça ne faisait rien. Elle était si heureuse de m'entendre. Elle a été très généreuse, s'est occupée de tout. Nous sommes restés quelques semaines sur la côte Est. De la même façon que mon retour à New York s'était imposé à moi lorsque ma vie s'effondrait en France, je ne pouvais plus souffrir de rester longtemps aux États-Unis après toute cette histoire. Suzanne avait tout abandonné pour me suivre à Paris. Et donc d'accord, je vais te le faire cet enfant. Je vais même essayer d'être à la hauteur. Je ne promets rien. La vie est douce ici avec elle. La semaine prochaine nous recevrons notre ami Harry en visite en France pour sa triomphale tournée européenne. Notre Harry était devenu une star de l'art contemporain en à peine deux ans. Cela me fera un immense plaisir de le revoir mais cela remuera des souvenirs aussi. Je me souviendrai de ces moments où nous regardions *He is Alive !* dans mon salon. Je n'avais pas encore rencontré Dorothy alors.

Depuis mon retour à Paris, il n'est pas un jour où je n'ai pas cherché signe d'elle sur Internet. Sa fiche Wikipédia s'interrompt au moment où nous avons fait le tour des night-clubs. Peu de choses sont mentionnées, deux ou trois lieux, alors que nous avons littéralement écumé quatre États. Je regarde les photos d'elle sur le site nakedstars.com. Rien de nouveau là non plus, des clichés que nous avions pris nous-mêmes et postés sur de misérables PC, dans des web cafés peuplés d'adolescents désargentés qui se flinguaient sur Call of Duty. Plus aucune trace d'elle, nulle part. Peut-être a-t-elle été enlevée ? La fièvre me reprend parfois. Moi, je crois bien qu'elle s'est retirée dans la forêt et qu'elle parle à des animaux sauvages avec des mots secrets. Ou enterrée six pieds sous terre dans un grand sac en plastique. Non, elle marche sur les nuages en nous regardant de tout là-haut et en riant comme une petite pie. Je l'ai vue danser sur l'eau, vivre de lumière, si légère, ricocher dans les airs. Je le jure. J'en suis sûr. Je n'ai pas pu tout raconter. Je n'ai pas tout vu. Pas tout su. Peut-être avons-nous raté une chance si formidable ? Un fruit chaud sur son ventre. Et la vie avait saigné, tiède dans nos bouches. Je vous assure. Ce n'était pas que la rocaille et les écailles, c'était la vie par-dessous. Un ruisseau de flammèches humbles et surnaturelles. Mon amour, mon âme. Depuis ta mystérieuse disparition. Oui. Il manque et le péridot de tes yeux et la chaleur, l'alexandrite, la tourmaline et la pierre de mon cœur. Le trait de ta silhouette était si précis, et ta chatte, et lorsque tu lapais, tu les convoquais ceux que nous savons et ils étaient tous là. Étaient-ce des cheveux que je retrouvais quelquefois, longtemps après ton départ, ou des fils d'or ? Étaient-ce tes mains ou les plumes transparentes d'un oiseau merveilleux ? Était-ce ton ventre ou le lisse entrepôt de ma queue ? T'avais-je abîmée un peu en te fréquentant trop longtemps ? Aurais-je dû me retirer plus tôt, tout de suite ? Aveuglé par la pure immondice que tu présentais au monde ? Ou au contraire, te ligoter et te gaver pour t'engraisser telle une truie. Te faire violer par les animaux de la ferme. Et c'est moi. C'est moi que j'aurais dégradé. C'était moi, le grand nigaud au corps tordu. Incapable de m'arranger avec le monde. Il faut que je me calme. Je suis guéri. Il faut que je l'accepte.

Me voilà, revenu à Paris depuis de nombreux mois. Est-ce que je me sens triste, privé, dépouillé plutôt, de ma petite lumière du Colorado ? Oui, un peu. Mais aussi, je me bidonne pas mal. Je rigole parce qu'il m'en reste encore un peu de cette poudre d'étoile clandestine. Quand je repense à elle. À tous ces moments que nous avons vécus, la faim et le sexe. Je la revois ma petite Déesse qui venait me prendre dans ses bras ce jour-là et, très tendrement, me souffler à l'oreille des choses extraordinairement sages pour me calmer. Lorsqu'elle m'avait dit qu'elle m'aimait. Elle avait chantonné : « Je ne peux pas aimer que toi, nigaud, mais je te garderai toujours une place spéciale dans mon cœur. Et même lorsque tu ne le sauras pas, je serai comme un oiseau à t'observer. » Un petit être dont on ne peut deviner la présence s'il reste silencieux. Et lorsque je paniquais à l'idée qu'elle s'en aille. Elle me susurrait : « Nulle part, je suis là. »

Suzanne me ramène à l'eau froide de la vie, elle embrasse ma nuque pour me donner un peu de cœur, le courage d'aller dîner. Je m'approche de cette table dressée et repense à mon ami le pasteur dont j'ai appris la mort aujourd'hui. Il me revient ce truc qu'il m'a dit avant de disparaître pour toujours de ma vie et que j'avais gardé pour moi. C'était la nuit sur le parking de l'université Columbia. Il avait chuchoté :

« Dieu est un membre fantôme. »

Il y a des gens qui ont perdu une jambe ou un bras et qui ne veulent pas le croire. Ils le sentent encore à ce qu'ils disent. Et c'était ça que le vieux voulait me faire comprendre. On Le lui avait arraché et il en conservait et le souvenir et la douleur.

REMERCIEMENTS

Je voudrais remercier pour leur soutien, leur attention et leur amitié : Alexandre Adam, Douglas Attal, Christophe Bataille, Samir Bouadi, David Defendi, Abel Gerschenfeld, Daphnée Gravelat, Simon Labrosse, Monique Labrune, Pierre Marlière, Eve Mastro et Naqdimon Weil.

Comme il est convenu, mais important, de le faire remarquer, les erreurs et les maladresses que ce texte ne manquera pas de comporter et, plus généralement, ses intentions me sont entièrement imputables.

Nulle part, je suis là.

https://www.instagram.com/dorothy.olsen.new.messie/

Cet ouvrage a été imprimé
par CPI Brodard & Taupin
pour le compte des éditions Grasset
à La Flèche (Sarthe)
en janvier 2022

Mise en pages PCA, 44400 Rezé

PAPIER À BASE DE FIBRES CERTIFIÉES

Grasset s'engage pour l'environnement en réduisant l'empreinte carbone de ses livres. Celle de cet exemplaire est de :
850 g éq. CO_2
Rendez-vous sur www.grasset-durable.fr

N° d'édition : 22299 – N° d'impression : 3046243
Dépôt légal : février 2022
Imprimé en France